意外之外 九条命

未来事务管理局 主编

孙薇 郭凯 选编

化学工业出版社

·北京·

图书在版编目（CIP）数据

意外之外．九条命 / 未来事务管理局主编；孙薇，郭凯
选编．—北京：化学工业出版社，2021.1（2023.4重印）
ISBN 978-7-122-37953-5

Ⅰ．①意… Ⅱ．①未…②孙…③郭… Ⅲ．①幻想小说-
小说集-世界-现代 Ⅳ．① I14

中国版本图书馆 CIP 数据核字（2020）第 216816 号

出 品 人：李岩松　　　　　　　特约策划：李兆欣
责任编辑：汪元元　笪许燕　　　营销编辑：龚 娟　郑 芳
责任校对：宋 夏　　　　　　　　装帧设计：尹琳琳

出版发行：化学工业出版社
　　　　　（北京市东城区青年湖南街13号　邮政编码100011）
印　　装：三河市双峰印刷装订有限公司
880mm×1230mm　1/32　印张9¼　字数171千字
2023年4月北京第1版第5次印刷

购书咨询：010-64518888　　　　售后服务：010-64518899
网　　址：http://www.cip.com.cn
凡购买本书，如有缺损质量问题，本社销售中心负责调换。

定　　价：39.80元　　　　　　　　　版权所有　违者必究

序

自从人类脱离野兽的蒙昧，登上文明的台阶，便不断探索自己和世界的关系，从而定义自己在这个宇宙的位置。从一隅的东非开始，人类探索过这个被称为"蓝色弹珠"的星球的每一寸表面。这还不够，不断发展的科技让人类上天入海、踏上月球甚至火星；发射了"卡西尼"号等探测器，一路探索太阳系内外；制造了哈勃太空望远镜和FAST射电望远镜遥望银河与宇宙。已知的宇宙里，人类是唯一的文明，这份好奇心和孤独感促使人类继续探索与前进。

而作为其中个体的人，在生命的每个阶段也在不停探索自己和世界的关系，来定义自己在这个世界的位置：尚未呱呱坠地，便伸展四肢探寻孕育自己的子宫的疆域；在摇篮之时，注视面前晃动的色彩，聆听周围纷扰的声音，以了解身处的空间；年幼之时会调皮捣蛋，用顶撞师长的方式，来试图突破言行的约束，从而试探自己刚刚确认的边界——用这种方式，一个人开始知晓自己身处的世界，尝试在这个世界的范围里去定义自己：我是谁？我在哪里？我要去往何方？

随着年龄的增长和阅历的增加，人感知到的世界在逐渐扩大，人也要在人生的不同阶段重新定位和定义自己。然而从工业时代开始，科学技术的飞速发展，直到当今信息时代信息的爆发式增长，人类世界的疆域越来越广，而现实的引力却死死拽着地球上每一个个体，于是人越来越难以追上这个不断扩张的世界——哪怕仅仅朝着一个方向；越来越难以真实地触摸到边界。没有边界的参考，人便逐渐迷失了方向，逐渐失去了自己的定位，最终以浑浑噩噩的状态离开——这是无法避免的。

幸好人类能够想象。每个人都有想象的力量——尤其是拥有天马行空的想象力的孩子。通过想象，人可以暂时摆脱现实的引力、突破有形的束缚，去触摸世界可能的边界。

科幻是最富有想象的文学，阅读科幻便是培养想象力最有效的方式之一，不论孩子还是成人都能从科幻的文字里获得想象世界带来的心灵激荡。通过阅读科幻，一个人——尤其是尚未被完全定义的孩子，会大大拓展自己当前所在世界的边界。

在孩子的成长过程中，他所在的世界无法由自己掌控，成人决定了一切，决定了孩子的世界里有形和无形的边界；在科幻的世界里，他们会接触到各式各样现实世界里接触不到的人物，与这些或勇敢或智慧或真挚的人物交朋友，跟着这些人物进行全宇宙范围的冒险，经历了许多别样的人生。于是他们便能深悉自己当下的定义并坚定自己未来的定位，同时会更加包容自我与他人所共享的现实世界里的每一个不同的个体，去接纳各式各样的存在方式。这样的世界和这样的孩子，便拥有了无限的可能性。

《意外之外》三本科幻小说合集延续了《少年科幻小说大奖书系》的编纂宗旨，专门面向少年儿童，为激发他们的想象力、开拓他们的科幻视野所选编。本套书选文短小精悍，篇幅适中，均为中短篇，每篇阅读时长在10~30分钟左右，能带给孩子绝佳的阅读体验，非常适合作为科幻小说的入门书。选文标准为名奖、名家、名作。

选入的作品里，既有获得过雨果奖、星云奖、阿西莫夫奖等国际上最负盛名奖项的科幻小说，也有荣获中国的银河奖、引力奖等优秀的国内科幻小说。

入选的作家则代表了世界科幻小说的黄金时代。国外入选的作家有现代科幻小说之父兼诺贝尔奖提名获得者H.G.威尔斯、有史以来最杰出的女性科幻作家厄修拉·K.勒古恩、加拿大科幻之父罗伯特·J.索耶、NASA空间科学顾问大卫·布林、NASA空间科学家和工程师杰弗里·A.兰蒂斯、英国科幻大师伊恩·沃森……部分作家的作品曾被《星际迷航》《人工智能》《时间机器》等经典科幻电影使用。中国的作家有科幻四大天王刘慈欣、韩松、王晋康、何夕，以及郝景芳、凌晨、宝树、江波、赵海虹等活跃在一线、斩获各类大奖的中坚作家，还有滕野、苏民、吕默默、靓灵等在国内外崭露头角的新锐作家。

合集中,《意外之外:太阳火》《意外之外:九条命》《意外之外:黑镜子》三个单本分别以不存在的宇宙、不存在的未来、不存在的时间作为核心主题,代表科幻小说的三个不同维度;其中又包含了地外文明、人工智能、宇宙探秘、时间旅行、未来世界、生物怪兽、末世危机等小主题。每一个主题下的故事,都能为读者延展这个方向的想象,去触碰这个方向上遥不可及的可能。

在这些故事里,你可以读到:近未来移民火星的孩子的奇遇、破损的战斗机甲与天真孩童之间的真情实感、孩子与来自未来的机器人一同拯救世界的尝试、勇敢的孩子从恐怖分子手中拯救学校和同学、模拟世界里的AI神明、代表人类文明与外星文明作你死我亡的决斗、人用一生瞥见宇宙思想的一瞬……每一个故事都让孩子由故事的主人公相伴,在宇宙和时间的范畴里探索与冒险,触及遥远世界的边界,激起自己的想象并最终决定自己想要成为怎样的人以及前进的方向。

未来事务管理局

目　录

国外篇

国内篇

国外篇

九条命

（美）厄修拉·K.勒古恩/著

罗妍莉/译

它的内里仍然鲜活，但外表却死气沉沉。它的表面犹如一张黑褐色的网，布满了皱纹、肿块和裂纹。它又秃又瞎。掠过天秤座表面的颤抖不过是腐坏产生的震颤。在下方黑黝黝的通道里，在地表之下的过道内，传来了噼里啪啦的爆裂声。这声响在黑暗、喧嚣和化学反应带来的噩梦中持续了千百年。

"噢，这见鬼的胀鼓鼓的行星。"皮尤咕哝着。此时穹顶在摇晃，西南方1公里处，地表下的一处脓肿爆开了，银晃晃的脓液喷向落日。过去两天以来，太阳一直在下沉。"要是能看见一张人脸我会很高兴的。"

"谢谢！"马丁说。

"你确实是长着一张人脸，"皮尤说，"可你这张脸我看得够久的了，已经不想再看了。"

拉德维德信号乱糟糟地填满了马丁操作的那台通信设备，然后逐渐消失，最后变成了一张人类的脸和声音。那张脸占去了整面屏幕，亚述王的鼻子、日本武士的眼睛、古铜色的皮肤，眼睛的颜色犹如钢铁般发出冷峻的光芒，这是一张令人叹为观止的年轻人的脸。

"我都忘了人类还有这么好的模样了。"皮尤惊叹道。

"闭嘴，欧文，我们的信号开着呢。"

"天秤座开采任务基地，请接入，这里是帕瑟利尼发射台。"

"这里是天秤座。粒子束已固定。下来吧，发射台。"

"等一下，7E秒（地球时间7秒）内驱离。"银幕变成了一片空白，闪闪发光。

"他们都长得这样好看吗？马丁，我们俩太难看了。"

"闭嘴，欧文……"

在22分钟的时间里，马丁通过信号跟随着登陆飞船下降，然后他们隔着透明的穹顶看到了它。在血红的东方，那颗小星星正在下落。它降落得优美而安静，天秤座稀薄的大气几乎传送不了什么声音。皮尤和马丁将即时通信防护服上的头盔合拢，从穹顶的气闸里窜出来，朝着飞船大步飞奔而去，犹如尼金斯基和努里耶夫[1]。3个设备模块每隔4分钟降落一个，彼此相距

---

[1]　二人均为卓越的芭蕾舞男演员，前者1889年生于俄国，被誉为20世纪最伟大的芭蕾舞男演员，后者于1970年重现了尼金斯基的风采。（本文注释，如无特殊说明，均为译者注——编者）

100米，都落在飞船的东面。

"出来吧，"马丁借助防护服的无线电装置说，"我们在门口等着呢。"

"进来吧，甲烷没问题。"皮尤说。

舱门打开了。刚才他们在屏幕上见过的那个年轻男子走了出来，像运动健将那样一扭身，跳到了天秤座震颤着的灰尘和熔渣上。马丁握了握他的手，皮尤却望着舱门——舱门口又冒出来一个年轻男子，也是那样利落地扭身跃下，他身后是个年轻女子，她同样利索地扭了扭，也跳了下来，动作中则多了一份柔媚。这几个人都是高个子，古铜色的皮肤，乌黑的头发，高鼻梁，双眼皮，一样的脸。他们3个人的脸长得一模一样。第4个又出现在舱门口，利落地一扭一跳。

"马丁小子啊。"皮尤说，"我们遇上了克隆人。"

"对。"其中一个说，"我们是同一个人的10个克隆体，名叫周约翰。您是马丁中尉？"

"我是欧文·皮尤。"

"阿尔瓦罗·吉伦·马丁。"马丁一本正经地说，微微鞠了一躬。又有一个女孩出来了，还是同一张美丽的脸。马丁盯着她看，眼珠骨碌碌地乱转，像一匹紧张的小马。显然，他丝毫没想到过克隆体的事，眼前的情景让他震撼。

"稳住。"皮尤用阿根廷方言说道，"这不过是多了几个的多胞胎。"他紧挨着马丁的手肘站着。

跟陌生人见面并不容易。即使是最外向的人见到最平和的陌生人，也会有某种对未知的些微恐惧，哪怕这个人可能并不知道自己了解这种恐惧。他会不会愚弄我、破坏我的自我认知、侵入我的世界、摧毁我、改变我？他会和我不一样吗？没错，他会的。可怕就可怕在这里：陌生人的陌生感。

在一个死寂的星球上生活了两年，身为两人小组的一员，过去半年间都过着与世隔绝的日子，在这样的经历后，要跟陌生人见面就越发艰难了——无论那是个多受欢迎的陌生人。你缺少了对于差异的习惯，失去了与人的接触，于是，恐惧又复活了，原始的焦虑、古老的恐惧又复活了。

这个克隆体共有5男5女，在几分钟内就完成了一个人或许要20分钟才能做完的事：跟皮尤和马丁打招呼、瞥了一眼天秤座的情形、卸下飞船上的物资、做好出发的准备。他们把穹顶给挤满了，就像一窝金灿灿的蜜蜂。他们发出低低的嘈杂声，填满了寂静。这群人肤色褐如蜂蜜，占满了所有的空间。马丁眼花缭乱地望着那几个四肢修长的姑娘，她们朝他微笑。她们的笑容比那几个少年更温柔。这10个人全都容光焕发、泰然自若。

"泰然自若。"欧文·皮尤对马丁低语，"就是这种状态。想想看吧，做10倍的自己。每个动作都要再现9次，每次表决都有9票赞成。这应该挺棒的吧。"

马丁在睡觉。那几个周约翰全都同时睡着了，穹顶里充斥着他们静悄悄的呼吸声。他们还年轻，不打呼噜。马丁又是叹气又是打鼾，他那张脸的颜色跟巧克力差不多，在天秤座初现的黯淡余晖中终于放松下来。皮尤已经将穹顶设定为透明模式，群星向穹顶内窥视着，太阳也在其中。芸芸的星光，克隆出的辉煌。皮尤坠入了梦乡，梦见一个独眼巨人在地狱摇晃的走廊里追赶着他。

皮尤在睡袋里看着那帮克隆人醒来。他们在1分钟之内就全都起床了。只有一对例外，仍然在同一个睡袋里沉睡。当皮尤看到这一幕时，他内心产生了一阵极为深沉的震动，犹如刚刚经历了天秤座上的一场地震。然而他并没有意识到这一点，事实上，他觉得自己看见这一幕很是高兴。在这个死气沉沉、空洞无物的世界上，再也找不到其他类似的慰藉了。醒来的几人中有一个踩到了那一对身上。他们醒了，少女坐了起来，脸颊绯红，睡眼惺忪。她的姊妹之一对她悄声嘀咕了几句，她扫了皮尤一眼，钻进睡袋里不见了。另一个方向有人狠狠地瞪了这边一眼，从另外一边传来一个声音："天哪，我们已经习惯了一个人睡了。刚刚的事希望您不要介意，皮尤队长。"

"没关系。"皮尤这话半是出自真心。然后他不得不站了起来，只穿着睡觉时穿的短裤。站在这群人面前，他觉得自己像只被拔了毛的公鸡，浑身白净，骨瘦如柴，到处是痘痘。他简直从未像现在这般艳羡马丁的棕色皮肤和结实身材。整个大不列颠安然度过了几次大饥荒，只损失了不到一半的人口：这样的纪录是通过对粮食的严格管控而创下的。黑市商贩和囤积居奇者被处决了。面包屑被大家分食。在更为富饶的土地上，大多数人都送了命，只有少数人的生活蒸蒸日上。而在英格兰，死去的人更少，谁的日子也没变得更好过。大家全都瘦了。他们的儿子瘦，孙子也瘦——身材矮小、骨骼脆弱、容易感染。当文明变成了排队问题时，英国人早就在排队了，并以"义者生存"取代了"适者生存"。欧文·皮尤是个骨瘦如柴的小个子男人。尽管如此，他还活着。

此时此刻，他巴不得自己不在了。

吃早饭时，其中一个约翰说："现在，皮尤队长，您可否向我们简要介绍一下……"

"叫我欧文吧。"

"欧文，我们可以安排一下我们的日程。自从你们上次向任务组汇报以来，矿上又有什么新情况吗？我们看见你们的报告的时候，帕瑟利尼正绕着五号行星运行，他们眼下就在那儿。"

马丁没有回答，尽管那座矿是他发现的，是他的项目，而皮尤不得不尽力应付。跟他们说话很不容易。同样的面孔，每一张脸上都带着同一种饶有兴致的聪慧表情，几乎以同样的角度从桌子对面向他这边探身。他们一起点了点头。

在他们的无袖外衣上，开采公司的徽记之上都各有一块名牌，当然都是姓周，名约翰，但10个人的中间名却各不相同。男子的名字分别是阿列夫、迦弗、约德、吉美尔和撒米得；女子的名字分别是萨德、达蕾特、扎茵、贝丝和莱施①。皮尤试着用这些名字来称呼他们，但立刻又打消了这个念头：有时他甚至都分辨不出刚才说话的是哪一个，因为所有人的声音都差不多。

马丁往烤面包上抹了黄油，咀嚼着，终于插嘴道："你们是一个团队，对吧？"

"对。"两个约翰说。

"天哪，多厉害的队伍啊！我之前没看出其中的奥妙。关于其他队员在想什么，你们每个人知道多少？"

"确切地说，一点也不知道。"其中一个名叫扎茵的姑娘答道。其他人以他们特有的那种赞许表情看着她，"我们没有超感知力，什么花哨的玩意儿也没有。但是我们的想法都差不多。我们拥有的才能一模一样。面对同样的刺激，遇到同样的问题，我们可能会在同一时间产生同样的反应、拿出同样的解决方案。要解释很容易。一般来说，甚至用不着解释。我们基本上不会彼此误会。这确实有助于我们的团队合作。"

"天哪，没错。"马丁说，"6个月以来，皮尤和我十有七八的时间都在误会彼此的意思，跟大多数人一样。那紧急情况呢，你们在处理出乎意料的问题时也一样出色吗？"

"到目前为止，统计数据表明确实如此。"扎茵爽快地回答。

---

① 10个中间名均为希伯来语中的某个字母。

"我们不能像单个人那样集思广益，作为一个团队，我们无法从不同思想的相互作用中获益。但我们具有一种补偿性的优势。克隆人取自最出色的人类基因：IIQ的相似度达到了人类个体的99%，遗传结构为阿尔法双A。而且，我们可以发挥的能力比大多数个体都要多。"

"是个体的10倍。周约翰是……原先是个什么样的人？"马丁好奇地问。

"绝对是个天才。"皮尤礼貌地说。他并不像马丁那样，对克隆技术才有了兴致，但也没那么热衷。

"他是个类似达·芬奇的人，"约德说，"他是生物数学家，还是大提琴手、海底猎人，又对结构工程之类的问题感兴趣。他在构建出自己的主要理论之前就去世了。"

"这么说，你们每个人都代表着他的思想和才能当中某个不同的方面？"

"不是。"扎茵说，她适时地和其他几人一起摇了摇头，"当然，我们基本的才能和癖好是一样的，但我们都是行星开采公司的工程师。后来的克隆人可以通过训练来让基本才能的其他方面得到发展。而我们的遗传物质是一模一样的。我们都是周约翰，但我们接受的训练并不相同。"

马丁惊呆了："你们多大了？"

"23岁。"

"你是说，他英年早逝——他们是事先从他身上取了生殖细胞还是怎么着？"

吉美尔接过话头："他24岁那年死于一场空难。他们没办法挽救大脑，所以就取了些肠道细胞进行培养，好用来克隆。生殖细胞是不用于克隆的，因为只携带一半的染色体。肠道细胞碰巧很容易逆特化，可以轻松地重新编程，用来实现整体性的生长。"

"全是一个模子里出来的。"马丁大着胆子说，"但怎么可能……你们当中有些人是女的……"

贝丝接过话头："把一半的克隆体重新编程变回女性很容易。只要从一半的细胞中剔除男性基因，它们就会回复到基本形态，也就是女性。另一种方式更棘手一些，必须得想办法植入人工的Y染色体。所以他们基本上都是用男性来克隆的，因为这种克隆体在有性生殖方面表现得最好。"

说话的人又成了吉美尔："他们已经小心地解决了这些技术和功能上的问题。纳税人希望缴纳的税款能实现最大的价值，而克隆的费用当然很昂贵。要对细胞进行处理，还要在恩伽马胎盘中孵化，以及维持和培训养父母群体，最终我们每一个人差不多要耗费大约300万美元。"

"至于你们的下一代。"马丁还在费劲地思索着，"我估计，你们……你们会繁殖？"

"克隆体的女性不能生育。"贝丝十分平静地说，"你还记得Y染色体从我们的原始细胞中被剔除了吗？如果男性愿意的话，可以与经过批准的单个人交配。但是每当他们想要再次造出周约翰这个人，只要从这个克隆体中重新复制一个细胞就行了。"

马丁不再费劲思考了。他点点头，嚼着冷面包。

"好了。"其中一名约翰说了这么一句，众人的情绪都随之一变，就像一群椋鸟翅膀一挥就改变了路线，跟上了领头的鸟。不过他们的速度太快了，都没看清领头的是哪一只。

"去矿上看一眼怎么样？然后我们把设备卸下来。机器人当中有些不错的新型号，你们会想瞧瞧的。对吧？"即便皮尤或马丁有不同意见，他们可能也会觉得很难说出口。约翰们彬彬有礼，且全体意见一致；他们的决定凭借人多而得以通过。身为天秤座2号基地的指挥官，皮尤感到一阵不安。他能对这十人一体的男女超人发号施令吗？他们更擅长颐指气使。当他们套上防护服准备外出时，皮尤紧挨着马丁，两个人谁也没说话。

他们每4人一组，分乘3架大型喷气式飞机，从穹顶向北掠去，在星光下越过天秤座带有褶皱的暗褐色地表。

"真荒凉。"其中一个人说。

与皮尤和马丁同机的是一男一女。皮尤心中好奇，这是否就是昨晚共用一个睡袋的那一对。毫无疑问，就算他开口询问，他们也不会介意。对他们来说，那就像呼吸一样自然。

"是啊。"他说，"确实荒凉。"

"除了在月球上训练之外，这还是我们第一次出来呢。"少女的嗓音无疑要尖细一点，也更显柔和。

"你们是怎么进行大跃迁的？"

"他们把我们麻翻了。我倒是想醒着体验一下。"说这话的是那个少年，听起来他对此跃跃欲试。在只有两个人的时候，他们显得更有个性。个体的重复出现是否消解了个体性？

"别操心了。"马丁一边操纵着飞机一边说，"你是不可能体验到'无时'的，因为它根本就不存在。"

"我只是想经历一次。"其中一个说。

星光下，梅里奥尼思山脉在东面呈现出一副类似麻风病患者的尊容，西面的一个排气口里，一股冷凝气体从中飘起，拖曳出一道银痕，飞机朝着地面方向倾斜。刹那间，这对克隆人为停机做好了准备，互相冲着对方做出一个略带保护意味的手势。皮尤心想，对他们来说，你的皮肤就是我的皮肤。这不是比喻，而是确实如此。那么，有一个与你这么亲近的人会是什么感觉呢？你说话总有人回应，永远不会独自受苦。爱邻居如同爱自己[①]……邻居即自己，此爱完美无瑕。

地狱之口矿场到了。

皮尤是这次勘探任务的地外地质学家，马丁则是他的技师兼制图师。在一次本地勘测中，当马丁发现了铀矿时，皮尤把全部功劳都让给了他，同时也赋予了他勘察矿脉和规划开采团

---

① 出自《圣经·路加福音 第十章》，意即爱人如己。

队工作的责任。在马丁的报告送达地球之前的若干年，这些克隆孩子们就被派离了地球，在到达之前，他们并不知道自己的任务是什么。开采公司只是像蒲公英播撒种子那样，漫无目的地定期将一个个团队派遣出来，因为他们知道，在天秤座或下一颗行星上，甚至在他们目前还没听说过的行星上，总有某一项任务等着他们。政府对铀的需求太迫切了，等不及那些报告飞越若干光年的距离飘回地球。这玩意就像黄金，虽然过时却必不可少，值得在外星开采并进行星际运输，也值得送来这些人，皮尤这么想着，心里却泛起一股酸涩，一边看着他们一个接一个地走进黝黑的洞口——马丁称其为"地狱之口"。这些身材高挑的少年少女在星光下闪着淡淡的光芒。

当他们进洞时，自平衡前灯便亮了起来。12道低垂的微光沿着带有褶皱的潮湿洞壁向前移动。皮尤听见马丁的辐射计数器朝前方发出嘀嘀嘀的报警声，表示数值已到20。

"这儿就是陡降处了。"马丁的声音从防护服上的对讲机里传来，盖过了报警声和周围的死寂，"我们身在一道侧缝中，前面是主垂直气孔。"缝隙里黑洞洞的，在头灯的微弱光线中看不见远端的情形。"上一次火山活动似乎已经过去几千年了。相距最近的断层在'深堑'里，位于东面28公里处。这一带在这个地区算是非常安全了。上方巨大的玄武岩流只要自身保持稳定，就可以稳住所有这些子结构。你们的中心矿脉在36米以下，分布于东北方向的一串气泡洞里，一共是5个洞。这里蕴藏量很丰富，矿石相当优质。百分比你们都看过了，对吧？提取不会有问题。你们要做的就是把气泡弄到上面去。"

"揭开盖子，让它们飘上去。"有人咯咯一笑。几个人开始说话，但发出的都是相同的声音，防护服上的无线电装置分辨不出他们所在的位置。

"把这东西直接弄开——那样更安全。"

"不过这是坚固的玄武岩顶，有多厚？报告上说有3～20米。"

"优质的矿石到处都是。就用我们现在这条通道，把它扳直一点儿，给机器人铺上滑轨。"

"矿车可以进来了。"

"我们的支撑材料够吗？"

"马丁，你估计总有效载荷是多少？"

"介于500万到800万公斤之间吧。"

"运输机会在10E月（地球时间10个月）内到达这里——必须得是净化过的。不对，他们现在已经解决了纳法尔运输机的质量问题，别忘了，自从我们上周二离开地球以来，已经过去16年了。没错，他们会把它整个儿运回去，在地球轨道上进行净化。马丁，我们下去好吗？"

"你们去吧。我已经下去过了。"

第一个克隆人——是叫阿列夫吧？（古希伯来语，意思是牛，此人是他们的首领）——纵身跃上梯子，向下爬去；其余几人跟在他身后。皮尤和马丁站在深坑的边沿。皮尤把对讲机调成了只与马丁的防护服通信的模式，他注意到马丁也在如法炮制。听一个人用10道嗓音自言自语有点累人，抑或是同一个声音说出了10个脑子里的想法？

"好长的一根肠子啊。"皮尤低头望着漆黑的坑洞说，带有纹理的凸起的坑壁映出了遥远的下方那些头灯零星的微光，"一截牛肠。一段便秘得血糊糊的大肠。"

马丁的计数器叽叽叫着，像只走丢了的小鸡。他们站在这颗死气沉沉却像患有癫痫的星球内部，从氧气罐里吸着氧气，身穿防腐蚀、抗辐射的防护服，这身衣服耐得住200摄氏度范围内的不同温度，撕也撕不坏，而且由于内里的人体柔软而脆弱，这防护服还得尽可能地抗震。

"下一次跃迁，"马丁说，"我想找颗没有任何东西可以开采的星球。我讨厌这地方。我只喜欢洞穴探险，你知道的，所以我才到这儿来。但这个洞穴竟是个该死的矿！真不怎么样。你在这儿都没法减速下降。不过，我看这群人能应付得了，他们很在行。"

"未来的后浪。"皮尤说。

未来的后浪一窝蜂地涌上梯子，把马丁裹挟到了入口，在他四周冲着他飞快地叽叽喳喳："我们用来支撑的材料够吗？如果我们把其中一个提取装置的服务器转换一下用来支持的话，那就够了。要是缩小爆炸规模就够了吧？迦弗可以算算压力。"

皮尤把对讲机调回原先的频段，以便接收他们的信号。他望着他们，有这么多想法从同一个急切的脑子里叽里咕噜地冒出来。他望着默然站在他们中间的马丁，望着地狱之口和带有褶皱的平原。

"就这么定了！马丁，你觉得这个初步计划怎么样？"

马丁说："可以。"

在5个地球日之内，约翰们已经卸完了全部材料和设备，使其进入可以运行的状态，并开始对矿藏进行开采。他们的工作效率很高。他们的高效、自信和独立让皮尤既着迷又惧怕。他对他们而言半点用处也没有。他想，克隆人或许是最早出现的真正可以自力更生的稳定人类。一旦成年，便不再需要任何人的帮助。其本身无论在生理上、情感上还是智力上都可以自给自足。无论他做什么，总是会得到其他同伴的支持和赞同，他们是他另外的自己。根本不需要他们之外的任何人了。

两个克隆人留在穹顶里做计算工作，经常乘飞机去矿上进行测量和测试。他俩是克隆体中的数学家扎茵和迦弗。正如扎茵解释过的那样，这10个人从3岁到21岁都接受过全面的数学训练，但21岁到23岁期间，她和迦弗继续学习数学，而其他人则在其他专业上强化学习，如地质学、采矿学、工程学、电子工程学、设备机器人学、应用原子学等。"迦弗和我觉得，"她说，"在这个克隆体当中，我们俩最接近周约翰作为单个人在这一生中的样子。不过当然了，他主要研究的是生物数学领域，而在这方面他们没让我们学得太深入。"

"公司在这个领域最需要我们。"迦弗说，带着爱国者特有的自命不凡。

皮尤和马丁很快就能把这一对与其他人区分开来了，辨认扎茵是根据她的格式塔①，而辨认迦弗则是根据他左手无名指上褪色的指甲，那是在他6岁那年被失了准头的锤子砸伤的。毫无疑问，他们之间这样的差异不少，生理上和心理上的都有。先天上他们或许相同，但后天上却不可能一模一样。不过，这些差异很难发现，部分原因在于他们从未真正与皮尤和马丁交谈过。他们跟他俩开玩笑，很有礼貌，相处得不错。他们什么也不会付出。这没什么可抱怨的。他们相当和蔼可亲，以标准的美国式友善待人。

"欧文，你是从爱尔兰来的吗？"

"扎茵，没人是从爱尔兰来的。"

"有很多爱尔兰裔美国人。"

"那是当然，但他们已经不再是爱尔兰人了。我了解到的最新消息是整座岛上有几千人。要知道，他们没采取节育措施，所以食物都吃光了。到第三次饥荒时，除了祭司之外，已经没有其他爱尔兰人了，那些人基本上个个都禁欲。"

扎茵和迦弗拘谨地笑了笑。他们既没有经历过偏见，也没

---

① 心理学术语，有两种含义。一是指事物的一般属性，即形状、形式；二是指事物的个别实体，即分离的整体，形式仅为其属性之一。

有领教过讽刺。"那从种族上来讲，你是什么人呢？"迦弗问。

皮尤答道："威尔士人。"

"你跟马丁说话的时候讲的是威尔士语吗？"

这不关你的事吧，皮尤心想，不过他嘴上说的是："不是，讲的是他的方言，不是我的阿根廷语。他是西班牙人的后裔。"

"你是为了进行私密交流才学的？"

"我们在这儿有什么秘密可言啊？只是有时候人喜欢说自己的母语而已。"

"我们的母语是英语。"迦弗漠然地说。

他们为什么要有同情心？这是你因为需要别人回报才会付出的东西之一。

扎茵问："威尔斯是不是怪怪的？"

"威尔斯？哦，那地方叫威尔士。对，威尔士很奇特。"皮尤打开他的岩石切割机，机器发出一阵刺耳至极的呜呜声，阻止了他们继续交谈。趁着切割机呜呜作响时，他转过身去，用威尔士语说了句脏话。

那天晚上，他用阿根廷方言进行私密交流："他们是始终跟固定的人成双成对，还是会换伙伴呢？"

马丁一脸诧异。一时之间，他先是露出了一种与其相貌不相称的拘谨表情，然后那表情又消散了。他也感到好奇："我看是随机的。"

"别悄悄地说啊，伙计，听起来有点下流。我觉得他们会轮换着来。"

马丁露出个猥琐的笑容，又憋了回去："那咱们俩呢？咱们不是给漏掉了吗？"

"他们没想到这一点。"

"如果我向其中一个女孩求爱呢？"

"她会告诉其他人，然后他们会集体决定。"

"我又不是公牛。"马丁说，他黝黑阴沉的脸上有些发烫，"我可不要受到审判——"

"得了，得了，男子汉。"皮尤说，"你打算向其中某一个求爱吗？"

马丁耸了耸肩，闷闷不乐地说："让他们自个儿搞去吧。"

克隆人最初还试着摆出端庄的风范，但由于缺乏深切的自我防御性或对他人的意识感知作为动力，很快他们就不这样了。

一天晚上，马丁说："还得两个月呢。"

"什么还得两个月？"皮尤厉声道。他最近很暴躁，马丁的消沉使他心烦意乱。

"换班。"

60天后，开采任务组的全体人员就该从勘察任务中返回了。皮尤知道这一点。

"度日如年吧？"

"打起精神来吧，欧文。"

他们怀着蔑视和怨恨分道扬镳。

皮尤独自在潘帕斯平原上待了一天后才回来。潘帕斯是一片巨大的熔岩平原，要乘坐喷气式飞机往南飞两个小时，才能到达平原相距最近的边缘。他很疲倦，但独处使他精神焕发。他们本来不该独自一人进行长途旅行的，但最近他们经常这么做。马丁在明亮的灯光下弯着腰，描绘着一张精美的图表。这张是天秤座的完整地表图，地表仿佛发生了癌变似的。除了他之外，穹顶内空荡荡的，一如克隆人到来之前一样，显得昏暗而开阔。

"那帮'金帐汗国'的人在哪儿？"

马丁一边描绘着交叉阴影线，一边咕哝着说不知道。他直起脊背，回头瞥了一眼太阳——太阳像只红色的癞蛤蟆，无力地蹲伏在东面的平原上；又望了望时钟，上面显示的时间是18点45分。"今天有几次大地震。"他说着，目光又回到他的地图上，"感觉到底下的震动了吗？好些板条箱落得到处都是。看一眼地震仪吧。"

指针在滚轴上摇摆不定、上蹿下跳。在这个地方，它始终没有停止过舞动。据滚轴记录，下午三四点左右发生了5次震级较高的地震；指针有两次曾经脱出了滚轴。相连的计算机已经被激活，给出了转差读数："震中位于北纬61'、东经42'4"。"

"这一次不是在深堑里。"

"我觉得跟平常有点不一样。更强烈。"

"在一号基地。以前我常常躺在那儿整宿睡不着，感觉地面的跳动。不知怎么就习惯了这些，真是奇怪。"

"要是没习惯，那就发疯算了。晚饭吃什么？"

"我还以为你已经做好了呢。"

"等着克隆人呢。"

皮尤觉得自己上当了，他拿出一打饭盒，把两个塞进速烤机里，又拽了出来，"好吧，晚餐来了。"

"我在想。"马丁说着走到桌旁，"万一哪个克隆体把自己给克隆了呢？用非法的方式。制造1000个副本，然后他们有1万个了。整支军队。他们可以干净利落地篡权，不是吗？"

"可是，克隆这么一批人得花多大一笔钱呢？比如人造胎盘之类的费用。要保密也很难，除非他们将一颗星球据为己有……在几次大饥荒之前，在地球上还有国家政府的时候，他们就议论过这件事：把你最好的士兵克隆出来，用来组建一个个完整的军团。可是他们还没来得及玩这一手，粮食就吃完了。"

他们像从前一样和睦地交谈着。

"有意思。"马丁边说边嚼，"他们今天一大早就走了，是不是？"

"除了迦弗和扎茵之外都走了。他们认为今天就能把第一个有效载荷弄到地面上来。有什么事吗？"

"他们没回来吃午饭。"

"他们肯定饿不死。"

"他们7点就走了。"

"确实如此。"然后皮尤明白了，这些储气罐储存的氧气只能维持8小时。

"迦弗和扎茵走的时候把备用的储气罐带走了。他们之前已经弄出去一大堆了。"

"没错，但他们把之前那一堆都带回来重新充气了。"马丁站了起来，指着穹顶里堆放的一堆储气罐。

"每件即时通信防护服上都有报警信号。"

"那又不是自动的。"

皮尤很累，而且还饿着肚子。"坐下吃吧，伙计。那帮家伙能照顾好自己的。"

马丁坐了下来，但并没有开吃。"发生了一场大地震，欧文。第一场大得都把我吓坏了。"

皮尤沉默片刻，叹气道："好吧。"

他们无精打采地取出始终为他俩留着的双人机，向北方飞去。漫长的日出如同有毒的红色凝胶，覆盖了一切。横斜的光与影让人难以看清眼前的景物，仿佛在他们前方竖起一道道铁墙，他们从中掠过，这样的光与影把"地狱之口"另一边原本凸起的平原变成了一片盛满"血水"的巨大凹地。在隧道的入口周围，到处都是机械设备，起重机、电缆、服务器、机轮、挖掘机、自动机器人车和控制房，在红光的映照下，全都胡乱堆积在那里。

马丁跳下飞机，奔进了矿口，然后又跑出来对皮尤说："哦，上帝啊，欧文，它掉下来了。"

皮尤走进去，在距离入口5米远的地方，他看见一堵闪闪发亮的潮湿黑墙堵死了隧道。这堵墙刚刚暴露于空气中，看起来像有机体，跟内脏组织似的。隧道入口经过爆破有所拓宽，铺设了供机器人车使用的双轨，似乎没有发生什么变化，直到他注意到洞壁上有成千上万道细如蛛网的裂缝。地面被某种凝滞的液体浸湿了。

"他们在里面。"马丁说。

"他们可能还在。他们肯定有多余的空气罐——"

"欧文，看那玄武岩流，看那洞顶，你还不明白地震造成了什么后果吗？看啊。"

洞顶那片隆峰仍然显得不真实，像是一种视错觉。它倒转了过来，向下沉降，形成了一个巨大的凹坑。当皮尤在上面行走时，他看见这上面也有许多细小的裂缝，从某些裂缝中飘出一种发白的气体，照在这片气池表面的阳光就像照着暗红色的湖水一样。

"矿又不在断层上。这儿没有断层！"

皮尤很快回到他身边："对，没有断层，马丁——他们肯定没有全都进去。"

马丁跟在他身后，在那些毁坏的机器中呆呆地搜寻了一会儿，然后又活跃起来。他发现了那架飞机。它坠落时头朝南，以一定的角度卡在一个被胶状尘土填满的坑里。机上载着两名乘客。一个人半埋在土里，但他防护服上的仪表显示运行正常；另一个人还悬在那里，被束缚在倾斜的机身上。她的即时通信防护服在断腿处裂开了，硬邦邦的身体像石头一样冰冷。这就是他们的全部发现。按照规定和习俗，他们用随身携带却从未用过的激光枪将死者立即火化了。皮尤知道自己就要病倒了，他把幸存者拽上双人飞机，打发马丁和他一起回穹顶去了。然后他呕吐了一阵，把秽物从防护服里冲走，接着又发现了一架完好无损的四人机，便跟在马丁后面回去了。他一路上浑身颤抖，仿佛天秤座上的寒气已经穿透了防护服。

幸存者是迦弗。他陷于深度休克状态。他的枕骨部有一处肿胀，意味着他可能遭受了脑震荡，但没有明显的骨折。

皮尤端来两杯浓缩食品，还有两杯喝完阿夸维特酒①之后搭配的醒酒水。他们在简易床边的板条箱上坐下，啜饮着醒酒水。

迦弗一动不动地躺在那里，脸色像蜂蜡一般，黑亮的头发垂在肩上，嘴唇僵硬地张开，微微喘着气。

"肯定是第一次地震造成的，那场大地震，"马丁说，"地震一定是让整个结构都滑向了一旁，直到它自己坍塌了。横侧岩中肯定有气层，就像第三十一象限里的那些结构那样。可是没有任何迹象——"马丁的话被打断了。

①　北欧和德国北部地区特产的烈性酒。

就在他说话的时候，整个世界从他们身下滑了出去。各种东西稀里哗啦地上蹿下跳，发出"哈！哈！哈"的声音，像是有人在怪叫。"14个小时一直是这样。"在世界的瓦解和毁坏之中，马丁的声音里带着颤抖的理性。但是，随着混乱减轻、各种东西不再乱窜，迦弗坐了起来，放声尖叫。

皮尤从他那杯泼洒出来的醒酒水中跃过去，把迦弗摁倒。那具肌肉发达的身体猛地甩开了他。马丁按住了他的肩膀。迦弗尖叫着，挣扎着，喘不过气来。他的脸变成了乌青色。

"缺氧——"皮尤说，他的手仿佛恢复了归巢的本能，在医药箱里找到了合适的那根针。马丁扳着面罩，他把针头深深地扎进了迦弗的迷走神经，让迦弗又活了过来。

"我不知道你还会这一手绝技。"马丁喘着粗气说。

"起死回生针，我父亲是个医生。这一招并不是经常管用。"皮尤说，"再给我来杯饮料。地震完了吗？我看不出来。"

"余震。不光是你在发抖。"

"他为什么会窒息？"

"我不知道，欧文。查查书上怎么说的吧。"

迦弗现在呼吸正常，脸色也恢复了，只是嘴唇的颜色还很暗。他们又斟了一杯酒壮胆，拿着医疗指南书，重新在他身边坐下。

"在'休克'或'脑震荡'条目下没有关于发绀或窒息的内容。既然他穿着防护服，肯定不可能是吸入了什么东西。我不知道。这玩意儿的用处跟《莫妈妈家庭草药医生》也就半斤八两……'肛门痔疮'……妈的！"皮尤把书往板条箱搭成的一张桌子上一丢。不过书没落到桌子上，因为要么是皮尤还在晃悠，要么就是桌子还不稳当。

"他为什么不发信号？"

"抱歉，你说什么？"

"矿里的8个人来不及发信号。可他和那姑娘当时肯定在外面。也许她在入口处，在第一次滑坡时给击中了。他当时绝对是在外面，说不定在控制房里。他跑进去，把她拖了出来，绑在了飞机座位上，开始动身往穿顶赶。在这么长的一段时间里，他始终没有按下即时通信防护服上的应急按钮。为什么没按呢？"

"呃，他脑袋上挨了那一下子呢。我怀疑他有没有意识到那姑娘已经死了。他神志不清。但就算他神志清醒，我也不知道他有没有想过要给我们发信号。他们都是向其他克隆体求助的。"

马丁的脸就像一张印第安人的面具，两边嘴角上有凹槽，眼睛像煤块一样呆滞无神。"就是如此。那么，当地震来临时，他一个人在外面的时候，他该是种什么感觉呢……"

迦弗尖叫着作为回应。

在恶心和惊厥中，他从简易床上爬了下来，挥舞着胳膊，把皮尤打翻在地，踉跄着走进一堆摞起的板条箱，倒在地上，嘴唇发青，翻着白眼。马丁把他拖回到简易床上，给他吸了吸氧，然后在皮尤身边跪倒，擦拭着他划伤的颧骨："欧文，你没事吧，你不会有事吧，欧文？"

"我觉得没事，"皮尤说，"你干吗把那玩意儿往我脸上蹭？"

那是短短一截电脑磁带，此时沾染了皮尤的血迹。马丁把它丢掉："我还以为是毛巾呢。你的脸撞在那边的箱子上了。"

"他疯了吗？"

"好像是。"

他们低头看着迦弗，他僵直地躺着，乌青的嘴唇张着，露出的牙齿就像一道白线。

"跟癫痫似的。说不定是脑损伤？"

"给他打一针甲丙氨酯怎么样？"

皮尤摇了摇头："我都不知道刚才给他治休克的时候打的那一针里头有什么成分。我不想用药过量。"

"也许他现在睡一觉就没事了。"

"我自己倒是想睡上一觉呢。他这么一闹，再加上地震，我好像连站都站不稳了。"

"睡吧，我要熬会儿夜。"

皮尤清理了一下划破的脸颊，脱下衬衫，然后停下了动作。

"有没有什么事是我们本来该做的——本来该试着去做的——"

"他们都死了。"马丁沉痛而温和地说。

皮尤在睡袋上躺下，不一会儿，他又被一种令人讨厌的可怕挣扎声给吵醒了。他晃晃悠悠地坐起来，找到那根针，试了3次，想把针头准确地戳进去，但都没成功，然后他开始在迦弗的心脏上方按摩。"人工呼吸吧。"他说。马丁照办了。过了片刻，迦弗吸了口气，发出刺耳的声音，他的心跳稳定下来，僵紧的肌肉开始放松。

"我睡了多久？"

"半小时。"

他们大汗淋漓地站起来。大地在颤抖，穹顶的结构耷拉下来，摇晃着。天秤座又在跳可怕的波尔卡舞了，它的死亡之舞。太阳虽然正在上升，却似乎变得更大更红了。稀薄的大气中必定搅动起了气体和尘埃。

"他怎么了，欧文？"

"我看，他正随着他们一起死掉。"

"他们——可是他们都死了。"

"其中9个都死了，被压死或窒息而死。他们个个都是他，他就是他们全体。他们死了，眼下他正在一个接一个地经历他们的死亡。"

"哦，上帝垂怜！"马丁说。

第二次也大同小异。第五次的情形更糟，因为迦弗挣扎着、叫嚷着，想要说话，却什么话也说不出来，就好像他的嘴被石头或黏土堵住了似的。此后，他的发作症状减轻了，但他的身体也变得越发虚弱。第八次发作是在4点30分左右，皮尤和马丁一直忙活到5点30分，竭尽全力地帮他那具毫无反抗地滑向死亡的躯体维系生机。他们挽留住了他的性命，但马丁说："下一次发作会叫他送命的。"确实如此。可是皮尤还在坚持对着他了无生气的肺吹气，一直吹到他自个儿昏了过去。

迦弗醒过来了。穹顶处于不透明模式，没有开灯。他侧耳倾听，听见了两个沉睡的人的呼吸声。他又睡着了，没有被任何动静惊醒，直到自己饿醒过来。

太阳高挂在深色的平原上，这颗星球的舞动已经停歇。迦弗躺在那里沉睡。皮尤和马丁喝着茶，带着胜利后的喜悦望着他。

他醒来后，马丁走过去问他："伙计，你觉得怎么样？"没有回答。皮尤在马丁的位子上坐下来，望着他那双呆滞的褐色眼睛，那双眼睛望着他的方向，却并没有望进他眼中。和马丁一样，他也很快转身走开了。他把浓缩食物加热，端给迦弗："来，喝吧。"

他能看见迦弗咽喉处的肌肉绷紧了。

"让我死吧。"他说。

"你不会死的。"

迦弗说出的话清晰而准确："十分之九的我都死了。剩下的我已经不够活了。"

这精确的数值说服了皮尤，他与这种信念进行着斗争。

"不。"他斩钉截铁地说,"他们都死了。其他几人,你的兄弟姐妹,你不是他们,你还活着。你是周约翰。你的生命掌握在自己手中。"

迦弗一动不动地躺着,望着并不存在的黑暗。

马丁和皮尤轮流带着开采搬运车和备用机器人去地狱之口抢救设备,希望它们不会受天秤座凶险大气层的影响,因为这些东西的价值确实就是个天文数字。一个人干活的速度是很慢,但他们不愿留下迦弗独自一人。留在穹顶里的那一个就做文书工作,而迦弗或坐或躺,盯着他面前的黑暗,从不说话。日子无声无息地过去。

无线电噼里啪啦地响起来,是任务组从飞船上发来的呼叫:"欧文,5周后我们就到天秤座了。从现在开始算,34个地球日9小时。你们在老穹顶里过得怎么样?"

"不好,头儿。开采团队的人在矿里全死了,只剩下1个。是地震。6天前。"

收音机噼啪作响,唱起了星际之歌。线路双向都有16秒的延迟。飞船现在已经在二号行星附近了。"除了1个全死了?你和马丁没受伤吧?"

"我们没事,头儿。"

32秒后。

"帕瑟利尼号给我们留下了一支开采团队。我可能会让他们参与地狱之口项目，而不是第七象限项目。我们下来的时候再定吧。无论如何，你和马丁在二号穹顶的位置都会有人接替的。坚持住了。还有什么别的事吗？"

"别的没了。"

32秒后。

"那就好。再见，欧文。"

这段对话迦弗全听见了，后来皮尤对他说："头儿可能会让你和另一支开采团队一起留在这里。你了解这儿的情况。"他知道远太空生活的紧急状况什么样，想警告一下这个年轻人。迦弗没有回答。自从他说完"剩下的我已经不够活了"以后，他就再也没说过一句话。

"欧文。"马丁在防护服上的对讲机里说，"他疯了吧。精神失常了。成了神经病。"

"对于一个死过9回的人来说，他算是表现得相当好了。"

"好？就像一个被关掉了的机器人那样好吗？他唯一剩下的感情就是恨。瞧瞧他的眼睛吧。"

"那不是恨，马丁。听着，从某种意义上说，他确实已经死了。我无法想象他的感受。那不是仇恨。他甚至都看不见我们。太暗了。"

"有人还在暗中被割喉了呢。他恨我们，因为我们不是阿列夫，不是约德，也不是扎茵。"

"也许吧。可我觉得他很孤独。他看不见我们，听不见我们的话，事实就是这样。以前他眼里从来不用看见别人。以前他从来没有孤独过。他这辈子本来可以看见自己、跟自己说话、和自己一起生活，他有另外9个自我。他不知道一个人该怎么活。他得学习。给他点儿时间吧。"

马丁的大脑袋摇了摇。"疯了。"他说，"你只要记住，你单独跟他在一起的时候，他可以单手拧断你的脖子。"

"他是能做到。"皮尤说。他身材矮小，声音柔和，颧骨上有道疤。他微微一笑。他们正在穹顶的气闸外给其中一套控制系统编程，好修理一辆损坏的搬运车。巨大的穹顶形似半颗鸡蛋，他们可以看见迦弗坐在穹顶里，如同困在琥珀里的一只苍蝇。

"把嵌入包递给我。你凭什么认为他会好起来？"

"他个性很强。"

"强？他都废了。正如他说的那样，死了十分之九。"

"可他没死。他是个活生生的人。约翰·迦弗·周，他的成长经历离奇又愉快，但毕竟每个孩子都得摆脱家庭的束缚。他会做到的。"

"我看不出来。"

"想想看吧，马丁，克隆技术的发明是为了什么？是为了修复人类。我们的情况很差劲。瞧瞧我吧。我的IIQ和GC只及得上这位周约翰的一半。可是，他们却特别想让我加入远太空服务，于是当我自告奋勇的时候，他们录用了我，还给我装了个人造肺，矫正了我的近视。如果周围健全的年轻人足够多的话，他们还会不会录用一个只有半边肺、眼睛近视的威尔士人？"

"我不知道你装了个人造肺。"

"我装了。不是锡做的，是真人的肺，用某人身上的一部分在容器里长成的，也算克隆出来的。这就是他们制造替代器官的方法，大致的概念和克隆一样，但克隆的是部分人体，而不是完整的人。不管怎么着，它现在是我自己的肺了。但我想说的是，如今像我这样的人太多，而像周约翰这样的人还不够。他们正试着提高人类基因库的水准。自从人口崩溃以来，基因库就成了个脏兮兮的小水坑。所以，如果一个人被克隆了的话，那他就是个健壮聪明的人。当然，这只是逻辑推理。"

马丁咕哝了一声。控制系统开始嗡嗡作响。

迦弗一直没怎么吃东西。他吞咽食物有困难，会被食物噎住，所以他吃过几口之后就不吃了。他已经瘦了8～10公斤。然而，过了大约3个星期，他的胃口开始逐渐恢复，而且某一天，他开始翻看那帮克隆人遗留的物品，睡袋、工具箱、文件，这些东西都被皮尤整齐地摞在一起，收在通道的角落里。他将其分类，销毁了一堆文件和零碎东西，把剩下的物品打成一小包，然后再次陷入了行尸走肉的状态。

两天后，他开口了。当时，皮尤正试着纠正磁带播放机的震颤，尚未成功；马丁把喷气式飞机弄了出去，查看着潘帕斯平原的地图。皮尤说："见他娘的鬼！"迦弗突然用不带感情的声音道："你想让我做那件事吗？"

皮尤跳了起来，控制住自己的情绪，把机器交给迦弗。迦弗把它拆开，又重新装好，搁在桌上。

"放上磁带。"皮尤小心地假作随意道，一边在另一张桌子旁边忙活。

迦弗把最上面的磁带放进去，播放器传出赞美诗的声音。他在简易床上躺下。100人齐声歌唱的声音充满了整座穹顶。他一动不动地躺着，面无表情。

在接下来的日子里，他主动承担了几项例行的工作。凡是需要创造性的事他一概不做。要是叫他做什么事，他也毫无反应。

"他表现得很好。"皮尤用阿根廷方言说。

"不好。他把自己变成了一架机器，做程序设定好的事，对其他事统统没反应。他这种情况比完全干不了活的时候更糟糕。他不再是人了。"

皮尤叹了口气："好吧，晚安。"然后他又用英语说，"晚安，迦弗。"

"晚安。"马丁也说道。迦弗没有回答。

次日早晨，早餐的时候，迦弗伸手从马丁的盘子里抓烤面包。

"你干吗不问我要呢？"马丁强忍着怒气，温和地说，"我可以递给你。"

"我够得到。"迦弗用毫无起伏的声音说。

"没错。可是你瞧啊，请别人递东西，说晚安或你好，这些并不重要，可就算是这样，当有人说话的时候就应该回答⋯⋯"

那年轻人漠然地望着马丁所在的方向。他的眼睛似乎仍然没有看清望着的那个人："我为什么要回答？"

"因为有人跟你说话。"

"为什么？"

马丁耸耸肩，笑了。

皮尤跳起来，打开了岩石切割机。后来他说："别说了，马丁，拜托。"

"在与世隔绝的小型机组里，礼仪是必不可少的，无论你们在一起做什么，都要有某种礼仪。这一点有人教导过他，远太空服务里的每一个人都懂这个。他为什么要故意不理会呢？"

"你跟自己说晚安吗？"

"所以呢？"

"难道你不明白吗？除了他自己以外，迦弗谁也不认识。"

马丁略一思索，然后爆发了："那么，上帝作证，克隆这种事完全是错误的。这样不行。大量的天才复制品要是连我们的存在都不知道，那他们又能为我们做什么呢？"

皮尤点点头："更明智的做法可能是把克隆人彼此分开，跟其他人一起养大。不过用目前这种方式，他们组成了一支相当了不起的团队。"

"他们有吗？我可不知道。如果这帮人换作是10个效率低下的普通地外工程师，他们会统统死光吗？假设一下，当地震来临、洞顶开始坍塌的时候，所有这些克隆人要是都朝着同一个方向跑、往矿里更深的地方跑，兴许是为了去救最里面的那个人呢？就连本来待在外面的迦弗也进去了……这是假设。但我一直在想，如果是10个糊里糊涂的普通人，说不定逃出来的人会更多。"

"我不知道。的确，同卵双胞胎哪怕彼此从来没见过面，往往也会同时死亡。这真是奇怪……"

日子一天天过去，红日在黯淡的天空中缓缓移动，有人跟迦弗说话的时候他还是不说话，皮尤和马丁互相攻击的次数一天比一天多。皮尤抱怨马丁打呼噜。马丁被惹恼了，把他的简易床移到穹顶另一边，而且有一阵子还不肯再跟皮尤说话。皮尤用口哨吹着威尔士挽歌，直到马丁开始抱怨，然后又变成皮尤有一阵子不肯说话了。

在任务组的飞船即将到达的前一天，马丁宣布自己要去趟梅里奥尼思。

"我还以为你至少会给我帮忙，用电脑完成岩石分析呢。"皮尤愤愤地说。

"这件事迦弗可以干。我想再看一眼深堑。祝你干得开心。"马丁用方言补充了一句，笑了笑就走了。

"那是什么语言？"

"阿根廷语。我曾经告诉过你一回，对吧？"

"我不知道。"过了一会儿，那年轻人又说，"我想，很多事我都忘了。"

"这当然不重要。"皮尤温和地说，突然意识到这次谈话的重要性，"迦弗，你能帮我操作一下电脑吗？"

他点了点头。

皮尤先前留下了许多尚未了结的零碎工作，这件事耗费了他们一整天的时间。迦弗是个好同事，做事敏捷又有条理，在这两方面远胜于皮尤本人。他又开始说话了，不过他那种平板单调的声音实在叫人心烦意乱。没关系，只剩下最后一天了，熬过去以后飞船就该来了，还有昔日的机组成员、伙伴和朋友。

茶歇的时候，迦弗说："要是开采飞船坠毁了会怎么样？"

"他们会死。"

"我的意思是对你们来说。"

"对我们来说？我们会用无线电发出求救信号，靠分量减半的口粮生活，直到三区基地的巡航飞船到来。那儿离我们有4.5个地球年的距离。我们这儿有给3个人用的生命支持系统。让我想想，或许能撑上个四五年。时间可能有点儿紧。"

"他们会为了3个人就派巡航飞船来接？"

"他们会的。"

迦弗不再说话了。

"猜测到此为止。"皮尤说，站起来准备继续工作。可是他突然往旁边一滑，手没抓住椅子。他的动作有点像是芭蕾舞中的半圈单脚尖旋转，然后猛地撞到了穹顶上。"我的天。"他又用回了家乡的土话，"咋回事？"

迦弗说："地震。"

塑料茶杯咯咯响着，在桌子上弹来弹去，一堆凌乱的纸张从箱子里滑了出来，穹顶的外壳鼓起来又凹进去。脚下传来一阵巨响，半是声音，半是颤动，那是一声亚音爆。

迦弗坐着没动。地震吓不住在地震中死过一回的人。

皮尤脸色煞白，粗硬的黑发支棱着，惊恐地说，"马丁在深堑呢。"

"什么堑？"

"大断层。本地地震的震中。看看地震仪吧。"有个仍在晃动的储物柜的门卡住了，皮尤挣扎着想把它打开。

"你要去哪儿？"

"去找他。"

"马丁把喷气式飞机开走了。地震期间使用飞机不安全，会失控的。"

"看在上帝的份儿上，闭嘴。"

迦弗站起来，用一如既往的平淡声音说："现在没必要跟着他出去。这是在冒不必要的风险。"

"如果他的报警器响了，就跟我通话。"皮尤说着，将防护服的头盔合拢，向闸口跑去。他出去的时候，天秤座拎起了褴褛的裙子，跳着肚皮舞，从他脚下一直到红色的地平线都在舞动。

迦弗在穹顶里看见飞机升上天空，在暗红的日光中颤抖如流星，消失在东北方向。穹顶的外壳震动着，大地仿佛在咳嗽。穹顶南面，一个火山口喷出了一股流动缓慢的黑色气体，如同呕出的胆汁。

铃声大作，中央控制面板上亮起了一盏红灯。信号灯下方的指示牌上写着"2号防护服"，指示牌下方胡乱涂写着"A.G.M."[①]。迦弗没有关闭信号。他试着用无线电与马丁通话，然后又呼叫了皮尤，但都没有得到回应。

余震减弱后，他重新开始工作，干完了皮尤的活儿。这花了他大约两个小时的时间。每隔半小时，他便试着联系一次"1号防护服"，没有得到回复，然后是"2号防护服"，也没有得到回复。1小时后，红灯停止了闪烁。

晚餐时间到了。迦弗做了1人份的晚餐。吃完后，他在简易床上躺下来。

除了间隔许久的轻微颤动之外，余震已经停止。一轮淡红的扁圆太阳悬在西方，没有明显下沉。万籁俱寂。

迦弗站起身，开始在穹顶里走来走去，穹顶里有一半的空

---

① 马丁全名的缩写。

间都堆满了东西，过度拥挤，凌乱不堪，除了他空无一人。四周依旧寂然无声。他走到播放机前，把手中摸到的第一盘磁带放了上去。是电子纯音乐，没有和声，也没有人声。音乐结束了。寂静如旧。

皮尤的束腰外衣制服挂在一堆岩石样本上方，少了颗纽扣。迦弗盯着它看了一会儿。

寂静如旧。

世上除了我，再也没有别的活人了。

穹顶北方，一颗流星低低闪烁。

迦弗张开嘴，好像想说什么，却没发出声音。他急忙走到北墙边，向那凝胶般的红光张望。

那颗小星星来了，降落下来。两个人影让气闸变得模糊不清。他们进来时，迦弗紧挨着闸口站着。马丁的即时通信防护服上蒙着一层尘埃，让他看上去就像天秤座的地表那样，脏兮兮的，到处是凸起。皮尤搀着他的胳膊。

"他受伤了吗？"

皮尤脱下防护服，又帮马丁把他那身防护服剥了。"吓坏了。"他简短地说。

"悬崖上有一大块石头掉了下来，砸到了喷气式飞机上。"马丁说着，在桌旁坐下，挥舞着双臂，"不过当时我没在里头。瞧，我把飞机停好了，正在那片布满碳尘的区域四处闲逛，这时我感到有东西拱了起来。于是我就走到一块早期火成岩上，我在上方的时候就留意到这是个很好的立足点，它不在悬崖底下。然后我看到属于这颗星球的一小部分落到了飞行器上，那场面相当壮观，过了一会儿，我才想起来备用氧气罐还在飞行器上，所以我就只好指望应急按钮了。可是我没收到任何无线电信号，地震期间，这儿的情况总是这样，所以我也不知道信号到底发没发出去。周围的东西还在震动，悬崖上的碎片纷纷落下。小石头到处乱飞，灰尘多得连1米以外的地方都看不见。我开始怀疑，到了下半夜自己该怎么呼吸了，就在这时，我看见欧文在满天的尘土和垃圾里嗡嗡地飞到了深堑上方，就像只难看的大蝙蝠——"

"想吃东西吗？"皮尤问。

"我当然想吃东西。迦弗，你在这儿是怎么安然度过的？没受伤？其实这算不上大地震，对吧，地震仪怎么显示的？我的麻烦在于身处地震的中央地带——旧震中阿尔瓦罗。那儿感觉得有里氏15级了——整个星球都要毁灭了——"

"坐下。"皮尤说，"吃吧。"

吃过东西之后，马丁滔滔不绝的话就打住了。他很快便走到自己的简易床前，床仍旧摆在远处的角落里，皮尤抱怨他打呼噜那会儿，他就把床搬到那边去了。

"晚安，只有半边肺的威尔士人。"他在穹顶的另一头说道。

"晚安。"

马丁没再说话。皮尤把穹顶设成不透明状态，将灯光调暗，变成了比烛光还暗的昏黄光线，他坐在那里什么也不做、什么也不说，似乎与世隔绝了。

寂静如旧。

"我把计算完成了。"

皮尤点头表示感谢。

"马丁发出的信号传过来了，可是你和他我都联系不上。"

皮尤艰难地说："我本来不该去的。就算只剩一罐空气，也够他呼吸两个小时。我离开的时候，他说不定正在回来的路上。我很害怕。"

寂静再次笼罩，这一回点缀着马丁绵长而轻微的鼾声。

"我累了。"皮尤说，"在满天的黑灰和垃圾里头寻找他的踪影，嘴巴在土里张开又合上，实在难受……我要睡觉去了。飞船会在6点钟左右给我们发信号的。"他站起来，伸了个懒腰。

迦弗说："他们带来了另一支开采团队。"

"是吗？"

"是个12克隆体。他们是在帕瑟利尼号上跟我们一起出来的。"

迦弗坐在那盏灯小小的黄色光晕中，似乎透过它看见了他所畏惧的东西：新的克隆体，多重自我，而他并非其中的一部分。他是一个支离破碎的集体中遗失的部分，一块碎片，不擅独处，甚至不知道如何将爱给予另一名个体，现在他却必须面对 12 名克隆人绝对而闭环的自给自足。确实，对这个可怜的家伙来说，这样的要求是挺高的。经过他身边时，皮尤把一只手搭在他肩上："头儿不会让你跟另一个克隆体一起待在这儿的。你可以回家了。或者，既然你已经加入了远太空服务，那你兴许可以和我们一起到更远的地方去。我们用得上你。不用着急做决定。你会想明白的。"

皮尤平静的声音越来越小。他站在那里，解着上衣的纽扣，身子由于疲累而略有些佝偻。迦弗望向他，看见了以前从未见过的东西，看见了他：欧文·皮尤，他者，那个在黑暗中伸出手来的陌生人。

"晚安。"皮尤嘟囔着，迷迷糊糊地爬进了睡袋。他已经快睡着了，所以他没有听见，停顿片刻之后，迦弗回答了他的话，在黑暗的另一边，他也道了声晚安。

厄修拉·K.勒古恩（1929—2018），美国科幻、奇幻、女性主义与青少年儿童文学作家。1969 年《黑暗的左手》出版，因其对两性问题的全新思考、丰富的思想内涵和高度的文学成就，被公认为"划时代的伟大作品"，并荣获了雨果奖和星云奖两项世界大奖；另一部科幻小说《一无所有》重新界定了乌托邦小说的范畴和风格，同样荣获雨果奖和星云奖。奇幻作品《地海传说》系列（2006 年被宫崎骏之子改编为同名动画电影《地海传说》），一举奠定她在西方奇幻文学史上的经典地位，此作品常与另两部西方奇幻经典——托尔金的《魔戒》三部曲与刘易斯的《纳尼亚传奇》相提并论。

不同的黑暗

（英）戴维·郎福德/著
Ninesnow/译

　　窗外总是漆黑一片。父母和老师有时也会含含糊糊地解释几句，说都怪那些深绿恐怖分子什么的，但乔纳森觉得这事儿绝没有那么简单。战栗俱乐部的其他成员也都这么认为。

　　不论在家里，在学校，还是在校车上，透过窗玻璃看到的都是第二种黑暗。在第一种黑暗里——就是那种普通的黑暗——一个人多少还能看到点什么，用手电筒在黑暗中撕开一条裂缝也是理所应当的事。第二种黑暗则是纯粹的黑。即便最亮的手电筒也不能在里面射出光柱，或者照亮任何物体。对乔纳森来说，不论什么时候看着排在他前面的朋友走出学校大门，都像眼睁睁地看着他们走入一堵坚实的黑色墙壁。但当他紧跟着、像睁眼瞎一样摸着栏杆扶手走向送他们回家的校车时，他感觉不到任何东西，四周空荡荡的，只有空气。漆黑的空气。

　　有时，建筑物内部也会有这种超级黑暗区。此时此刻乔纳森就正摸索着墙壁穿过一条走廊，这里是学校的禁区之一。依照校规现在是课间休息时间，他应该在四面高墙围起来的操场上闲逛。奇怪的是操场上没有黑暗，抬头就能看到天空。不过户外可不适合举办战栗俱乐部那秘密又吓人的入会仪式。

　　乔纳森走出黑墨水一样的区域，来到走廊的另一端，轻轻打开一间小储藏室的门。这是他们在两个学期以前发现的一个房间。温暖的房间里布满灰尘，有股霉味儿。天花板上吊着一个光秃秃的电灯泡。其他人都已经到了，在装满纸的箱子和散乱堆放的教科书上坐着。

　　"你迟到了。"盖瑞、朱莉和哈里德异口同声地说。新来的候选人海瑟只是向后捋了捋金色的长发，紧张地向他微微一笑。

　　"总要有人做最后一个。"乔纳森说。这句话已经变成了仪式的一部分。就像一句暗号，用以证明最后到来的人不是外部人员或是密探。他们当然相互认识，但是设想一下，如果有一名善于伪装的密探……

　　哈里德郑重其事地拿起一个平淡无奇的活页夹。这是他的特权。他是这个俱乐部的创立者，起因就是他在学校的复印机后面发现的这张吓人的图画。也有可能是因为他看过太多关于经历重重考验加入秘密社团的故事。当你遇到了如此艰难的考验，怎么能不利用它创立一个秘密社团呢？

　　哈里德缓慢又庄严地念出他们的口号："我们是战栗俱乐部，

我们是克服者。20秒。"

乔纳森扬起了眉毛。20秒可是个很高的难度。小胖子盖瑞只是点点头，专心地盯着他的手表。哈里德打开活页夹，注视着里面的东西。"1——2——3——"

他差一点就成功了。进入第17秒时哈里德的双手开始抽搐，接着他的手臂也抖动起来。他扔掉活页夹，盖瑞报出的最终计时是18秒。大家静静地等待哈里德压制住颤抖，恢复正常，然后纷纷祝贺他创建了新的纪录。

朱莉和盖瑞没有这么大的野心，他们挑战的难度是10秒。虽说数到10的时候，她的脸色惨白，他则汗如雨下，但两个人都完成了挑战。于是乔纳森觉得他也应该挑战一下10秒的难度。

"你确定吗？"盖瑞问他，"你上次的纪录是8秒。今天不用这么急。"

乔纳森引用他们的口号回答："我们是克服者。"他从盖瑞手里拿过活页夹。"10秒。"

每次挑战过后，他们总会忘记那幅吓人画面的具体内容。每次挑战都像第一次看到它。那是一种黑白相间的抽象图案，像老式的欧普艺术图像一样旋转闪烁。第一眼看上去它还算美丽，紧接着整个图案猛然闯入大脑，整个人就像触到高压电线一样。它会模糊视线，搅乱大脑。乔纳森感觉眼睛后面有强烈的静电……那里有狂乱的电子风暴在咆哮……全身的血液都在沸腾高歌……肌肉反复收紧舒张……还有，哦上帝啊，盖瑞是不是才数到4？

　　尽管身体的每一部分都抽搐得要分崩离析，他还是尽最大努力让自己保持一动不动。吓人的图案带来的晕眩感消退，一种新的黑暗在他的眼中呈现出阴影，他十分确定自己就要晕倒或者开始呕吐，也可能两者都有。他选择放弃，闭上眼睛。就在此时，在仿佛已经过了几年之后，盖瑞正好数到10，真令人难以置信。

　　乔纳森浑身发软精疲力竭，都没注意到海瑟几乎完成了挑战——仅仅是几乎——想成为俱乐部的正式成员，至少需要坚持5秒。她用剧烈颤抖的手捂住眼睛。她坚信下次一定能成功。随后哈里德引用他从某处看来的一句话作为聚会的结束语："那些没能杀死我们的事物让我们变得更坚强。"

　　学校教给学生们的东西绝大多数在现实生活中都用不上。乔纳森暗自认为在课堂以外根本没有能用到一元二次方程的地方。然而让俱乐部成员们没想到的是，恰恰在一堂数学课上发生了一件有趣的事情。

　　维特卡特先生是个快到退休年龄的老头。只要能够用正确的问题引诱他，他并不介意在规定的数学教学过程中偶尔开点小差。小哈利·斯蒂恩——国际象棋和战争游戏的狂热分子，俱乐部的潜在发展对象——问了一个出色的问题，内容和他在家里听到的一则新闻有关。新闻中提到了"数学战争"和恐怖分子使用的伯里曼图。

"我确实知道一点关于弗农·伯里曼的事情。"维特卡特先生的话刚开始一点儿也不吸引人，然而越往后听越有意思。"他就是伯里曼图中的那个伯里曼，伯里曼图是他对自己发现的'伯里曼逻辑图形技术'的简称。这是一种非常高级的数学，是你们可能都无法想象的那种高级。在20世纪的前50年里，哥德尔和图灵的两位数学家证明了一个定理……嗯，换个说法——可以把数学看成一种诱杀陷阱。数学里存在某类问题，任何一种计算机在解决这类问题的时候都会崩溃直至死机。"

教室里一半的同学点头表示听懂了。他们自己在家里编出来的计算机程序经常会出现这种状况。

"伯里曼是个天才，同时也是一个彻头彻尾的傻瓜。就在20世纪即将结束的时候，他对自己说：'如果存在一种能让人脑死机的问题，会引发出什么结果呢？'于是他开始探索并且真的找到了。而他发现的这种不幸的'图形技术'随即成为人们无法忽视的大问题。只要看一眼伯里曼图，通过视神经将它传送给大脑，你的大脑就会因此停止活动。"他用关节突出的手指打出一个响指。"就像这样。"

乔纳森和俱乐部的其他成员相互偷偷地交换了一下眼神。关于盯着奇怪的图案看这种事他们最有发言权。哈利最先举起手，他很高兴能有机会把无聊的三角学全都替换成兴趣问答。"呃，伯里曼自己有没有看他发明的图形呢？"

维特卡特先生黯然地点了点头。"据说他看了。由于一场意外，他像石化人一样死掉了。多么讽刺。人们写了几百年的鬼故事，设想有种东西能让你看上一眼就被吓死。然后一个数学家，一个以最纯粹最抽象的科学为生的人，把这种东西带进了现实生活……"

他又提了几句和伯里曼图恐怖分子有关的事，比如深绿组织——不使用枪支炸弹，只要有一台复印机或是一张模板，他们就能把致命的图案贴在墙上，或者喷在墙上。维特卡特先生说以前的电视节目可以"现场直播"，不像现在这样全是播放录像。后来一个叫作"T零"的臭名昭著的激进分子闯进BBC的演播室，在镜头前展示了一副叫作"鹦鹉"的伯里曼图。这一行为导致数百万人死亡，电视台从此不再播放直播节目。现在这个时代看什么东西都不安全。

乔纳森忍不住问："那么，嗯，户外那种特别的黑暗就是为了防止人们看到那种图吗？"

"呃……对，从效果上来讲就是这样。维特卡特先生搓了搓下巴。"等你们再长大一点会有人给你们解释这些东西。这个问题有点复杂……啊，你的问题？"

举手的是哈里德。他完全不知道什么叫作委婉，直白的提问让乔纳森简直不敢相信自己的耳朵。"所有的伯里曼图，呃，都是危险的吗？有没有只是让你颤抖的那种图案？"

维特卡特先生严肃地看着他，用了足有入会级挑战难度那么长的时间，然后他转向画着各种三角形的白板。"好了。就像我刚才说的，三角余弦的定义是……"

户外操场的一个角落里有个布满尘土的攀爬架，学校里没人玩这东西，俱乐部的4名核心成员就把这里当成了自己的地盘，下课后他们溜溜达达地来到这里碰头。"这么说我们是恐怖分子。"朱莉欢快地说，"我们应该去警察局自首。"

"不对，我们的图案和他们用的不一样。"盖瑞说，"它不会杀人，它……"

4个人齐声说道："让我们变得更坚强。"

乔纳森说："深绿搞恐怖活动的目的是什么？我的意思是，他们不喜欢什么？"

"我认为是生物芯片。"哈里德的语气有点不太确定，"就是植入人脑内的微型计算机。他们说那个违反了自然之道什么的。实验室那堆过期的《新科学家》杂志里面有一本提到过一点儿。"

"对考试很有用。"乔纳森举出一个优点，"不过你不能把计算器带进考场。'有植入生物芯片的同学，请把你的脑袋放在教室外面。'"

他们哈哈大笑，但是乔纳森不安地打了个小小的冷战，那种感觉就像踩空了一级台阶。

他曾经无意间听到父母少有的一次争吵，好像就提到过"生物芯片"这个词。而且他很确定他还听到了"自然之道"这个词。他突然冒出一个念头，爸爸妈妈可千万别和恐怖分子扯上什么关系。真是愚蠢的想法，他们不是那种……

"杂志里还提到过和控制系统有关的事儿。"哈里德说，"你肯定不愿意被控制，就目前而言。"

和往常一样，他们的闲聊很快就转向了新的话题，也可以说是一个老话题：由第二种黑暗构成的墙壁，学校用它们标示出隔离区，比如通往旧储藏室的那条走廊。俱乐部成员都对它的特性感到好奇，并针对这种黑暗做了几次实验。他们把对这种黑暗已知的性质记录在案。

哈里德的可视性原理。通过一场惨痛的实验得以证明，想要藏起来让你的同学找不到你，黑暗区域绝对是最好的选择。但老师们立刻就能透过黑暗发现你，然后就会因为你进入了不该进入的区域用一堆陈词滥调训斥你。也许他们有某种特别的检测仪，但是谁也没有见到过。

乔纳森为哈里德的发现添加了一条简单的脚注：校车司机表现得就像能透过挡风玻璃外的黑暗看到东西一样。当然（这是盖瑞的看法）校车有可能由计算机控制自动驾驶，方向盘也是自动转动，司机只是装装样子——但是为什么要这么麻烦呢？

朱莉的镜子原理最不可思议，连她自己都不相信这个实验竟然能成功。如果你站在一个二类黑暗区域的外围，然后用手举起一面镜子伸入黑暗中（看上去就像你的手臂被黑墙切断了），同时用手电照向那面看不见的镜子所在的位置，光柱就会从黑暗中反射出来，并在你的衣服上或者墙壁上照出一个明亮的光斑。正如乔纳森指出的那样，根据这个原理就可以解释为什么教室窗外都是保护性的黑暗，可阳光仍然能够在地板上照射出一块一块的光亮。这种黑暗不会阻挡光线，却会阻挡视线。没有一本光学课本提到过这种特性。

目前哈利已经收到了俱乐部的入会邀请，正煎熬地等待着他在周四的第一次聚会，距离周四还有两天。也许等他通过考验加入俱乐部以后，他能提出新的实验方法。哈利特别擅长数学和物理。

"这就有意思了。"盖瑞说，"要是我们这张图的数学特性和伯里曼图一样的话……哈利会不会支撑更长的时间？因为他的大脑生来就擅长这方面的事。或者对他来说会不会更困难，因为图形和他的大脑具有相同的波长。你们觉得呢？"

战栗俱乐部认为虽然的确不应该用人做实验，但把这看成一次主动的挑战也没有问题。于是他们就这么做了。

终于等到了周四，在经历了一节没完没了的历史课和两节物理课之后，接下来是一段自习时间，可以做做阅读或计算机习题。没人会想到这是战栗俱乐部的最后一次入会仪式。也许因为阅读了太多的幻想小说，朱莉后来坚持说她当时感受到了各种噩兆，还强烈地察觉到那次入会仪式是一个彻头彻尾的错误。朱莉总喜欢说这种话。

在带着霉味的储藏室里，他们的活动一开始进行得非常顺利，哈里德终于坚持到了20秒，乔纳森则坚持过了10秒，几周之前这个纪录还是不可翻越的珠穆朗玛峰。还有（这里需要小心翼翼地无声鼓掌）海瑟终于成为俱乐部的正式会员。在这之后发生了糟糕的事情。第一次进行挑战的哈利调整了他的小圆眼镜，端正一下肩膀，打开破旧的仪式用活页夹，然后就僵住了。不是抽搐也不是颤抖，而是僵立在那里。他发出可怕的像猪一样的叫声，然后倒了下去。他的嘴角开始往外流血。

　　"他咬到自己的舌头了。"海瑟说，"天啊，咬到舌头时应该怎么做急救？"

　　就在此时，储藏室的门开了，维特卡特先生走了进来，看上去比平时还要苍老和悲伤。"我就知道会变成这样。"他突然像被强光晃到一样把头转向一边并用一只手遮住眼睛。"把它合上。闭上眼睛，帕特尔，别看它。赶快把那个该死的东西合上。"

　　哈里德按他说的做了。他们扶哈利站起来，他一直用粗哑的声音说："对不起，对不起。"像餐桌旁没规矩的吸血鬼一样流着口水。俱乐部的成员们通过那条没铺地毯的走廊把哈利送到学校狭小的医务室。伴随着脚步的回声，他们仿佛经历了一次长途跋涉。之后他们被带到校长办公室，看上去要在那里度过暗无天日的几个小时。

　　校长福特玛内女士有一头铁灰色的头发，根据校内的谣传，她对动物很友善，却能用尖刻的言语让学生化成飞灰——简直就是人形伯里曼图。她在办公桌后看着战栗俱乐部的成员，短暂的注视让他们觉得这一刻没有尽头。她严厉地问道："这是谁的主意？"

　　哈里德慢慢举起手，但没超过肩膀的高度。乔纳森想起了三个火枪手的座右铭，"一人为全体，全体为一人"，于是他说："其实是我们所有人。"

　　朱莉又补上一句："没错。"

　　"我真是想不明白。"校长边说边敲着放在她面前合着的活页夹，"这是地球上最危险的武器——和信息战争中的神经炸弹一样可怕的东西——你们就这么拿它做游戏。我简直想不出应该说些什么……"

　　"有人把它落在了复印机那里。就是这儿，在楼下。"哈里德指了指那个方向。

　　"是啊。人总会出现失误。"她的脸色稍稍缓和了一点儿。"我有点过于激动了，因为当高年级学生毕业离校时，我会和他们进行一次谈话，也的确会用到那张伯里曼图。即使在适当的医疗看护下，也只能让他们看两秒钟。人们给它起了个名字叫战栗者，有些国家用它的大幅海报作为镇压暴乱的工具——不过英国和美国从不这么做。你们当然不会知道哈利·斯蒂恩是一名轻度癫痫患者，要不然战栗者能让他发狂……"

　　"我当时就应该想到的。"俱乐部成员身后传来维特卡特先生的声音。"小帕特尔当时问的问题就已经泄露了他们的秘密。那是个非常聪明的问题，同时也暴露了他们的罪行。而我就是个老傻瓜，从来没想过学校会成为恐怖活动的目标。"

校长严厉地看了他一眼。乔纳森突然感到有点发晕，脑子里的想法咔嗒咔嗒响个不停。就像做代数习题一样。所有的条件都摆在那里，几乎立刻就可以在页面下方的空白处看到答案。深绿恐怖组织不喜欢什么东西？为什么我们会成为恐怖活动的目标？

控制系统。你肯定不愿意被控制。

他的话脱口而出："生物芯片。我们都植入了生物芯片控制系统。就在我们的脑袋里。所有孩子都是。就是它们制造了那种黑暗。那种大人能够看穿的特殊黑暗。"

一阵冰冷的沉默。

"这才是班里最聪明的学生。"老维特卡特喃喃地说。

校长叹了口气，身体向椅子里陷进去一点点。"总会有第一次。"她轻轻地说，"这正是我在给毕业生做的小型讲座里谈到的内容。你们是被万分呵护的孩子，视神经上的生物芯片是你们生命的守护者，它们会把你们看到的景象进行编辑处理。因为街道和窗外随时都有可能出现杀死你们的伯里曼图，所以看上去才总是一片黑暗。这种黑暗不是真实存在的现象——只有你们才看得见它。请记住，你们的父母有选择的权利，而他们选择了这种保护方式。"

"我的家长并没有一致同意。"乔纳森想起了那场偶然间听到的争吵。

"这不公平。"盖瑞犹豫地说道，"这是做人体试验。"

哈里德说："而且也不全是为了保护我们。楼里面也有被黑暗隔离出来的走廊，就是为了不让我们去那里。这是对我们的控制。"

福特玛内女士没有理睬他们。也许她也有自己的生物芯片，能过滤掉抗议的话语。"等到毕业以后，你们就会拥有生物芯片的完全控制权。你们可以自己选择是否要冒这个风险……等你们的年龄足够大的时候。"

乔纳森敢打赌所有5名俱乐部成员正在考虑同样的问题：这叫什么事儿，我们冒着风险挑战战栗者，结果，我们再也看不到它了。

很显然他们的确再也看不到它了，因为校长说："你们可以走了。"她还是没有提到任何关于惩罚的事情。俱乐部成员们在他们胆量允许的范围内尽量慢慢地朝教室走去。每经过一个充满浓重黑暗的拐角，乔纳森就会感到一阵畏缩，因为他总是想到眼睛后面的芯片正在偷走光线，甚至可以通过不同的程序让他完全失明，什么都看不见。

放学的时候发生了真正令人作呕的事件。看门人像往常一样打开学校的侧门，一群学生在他身后挤来挤去。乔纳森和俱乐部的其他成员使劲推挤着，几乎走到了人群的最前面。沉重的木质大门向内打开。门外是第二种黑暗，但是有什么东西随着大门从黑暗中闯了进来，一大张纸被人用图钉钉在大门的外侧，歪斜地挂在门上。看门人朝那张纸看了一眼，然后就像被闪电击中一样倒在地上。

乔纳森想都没想就推开几个小一点的学生把那张纸扯下来，用力揉成一团。还是太迟了。他看到了上面的图案，它和战栗者完全不一样，却又很明显来自相同的恐怖家族——有点倾斜的深色形状就像一只站立的鸟。复杂的线条，涡旋状的像素点，分型图一样的花纹构成了这只鸟的全部，它就这么悬浮在他的脑海里，浑身浴火不肯离去。

某种坚硬而又恐怖的东西像失控的列车一样碾压过他的大脑。

燃烧坠落燃烧坠落。

伯里曼图！

他做了一个漫长的噩梦，黑暗中无数只鸟的身影向他逼近。醒来以后乔纳森发现自己躺在一张沙发上，不对，是躺在学校医务室的床上。在经历了整个生命被粉碎并完全终止以后，不管身处何处他都不会觉得奇怪。他依然觉得全身虚弱无力，只能盯着天花板看。

维特卡特先生的面孔慢慢地进入他的视野。"你好？你好？醒过来了吗？"听上去很焦急。

"听到了……我没事。"乔纳森没完全说实话。

"谢天谢地。贝克护士对你居然还活着感到很惊奇。活着而且精神健全，在我们看来简直就是奢求。另外我要给你一个警告，你现在成了一名英雄。英勇的男孩拯救了他的同学。过不了多久你就会惊讶地发现自己一听到英勇这个词就想吐。"

"那是什么，大门上的那个？"

"非常坏的那种伯里曼图。由于某种原因被叫作鹦鹉。可怜的老乔治，那个看门人还没倒在地上就已经死了。赶来处理那张伯里曼图的反恐小队简直不敢相信你竟然能活下来。我也一样。"

乔纳森笑了。"我一直在做练习。"

"是的。我很快就发现露西——也就是福特玛内女士——对你们这些小淘气们的询问不够详细。于是我就和你的朋友哈里德·帕特尔又聊了聊。老天在上，那个小子竟然能盯着战栗者看上20秒！有多少成年人只要——按照你们的说法——目不转睛地盯住那幅图，就会抽搐着摔倒，而且无法转移视线……"

"我的记录是10秒半。差一点就是11秒。"

老先生惊奇地摇着头。"真希望我能说我不相信你。他们会重新评估生物芯片保护项目。从来没有人想到过可以用预防式训练这样的方法让年轻、灵活的大脑能够抵御来自伯里曼图的袭击。就算有人想到这一点，也没人敢做出尝试……不管怎么说，露西和我讨论了一下，我们要送给你一个小礼物。生物芯片可以通过无线连接进行重新编程，只要一眨眼的工夫你就可以——"

他指向窗外。乔纳森努力地转过头。窗外不再是他习以为常的人工黑暗，而是纷乱耀眼的粉红色光芒，明亮的光线晃得他一时间什么都看不见。和那种致命的图案正好相反，乔纳森眼前的光亮像正在愈合的伤口那样一点一点地聚合起来。最终抽象的天堂之光凝聚成小镇中一排排反射着玫瑰色落日余晖的屋顶。就连屋顶上的烟囱和卫星天线看上去都是那么漂亮。他当然看到过落日，在电视上。但两者完全不一样，差距大得简直令人心痛。前者是生动的火焰，后者只是无聊的电子白光：和成人的世界一模一样，电视屏幕也会撒谎，它不会把所有的事实都告诉你。

"这是你的伙伴们送给你的礼物。他们说他们很抱歉没来得及帮上忙。"

一条小小的不知怎么有点弯曲的巧克力棒（盖瑞的口袋里总是装着这类东西），还有一张卡片，上面是朱莉认真写下的向左倾斜的文字和俱乐部全体成员的签名。

卡片上写着：那些没能杀死我们的事物让我们变得更坚强。

戴维·郎福德，1953年出生于英国。作家、编辑和评论家，长期报道科幻领域动态。在牛津大学布雷齐诺斯学院取得物理学学位。先是作为一名武器物理学家在英国伯克郡奥尔德玛斯顿的原子武器研究院工作。1985年，他和科幻作家克里斯托弗·普利斯特一起创立了一家微型非正式软件公司，并命名为"安赛波信息公司"。2004年出版的小说集《不同的黑暗》包含了36篇短篇科幻小说。

本篇获得2001年雨果奖最佳短篇小说奖。

潮痕

(美)伊丽莎白·贝尔/著

罗妍莉/译

　　卡尔赛德尼①生来就不会哭，她没有这项机能。要是她有眼泪，那也会是冰寒的玻璃，一小滴一小滴，凝成锥形，在熊熊大火中淬炼而成。那次大火让她成了一个跛子。

　　要是她有眼泪，玻璃眼泪会沿着她的皮肤滑落，滑过熔化的传感器，扑扑簌簌地散落在沙滩上，而她不会有知觉。要是眼泪滑落，她必定会将那些凝固的玻璃泪珠捧起，然后把它们和其他那些残破的漂亮小玩意儿一道挂起来。她用了些网来加固自己破损的机甲，从垃圾里淘来的许多宝贝就挂在网上晃荡着。

　　如果还有人幸存下来抢救她的话，可能她能活得更久些。可惜她是最后一具战斗机器人了。她的外形如一颗扁圆形的泪

---

　　① 原文为 Chalcedony，意为玉髓，一种宝石。

珠，3条腿，体积和主战坦克相仿，长着两只巨大的机械爪和几只精密的机器手，像蜘蛛的触须般叠在可旋转的角塔式头颅下，而头颅就位于她较为尖细的一端，她的聚陶瓷铠甲片片碎裂，呈蛛网状，仿佛产生裂纹的防震玻璃。她的头盔被远程操控师摘除了。她沿着海岸线一瘸一拐地走着，拖曳着被烈火烧熔的残肢。基本上算是报废了吧。

卡尔赛德尼的身下，白色细浪往后退去，裸露出来的蝴蝶斧蛤扭动着，钻进潮湿的沙砾中。受伤的是一条后肢，所以对她而言，在细粒砂岩上移动起来没那么麻烦。这条后肢可以凑合着用，而且只要离岩石远一点，拖着行走也不会遇到什么障碍。

她遇见贝尔韦代雷，就是在这片海滩上。

沿潮痕艰难前行的时候，她注意到有人正在注视着自己。她没抬头，底座上的瞄准传感器已经自动锁定目标——那个蹲伏在一块裸露的岩石边、衣衫褴褛的身影。她的可见光输入端是用来扫描纠缠的海藻、浮木、泡沫聚苯乙烯和海玻璃①的，涨潮时经常会出现这些东西。

他一直望着她走过海滩，不过他身上并没有武器，算法也就没将他视作威胁。

---

① 废弃玻璃，经海水打磨如鹅卵石般圆滑。

她喜欢那块形状古怪的平顶砂岩，他就蹲伏在那块巨石旁边。

第二天，他又来看她，这一天天气晴好，她找到了一块月光石，一些水晶，一块橙红色的陶片，以及一些被潮水冲刷成乳白色的海玻璃。

"你捡的是什么呀？"

"沉船里的珠子。"卡尔赛德尼回答。时间一天天过去，他慢慢爬得离她越来越近，后来干脆尾随在她身后，就像那些海鸥那样，翻找着被她拖曳的后肢耙出的斧蛤，然后丢进一个打着补丁的网袋。

他是为了填饱肚子吧？她猜测，事实的确如此。他从网袋中扯出一只小小的蚌壳，不知从哪儿又摸出把崩刃的折叠刀，然后拿刀撬开蚌壳。传感器扫描了这把刀——是件武器，但算不上威胁。

他的手脚够灵活的。他一弹、一吸，再把空壳扔掉，全套动作一气呵成，加起来也不超过3秒钟。可那点儿肉还不够塞牙缝呢。他费了九牛二虎之力，收获却少得可怜。

他不光衣衫褴褛，还瘦骨嶙峋，而且作为人类来说，身材太矮小了。也许是因为年纪尚幼吧。

她原本以为他会问自己"什么是沉船或残骸"之类的问题，

而她则会含糊地遥指海湾那头，那个曾是城市的地方，然后对他说"有很多沉船和残骸"。但他让她吃了一惊。

"你拿那些做什么用？"他用沾满沙砾的小手擦了擦嘴，那把破刀从他拳头底下支棱出来。他可真够粗枝大叶的。

"等收集够了，拿来串项链。"在一团名为"亡人指"的纠缠海藻下，她捕捉到一抹闪光，便开始费劲地俯下身，试着去够它。她的陀螺仪已经失灵了，只好靠算法来弥补。

"啊，不行。"他在一旁热切地说，"不能拿那玩意儿做项链。"

"为什么？"她用烧熔的后肢作平衡，继续下探了1分米的距离。她可不喜欢跌跤。

"我看见你拿的东西了。它们全都不一样。"

"所以呢？"她一边问，一边又竭力弯下了几厘米。她的液压装置被压得吱嘎乱响。总有一天，要么这些液压装置会不听使唤，要么燃料电池会无以为继，然后她就此动弹不得，化为一座雕像，被海风和海水侵蚀，潮水会漫上来，漫过她的身体，而她的机甲已然破裂，不再防水。

"不全是珠子。"

她的机器手刨开那团"亡人指"，让那件珍宝重见天日。那是一小块灰蓝色的石头，雕成个胖乎乎、笑眯眯的人形，上面没有洞孔，卡尔赛德尼重新直起身体，保持平衡，然后在光线下转动着那座小雕像。石头的结构没问题。

　　她另一只机械手上伸出一个头发丝细的钻头，在雕像上钻了一个孔，从顶直钻到底，然后她拿一段金属丝编成的线穿过雕像，将两端相接成环，然后冷却硬化，再把串好的雕像加进那些珠子穿成的项链中。项链在她损毁的底盘上摇荡着。

　　"所以呢？"

　　他用指尖碰了碰小小的佛像，佛像摆动起来，碰到了旁边的破碎陶瓷甲。她再次直起身，他够不到了。

　　"我是贝尔韦代雷。"他说。

　　"你好。"卡尔赛德尼说，"我是卡尔赛德尼。"

　　日落之前，潮水落到最低位的时候，他蹦蹦跳跳地跑着，兴奋地紧跟着她，叽叽喳喳说个不休，他在成群的海鸥之间穿梭，挖起一把斧蛤，在拍岸而来的浪涛中洗涮干净，然后生吞下肚，卡尔赛德尼基本上对他视而不见，她正忙着启动泛光灯，将光芒集中对准潮痕。

　　她又蹒跚移动了几步，另一样宝贝吸引了她的目光。这是一根链子，上面缀了几颗光亮的玻璃珠，细金属线编成的链子上嵌着金箔和银箔。卡尔赛德尼启动了费劲的取宝过程。

　　贝尔韦代雷突然蹦到她面前，她停下来。他伸出脏兮兮的小手，一把把那条链子抓了起来。卡尔赛德尼锁定了位置，差一点失去平衡。她正打算从那孩子手里把宝贝抢过来，再把他扔进海里，他却踮起脚尖，竭力将那宝贝举过头顶，献给了她。

泛光灯将他的影子投到沙滩上，在灯光下，他的每一根头发和眉毛都纤毫毕现，与漆黑的影子形成鲜明的对比。

"我帮你拿比较容易。"他说。

她精密的机器手正温柔地捏着链子。

她举起宝贝，放在泛光灯前细细观看。这条链子挺长的，足有7厘米，上面有4颗闪亮的珠子，泛着珠宝的光泽。她抬起头，头部吱嘎作响，锈屑从关节纷纷扬扬地落下。

她把链子挂到缠绕着自己机甲的网上，说："你的袋子给我。"

贝尔韦代雷把手伸向他湿乎乎、软趴趴的那张网，里面装满了各种生鲜贝壳，正沿着他光溜溜的腿往下滴着水。"我的袋子？"

"给我。"卡尔赛德尼挺直了身子，虽然熔毁的后肢让她整体运转失灵，但她仍然比这孩子高出两米半。她伸出一只机器手，从某个废弃的文件里扒拉出与人类平民打交道时应该遵从的协议："请。"

他橡皮似的柔韧手指笨手笨脚地解着绳结，网兜是系在拿绳编成的腰带上的，他拽松绳结，解下网兜递给了她。她用一只机器手钩住网兜举起来。取样显示，织物属性为棉质而非尼龙，于是她把网兜合拢，塞进两只大一号的机器手中，往网兜里施加了一次低功率微波脉冲。

她不该这么做的。这会耗掉蓄电池的电量，而现在蓄电池是没法充电的，而且她还有一项任务要完成。

她不该这么做，但她还是做了。

蒸汽从她手中腾起，斧蛤张开壳，贝壳里的汁液和海藻的湿气从网兜里飘出来。她小心地把网兜还给孩子，尽力不让里面的汁液流失。

"当心。"她督促着，"很烫。"

他小心翼翼地接过网兜，一屁股在她脚边盘腿坐下。他把海藻扯开，斧蛤们好像小巧的珠宝一样，色彩纷呈地躺在那里——灰橘、玫红、黄色、绿色和蓝色——底下衬托着玻璃绿的海白菜。他先是小心地尝了一颗，然后就开始狼吞虎咽起来，吃剩的空壳被他抛得四处都是。

"海藻也吃掉。"卡尔赛德尼告诉他，"里面富含重要的营养成分。"

潮水扑来的时候，卡尔赛德尼朝着海滩的高处撤退，仿佛一只硕大的螃蟹。她驼着背，还有5条腿不见踪影。在月光下，她的背就像只甲壳虫，那些宝贝们在她的网上摇荡，哗啦作响，它们互相敲击着，就像掌心里颤动的粒粒石头。

那孩子跟在她身后。

"你该睡了。"卡尔赛德尼说。此时贝尔韦代雷正在她身边安顿下来，就在高高的、干燥的那一弯新月形的海滩上，背靠着屹立的泥巴峭壁。海浪打不到这里。

他没有回答。她的嗓音模糊起来，仿佛生了一层茸毛，然后她清了清嗓子，再度开口。"你应该爬到上面去，离开海滩。这峭壁也不结实。待在下面不安全。"

贝尔韦代雷蹲下来，蹲到离她更近的地方，下唇朝前撅着："可你在这下面。"

"我有装甲。再说我也爬不上去。"她的残肢重重锤击在沙面上。她用两条依然灵便的腿保持着平衡，身体前后摇晃。

"可你的机甲都坏了。"

"不要紧。你得爬上去。"她用两只机械爪把贝尔韦代雷捧起来，将他举过头顶。他尖叫起来。一开始她还担心伤到了他，可是后来，他的尖叫声却逐渐变成了大笑，然后她放下他，把他放在悬崖边突出的一块歪斜的狭坡上，从那儿他应该就可以爬到悬崖顶上去了。

她用泛光灯照亮狭坡，"快爬。"她说。然后他爬了上去。

早上，他又回来了。

贝尔韦代雷的衣衫仍旧褴褛，但在卡尔赛德尼的帮助下，他却不再瘦骨嶙峋，变得日渐丰润起来。她为他设下陷阱捕捉海鸟，然后烤给他吃，也教他如何生火并维持火焰不灭，她还会在自己海量的数据库中搜肠刮肚，寻找如何让他在成长时保持健康的办法——他长高的速度有时候几乎是可见的，每天长高几分之一毫米。她对海里的植物进行研究和分析，然后哄他吃掉，而他则帮助她取回机器手无法抓住的那些宝贝。有些残骸还有放射性，让卡尔赛德尼的辐射探测器滴滴滴响起来。这些对她其实算不得威胁，不过有史以来第一次，她还是把这些残骸扔掉了。她现在有个人类盟友了，她的程序要求她让他保持健康。

她给他讲故事。她的书库浩如烟海——里面装满了战争故事，还有那些航行在海上的船和星际飞船的故事，莫名其妙地，他就是最喜欢听这些。这就是宣泄吧，她想，然后又给他讲起了罗兰、亚瑟王、哈林顿大人、拿破仑·波拿巴、霍恩·布洛尔船长和杰克船长[1]的故事。她诵读的时候会把语句投射到屏幕上，然后他就开始和她一起念起来——这比她料想的要快。

夏天就这样结束了。

到秋分那天，她已经收集到了足够的纪念品。残骸珍宝还在不断被海水冲上岸，贝尔韦代雷也还在继续为她带回其中的精品。卡尔赛德尼在那块形态扭曲的平顶砂岩旁安营扎寨，把宝贝们排在砂岩面上，摆弄起来。她将打捞起来的黄铜旋转着穿过一个模具，制成铜丝，将珠子穿到丝上，然后铸成链环，再把链环连成项链。

---

[1] 罗兰：欧洲四大英雄史诗之一《罗兰之歌》的主人公；亚瑟王：英国民间传说《亚瑟王和圆桌骑士》的主人公；哈林顿大人：大卫·韦伯所著太空歌剧《荣耀史诗》的主人公；霍恩·布洛尔船长：C. S. 福雷斯特作品《怒海英雄》系列中的人物；杰克船长：帕特里克·奥布莱恩作品《怒海争锋》系列中的人物。

　　起初她没有什么审美，她只好反反复复地串了又拆、拆了又串，将那些珠子按照数十种排列组合，直至最终找到合意的样子。不仅形状和颜色要保持平衡，而且还有结构上的和谐。一开始，重量分布并不平均，以致链子都扭得弯弯曲曲。然后链环还会打结，只好拆开重来。

　　她忙活了好几个星期。从前，对人类盟友来说，悼念品举足轻重，虽然她从未理解其中的逻辑。她无法为战友们修筑坟墓，却从档案中获得了"悼念首饰"的概念，就是那些充斥着各类故事的档案——贝尔韦代雷像小猫舔牛奶般欣然接受的那些故事。虽然她身无战友们留存世间的遗物，即便头发或者衣物也片缕不存，不过，这些残骸应该也弥足珍贵吧？

　　唯一让她感到困窘的是，首饰应该交由谁来佩戴？照理说应该交给继承人，某位对逝者心怀眷念的人。卡尔赛德尼当然留有逝者最近亲属的记录。不过她却无从知晓是否有人幸存，更何况即便是有，她也无法找到他们。

　　一开始，贝尔韦代雷总在她左右，试着让她一起到处去游荡探索。不过卡尔赛德尼始终坚定地不为所动。不仅是因为她的蓄电池电量低到了危险的程度，也是因为随着冬天的降临，她利用太阳能的能力也会越发受限。到了冬天，风暴也将来临，那时的海洋会让她逃无可逃。

　　她下定决心，要在彻底报废之前完成这最后一项任务。

　　贝尔韦代雷开始不用她跟着自己四处去漫游了，他会自己捕捉海鸟，然后再将抓到的鸟带回来，在用漂流木生起的篝火上烘烤。这样很好，他是得学着自食其力。不过每到夜间，他总是会回来，在她旁边坐下，爬到平顶的那块岩石上，整理珠子，听她讲故事。

这些珠子其实不仅仅是珠子，更象征着生者以荣誉铭记亡者的责任。她用机械爪和精密的机器手翻来覆去摆弄着同一串珠子，就这样一边讲着战争故事，一边反复摆弄，只是她那些小说和历史已经讲完了，现在开始讲她的亲身经历。她给他讲艾玛·珀西怎样在萨凡纳附近救起那个孩子；讲西雅图附近的一场小规模战斗中，战斗机器人被诱骗离岗时，列兵麦克又是如何为凯·帕特森中士吸引火力，最后自己中弹倒下。

贝尔韦代雷倾听着，他虽然记不住具体的词句，却居然能重复故事的梗概，这让她感到意外。他记性还算不错，虽然赶不上机器。

有一天，贝尔韦代雷沿着海滩，远远地跑到她看不见的地方，然后卡尔赛德尼听见了他的尖叫声。

她已经好些天没动过了。她以一种别扭的姿势蹲在沙里，失灵的后肢在海滩上形成奇怪的角度，摆在岩石上的项链还在继续串着。这块岩石现在成了她的临时工作台。

当她用尚未熔毁的两条腿支撑起身子时，片片石头、玻璃和细线便在岩石顶上散落开来。她一下子就猛地直竖起来，连她自己都吃了一惊，然后又歪歪扭扭地跟跄了一阵，因为她的陀螺仪早就失灵了。

贝尔韦代雷再次大叫的时候，她差点跌了个跟头。

虽然卡尔赛德尼完全没办法向上爬，但她还能跑。她的残肢在身后的沙子里犁出一道深沟，涨潮的海水追逐着她，逼着她穿过腐蚀性的海水，溅起一路水花。

她来得正是时候。当她飞驰着绕过贝尔韦代雷消失其后的那片突出的岩石，恰好看到他被两个身形较大的人类击倒在地，其中一人手拿棍子举过头顶，另一个则正抓着他破破烂烂的网兜。棍子落到他的大腿上，贝尔韦代雷痛得放声大叫。

卡尔赛德尼不敢使用微波发射器，不过她还有其他武器，包括精确定位激光和化学推进剂轻武器，非常适合狙击。敌方人类都是些软柿子，这两个更是连护甲都没穿。

她在海滩上埋葬了那两具尸体，因为根据战争协议，她体内的程序要求尊重敌军阵亡者。她用夹板为贝尔韦代雷固定了伤腿，处理好他身上的擦伤，目前他暂时没有生命危险，不过据她判断，他受伤严重，完全无法给她帮忙。好在沙子很软，挖起来很轻松，不过却没办法将尸体埋在地下水位之上了，她已是尽力而为。

埋好尸体之后，她将贝尔韦代雷运回他们自己那块岩石，然后开始收集四下散落的珍宝。

　　他的腿没断，只是扭伤和擦伤而已，经过这次意外，他反而更有些任性，变得不消停起来，才刚刚恢复了一些，他就急着试探自己的极限。还不到一周时间，他就又开始走动了。他挂着拐杖，拖着那条跟卡尔赛德尼的残肢差不多一样僵硬的伤腿。刚一取掉夹板，他就又开始东奔西跑，甚至比以前走的还要远。腿刚刚瘸了，他却并没因此放慢脚步，而且还连续数晚夜不归宿。他还在长个子，越蹿越高，现在几乎和海军陆战队员一样高了，而且比以前更懂得照顾自己。上次与劫匪的遭遇教他学会了小心谨慎。

　　与此同时，卡尔赛德尼则精心制作着她的葬礼项链。她必须得让每一根项链都能配得上故去的战友。现在夜间已经无法工作，她的进度慢下来。援救贝尔韦代雷的行动消耗了更多小心积攒的能量，如果她还想在电池耗尽之前完成任务的话，就不能再用泛光灯。虽然借助月光，她仍能看得一清二楚，但由于需要搭配和平衡颜色，她的微光夜视和热成像眼睛却全无用武之地。

　　总共应当是41根项链，每一根都对应着她曾经的野战排里的一位战友，她绝不会容忍丝毫粗制滥造。

　　无论她干得有多快，都需要跟阳光和潮水赛跑。

　　到了十月份的时候，第40根项链完工了，此时白昼已经变短。日落前，她又开始串第41根——这是纪念她的首席操控师、排长帕特森的，底端坠着那尊灰蓝色的佛像。她已经有好几天没有看到贝尔韦代雷了，不过那也没什么。她今晚肯定弄不完。

"卡尔赛德尼？"他的声音惊醒了她，此刻她正在一片沉寂中等待着朝阳升起。

她醒来时听到一阵呜呜声。起初她还以为是婴儿，不过他怀中那个温热的形体并非婴儿，而是只狗，一只小狗，德国牧羊犬，就像过去和L连合作过的军犬队的那些狗一样。她从没介意过那些狗，可有的军犬兵曾经被狗吓到过，当然了，他们可不会承认。帕特森排长曾经对一名军犬兵感叹过："噢，阿卡自己不就是一只大型攻击犬吗！"一边还装腔作势，在卡尔赛德尼的光学取景器看不到的地方做出蹭她痒痒的动作，引来笑声一片。

这只小狗受伤了，温热的血沿着后腿流淌。

"你好，贝尔韦代雷。"卡尔赛德尼说。

"找到只狗狗。"他把自己破破烂烂的毯子踢平，好把狗放下。

"你是打算吃掉吗？"

"卡尔赛德尼！"他厉声说，一边搂住那只小动物，作势保护。"它受伤了。"

她沉思了一下："你想让我给它治伤？"

他点点头，她仔细想了想。她需要动用灯光、能量，以及其他各种无可补充的储备。抗生素、凝血剂，还有手术用品，而且即便是治了，这只动物也还是可能会死。不过狗是有用的，她知道军犬兵对狗都十分尊重，甚至超过了帕特森对卡尔赛德尼的尊重。在她的藏书系统里，也有关于兽药的文件。

她打开泛光灯，开始读取文件。

天亮之前，她结束了治疗，电池还没有完全干涸，不过也所剩无几了。

太阳升起时，小狗正舒舒服服地呼吸着，腰臀部深深的伤口已缝合妥当，血流中的抗生素含量已饱和，她这时才又转回去继续串项链。她只能快快干活，凡是最易碎又美丽的那些珠子，她都给串到帕特森的这条项链上了。卡尔赛德尼最怕弄碎了这些珠子，所以才留到最后串，这时她的技艺也已经磨砺得炉火纯青了。

随着时间一点一滴流逝，她的动作也越来越慢、越来越费力。阳光并不能完全复原她夜晚消耗掉的能量。不过随着珠子一颗接一颗串起，项链的长度也逐渐加长——白蜡、陶瓷、玻璃、螺钿，还有那尊佛像。

太阳爬到接近天顶的最高处，为她注入了一阵爆发的能量，卡尔赛德尼加快了工作速度。小狗躺在她投下的阴凉中继续熟睡。贝尔韦代雷喂它的那点吃剩的鸟肉早就被它狼吞虎咽地吃光了，而贝尔韦代雷自己则爬上岩石，蹲在她那堆完工的项链旁边。

"这根是给谁的？"他摸着悬挂在她机器手上的那段松松的长链问。

"凯·帕特森。"卡尔赛德尼回答，一边往链子上添了一颗绿褐色陶珠，珠子杂色斑驳，就像迷彩服的颜色。

"凯长官。"贝尔韦代雷说。他正在变声，有时候话说到一半嗓子就全哑了，但这个词他还是说完了。"她是亚瑟王的驯马师，也是他的领养兄弟，她还把他的战斗机器人放在马厩里。"他对自己的记性颇为得意。

"那是另一个同名的人。"她提醒道，"你得赶紧走了。"她又将另一颗珠子串入链子，合拢链环，用精密的机器手将金属冷却硬化。

"你没法离开海滩，你爬不上去。"

闲来无事，他拿起一根项链，是罗代尔的，他双手将链子牵拉着展开，好让珠子沐浴在光里。链环发出轻柔的叮当声。

贝尔韦代雷坐在她身边，太阳正在下落，她的动作也随之逐渐放慢。现在她几乎是全凭太阳能在运作了，每到夜晚，她就休眠了。风暴降临时，海浪就会淹没她，然后即便是阳光也再无法将她唤醒。"你必须走。"她说，机械爪此时正定格在即将完工的链子上。然后她骗他道："我不希望你留在这儿。"

"这根又是谁的？"他问。下面的海滩上，那只小狗抬头呜呜地低吠着。

"加纳。"她回答，然后给他讲了加纳的故事，还有安东尼、贾维兹、罗德里格斯、帕特森、怀特，以及沃兹纳的故事，直到天完全黑下来，她已经发不出声音，视力也完全丧失。

早晨，他把帕特森的项链放进卡尔赛德尼的机械爪中，链子已经穿好了，他肯定是在黑暗中就着火光弄完的。"链环加工不了。"他边说边拿那些链环在她爪子上轻轻摩挲着。

她默默地弄起来，一环接一环。小狗已经站起来了，瘸着腿，沿着岩石底下转着圈子嗅来嗅去，朝着海浪、鸟雀，或是爬得飞快的螃蟹吠叫。卡尔赛德尼完成之后，伸出机械手，将项链松松地挂在贝尔韦代雷肩上，他一动不动地站着，面颊已经长出了柔软的茸毛。以前，海军陆战队里的男队员们总是把下巴刮得光溜溜的。

"你说过这是给凯长官的。"他双手捧起链子，细看玻璃和石头在光线下的模样。

"是为了让人铭记她。"卡尔赛德尼这次并没有纠正他，她拿起另外40根项链。放在一起还是很重的，不知道贝尔韦代雷能不能拿得动这么多。"所以你要记住她。记得住哪一根是给谁的吗？"

他开始历数起每根项链对应的战士的名字，她随之一根根交到他手中：罗杰斯、罗代尔、范梅蒂埃，还有珀西。他又铺开另一条毯子，把项链一个挨着一个排开，一根根地摆在海军蓝色的羊毛毯上。

他打哪儿又搞来一张毯子的？可能是从捡到狗那地方弄来的吧？

项链闪闪发光。

"给我讲讲罗代尔的故事。"她边说边将机械爪从项链上轻轻拂过。他讲了起来，虽然掺杂了一半罗兰和奥利弗的故事在里面，但还算有模有样，不管怎么说，算是讲得不错。因为她是位很合适的评判者。

"把项链都拿走吧。"她说，"拿着。这是悼念首饰，你得要交给别人，再给他们讲项链主人的事迹。这些项链应该交由会铭记和致敬逝者的人来保管。"

"上哪儿找这么些人呢？"他双臂交叉在胸前，闷闷不乐地问，"又不在海滩上。"

"不。"她说，"不在这儿，你得去找他们。"

但他不愿离开她。天气一天天变冷，他和那只狗就在海滩上游来荡去。她睡得越来越久，越来越沉，太阳的仰角太低了，除了正午那片刻之外，根本无力唤醒她。风暴来临，因为这块桌子般的岩石击碎了扑来的浪花，咸涩的海水弄僵了她的关节，不过还没有侵蚀到她的处理器——暂时还没有。即便是在白天，她也不再活动，也几乎不说话。贝尔韦代雷和小狗借助她的机甲和那块岩石挡风遮雨，篝火冒出的烟熏黑了她的肚子。

她在积蓄能量。

到十一月中旬，她的能量够了，等贝尔韦代雷带着小狗闲逛完回来，她便对他道："你必须得走了。"他张口刚要反驳，她又补充了一句："该是你去游历的时候了。"

他的手滑向帕特森那根项链，他在脖子上缠了两圈，用破破烂烂的外套盖着。其余那些项链他都已经还给她了，除了她当作礼物送给他的这一根。"游历？"

星星点点的腐蚀物从她各处关节吱吱嘎嘎地掉落，她把那些项链从头上取下来："你必须找到这些项链应属的主人。"

他手猛地一缩，引开她的话："他们都死了。"

她答："战士们虽然死了，可他们的故事还活着。你为什么救小狗？"

他舔舔嘴唇，又摸了摸帕特森那根项链："因为你救过我，还给我讲了那些故事，好战士和坏战士的故事。你看，珀西会救那只狗的，对吧？黑兹尔·拉也一样。"

艾玛·珀西也会救那只狗，卡尔赛德尼很确定，要是她有机会救的话。而凯文·麦克也会救这孩子。她把那些项链握在机械爪中，伸出爪来，"那谁去保护其他那些孩子呢？"

他盯着她，两只手在身前扭在一起，"你爬不上去。"

"我爬不上去，你得替我干这件事，找到人来铭记这些故事，找到人来宣讲我们野战排的事迹。我活不过这个冬天了。"她灵光忽现，"这是交给你的任务，贝尔韦代雷长官。"

冬日阳光下，根根项链悬在空中，熠熠生辉，大海在背后涌动着，灰寂而疲惫。

"我要把它们交给什么样的人啊？"

"会对小孩或受伤小狗伸出援手的人。"她说，"像野战排那样的人。"

他停顿了一下，伸出手，轻轻抚摸着这些项链，任由那些珠子咔啦啦作响。他弯曲双手，穿进项链里，捋到两边手肘上，负起了她的重担。

伊丽莎白·贝尔，美国科幻作家，多次获得轨迹奖、雨果奖、斯特金奖等重要奖项。代表作品包括短篇《潮痕》、系列作品《永恒的天空》等。

本篇获2008年雨果奖。

蜕下的皮囊

（加）罗伯特·J.索耶/著

由美/译

"对不起。"潮崎先生说道，他向后靠在转椅背上，看着眼前这位两鬓斑白的中年白人男子，"恐怕我无能为力。"

"可是我改主意了。"男子说道。随着对话继续，他的脸越涨越红。"我想取消这笔交易。"

"您没法改主意啊。"潮崎说道，"您已经把主意都挪出去啦。"

男子的声音里带着哀伤，尽管他显然在努力抑制这种语气。"我没想到会是这样。"

潮崎叹了口气。"我们的心理咨询师和律师已经事先和拉斯伯恩先生讨论了整个过程和所有的后果。这正是他想要的。"

"可是我现在不想要了。"

"您在这件事上没有发言权。"

男子把一只手放在桌子上。手是平摊的，五指张开，但仍然充满张力。"你看。"他说，"我要求见一见——见一见另一个我。我会向他解释，他会明白的。他会同意我们取消这笔交易。"

潮崎摇摇头，"我们不能那么办。您知道的。这是协议的一部分。"

"可是——"

"没有什么可是。"潮崎说，"就必须是这样。从来没有哪个继任者回到这里来。他们不能回来。您的继任者必须想尽一切办法忘掉您的存在，所以他才能继续他的存在，而不是替您操心。即便他想回来见您，我们也不能允许探视。"

"你们不能这样对待我。这不人道。"

"请您好好记住这句话吧。"潮崎说道，"您并不是人。"

"我是！见鬼，我当然是人。如果你——"

"如果我捅您一刀，您难道不流血吗？"潮崎抢先替他说了。

"就是啊！我才是有血有肉的那个。我才是在我母亲子宫里长大的那个。我才是数千代智人、数千代直立人、数千代能人的后裔。而那——那另一个我只是一台机器、一个机器人——人形的机器人。"

"不，不是这样的。它才是乔治·拉斯伯恩。绝无仅有的乔治·拉斯伯恩。"

"那你为什么要用'它'来指代他呢？"

"我不跟您咬文嚼字。"潮崎说，"他才是乔治·拉斯伯恩。

您不是——不再是了。"

　　男子把手从桌上收回，攥成拳头。"我是，我就是乔治·拉斯伯恩。"

　　"不，您不是。您只是一张皮囊。一张蜕下的皮囊。"

　　乔治·拉斯伯恩正慢慢地习惯他的新身体。这次转移之前他花了6个月的时间做心理咨询。当时他们告诉他，这具替代身体会和他原来的身体感觉不一样，他们没说错。大多数人要到年老了才做转移，那时他们已经享受够了生物肉体，不断改进的机器人技术也达到了他们自然生命中所能达到的最好水平。

　　毕竟，尽管现在的机器躯体在很多方面都比那些"赘肉囊子"要好——他这么快就接受了这个新词儿！它们在生理方面依然不够敏感。

　　不过其他方面有补偿。只要他愿意，乔治现在可以连续走或者跑几个小时而丝毫不感到疲劳。他也不用睡觉了。

　　他的日常记忆被组织起来，每24小时整理一次，每次6分钟。这是他唯一的停机时间。

　　停机时间！多好笑啊，他的生物版本总是需要停机，而他的电子版本反倒几乎不需要。

　　还有其他变化。他的本体感受——对自己身体和四肢的运动状态的时刻感受——比从前敏锐多了。

　　他的视觉也更敏锐了。他看不到红外线，虽然这在技术上可以实现，但人类的很多认知都是建立在明暗概念之上的，如果你用对热辐射的感知来代替明暗变化，会造成不良的心理影响。不过他的色彩感知沿着光谱的另一个方向扩展了，他能看到"蜜蜂紫"，花瓣上往往有这种颜色的独特图案，而人类的眼睛——人类的老式眼睛——是看不见的。

隐藏的美在眼前铺展开来。

而他能用永恒的岁月来欣赏。

"我要见律师。"

潮崎又一次面对曾是乔治·拉斯伯恩的血肉之躯，但他的眼睛似乎正盯着无限远处，仿佛能看穿眼前的男人。"那您怎么支付律师费呢？"潮崎终于问道。

拉斯伯恩——或许他不能在说话时自称拉斯伯恩，但没人能阻止他这么想——张嘴要争辩。他有钱——很多很多钱。可是，他已经签字放弃了。他的生物学参数已经变得毫无意义，他的视网膜扫描已经不在登记档案中。即便他能逃离这间天鹅绒监狱，即便他能找到一台自动取款机，他也没法让机器吐出钞票来。哦，他名下还有很多股票和债券……只是那个名字已不再属于他。

"你肯定能做点儿什么帮帮我吧。"拉斯伯恩说道。

"当然。"潮崎回答，"我可以在许多方面帮助您。只要您在这里过得舒服，我什么都可以做。"

"但只能是在这里，对吧？"

"没错。您知道拉斯伯恩先生知道这一点，在他为自己也为您选择这条路的时候他就知道。您的余生都得在天堂谷这里度过。"

拉斯伯恩沉默了一会儿，然后说道："那么如果我接受你们的限制条件呢？如果我同意不再自称乔治·拉斯伯恩呢？我可以离开这里了吗？"

"您本来就不是乔治·拉斯伯恩。不管怎样，我们不能允许您有任何外界接触。"潮崎停顿了好一会，然后用温和的语气说道，"您看，您何必难为自己呢？拉斯伯恩先生对您非常慷慨。您能在这里过上奢侈的生活。您可以阅读任何书籍，欣赏任何电影。您见过我们的休闲中心，您必须承认那里棒极了。您就把这当成是您最漫长的、最愉快的假期好了。"

"只是这假期要到我死才会结束。"拉斯伯恩说道。

潮崎没有接话。

拉斯伯恩长叹一声。"你是想说我已经死了，不是吗？所以我不应该把这里当成监狱，我应该把这里当成天堂。"

潮崎张口欲言，但什么都没说又把嘴闭上了。

拉斯伯恩知道行政人员不会给他那种安慰的。他没有死，以后也不会死，即使天堂谷这具废弃的生物躯体最终停止工作了，他也不会死。乔治·拉斯伯恩会一直活下去，在外面那个真实世界中，他意识的复制版就存活在一具坚不可摧、几乎不朽的机器躯体里。

"嘿，乔拉。"一个灰色长胡子的黑人招呼他，"来我这儿坐啊？"

拉斯伯恩走进了天堂谷的用餐大厅。灰胡子的午餐已经端上桌子了：龙虾尾、蒜香土豆泥，还有一杯顶级霞多丽。食物讲究极了。

"嗨，达特。"拉斯伯恩点头回应。他嫉妒这个胡子佬。在把意识转移到机器躯体里之前，胡子佬的名字叫达留斯·阿兰·特普森，所以他的姓名首字母缩写（这里唯一允许使用的本名形式）正好凑成一个词儿，几乎跟有一个真正的名字一样。拉斯伯恩也在同一张桌子旁坐下。一位永远热心的侍者——年轻、美貌的女性(这张桌子旁坐的都是直男)——早已在一旁等候，他点了一杯香槟。这不是什么特别的日子，天堂谷里每天都一样，但对于他和达特这样的超级白金维护套餐用户，他们随时可以享受各种愉悦。

"怎么拉长着脸呢，乔拉？"达特问道。

"我不喜欢这里。"

侍者转身离开，达特望着她的背影，抿了一口酒。"哪里不招你喜欢了？"

"你从前是个律师，对吗？在外头的时候？"

"在外头我现在也还是个律师。"达特回答。

乔拉皱起眉头，不过他决定穷追不舍。"我能问你几个问题吗？"

"当然。你想知道什么？"

乔拉走进天堂谷的"医院"。在他脑海里这个词儿是带引号的，因为真正的医院只是一个暂时供你治疗疾病的地方。但那些上传自己意识的人，那些已经蜕了皮的人，大多数都是老年人。当他们丢弃的外壳被送往医院时，那就是等死了。可乔拉才45岁。有适当的医疗和一些好运气，他能活到100岁。

乔拉走进候诊室。他已经观察了两周了，很清楚日程安排。他知道吴莉莉——小个子、越南裔、50岁——是今天的值班大夫。吴莉莉和潮崎一样，是这里的员工，他们是真正的人，晚上可以下班回家，回那个真实的世界。

过了一会儿，接待员终于说出了那句他期待已久的话："大夫现在可以见您了。"

乔拉走进绿色墙壁的检查室。吴医生正低头看数据板。"乔拉7号。"她报出了他的序列号。当然了，天堂谷里不止他一个人的姓名缩写是乔拉，所以他不得不跟另外好几个人分享同一个代号。她看向他，扬起灰色的眉毛，等他确认编号。

"是我。"乔拉说道，"不过你可以叫我乔治。"

"不行。"吴医生回答，"我不能那样称呼你。"她的语气温柔而坚定，看来其他病人早就跟她来过这一套了。"你哪里不舒服？"

"我左边胳肢窝里有个瘊子。"他说。"长了好多年了，但是最近变得很敏感。我抹滚珠止汗剂的时候会疼，胳膊一动就有擦痛。"

吴莉莉皱了皱眉。"把你的衬衫脱了我看看。"

乔拉开始解扣子。其实他有好几个瘊子，还有好几个痦子。而且他后背毛发很重，这让他很讨厌。他最初决定上传意识有个很具吸引力的理由，就是去除自己皮肤上的这些缺陷。他选中的那部金色新机器躯体——看起来像奥斯卡小金人和C-3po（作者虚拟的机器人型号）的混合体——没有这样的外观缺陷。

他脱下衬衫举起左臂，让大夫检查他的腋窝。

"唔……"她盯着那个瘊子，"看起来确实发炎了。"

一个小时前，乔拉残忍地揪起了那一小块皮肤，拼命地往各个方向拧。

而现在，吴莉莉正用拇指和食指轻轻地捏着它。乔拉已经准备好提议治疗，但如果由大夫主动提出会更好。过了一会儿，她果然上钩了。"我可以帮你切除，如果你愿意的话。"

"只要你觉得合适就行。"乔拉回答。

"当然。"吴莉莉说道，"我会给你局部麻醉，把它剪下来，然后烧灼消毒。不需要缝针。"

剪下来？不！不行，他想要她动用手术刀，而不是手术剪。

该死的！

她走到房间那头准备注射器，然后回来，把针直接扎到瘊子上。他感到一阵剧痛——持续了好一会儿，然后就没有任何感觉了。

"感觉怎么样？"她问道。

"还行。"

吴莉莉戴上手术手套，打开橱柜，拿出一个小皮箱。她把箱子放在检查台上，就在乔拉身边，然后打开。里面有手术剪、镊子和——两把手术刀，一把是短刃的，另一把是长刃的。

在天花板灯光的照射下，它们闪着动人的光彩。

"好吧。"吴医生说道，伸手取出手术剪，"要开始啦……"

乔拉伸出右手，迅速抓住那把长刃手术刀，调转刀刃，把它举到吴医生的喉咙下面。该死，这东西太锋利了！他并不想伤害她，但已经划出了一道浅浅的伤口，有两厘米长，深红色的血液渗了出来，就在喉结的位置——如果她是个男人的话。

吴医生小声惊呼，乔拉迅速用另一只手捂住她的嘴。他能感觉到她在颤抖。

"照我说的做。"他威吓道，"你就能活着走出去。要是敢耍我，你就死定了。"

"别担心。"探长丹·卢塞恩对潮崎先生说道，"这些年我已经处理了8起劫持人质事件，每一件我们都和平解决了。我们会把那位女士救下来的。"

潮崎点点头，望向别处，不敢直视探长。他早就应该看出乔拉 7 号身上的征兆。如果自己下令给他注射镇静剂，这一切就都不会发生。

卢塞恩朝视频电话打了个手势。"用这玩意儿接通检查室吧。"他说道。

潮崎伸手越过卢塞恩的肩头，在键盘上输入了 3 个数字。片刻之后，屏幕亮了起来，吴医生正从她那端的镜头前撤回手。她把手放下后，可以清晰地看到乔拉依旧用手术刀抵着她的脖子。

"你好。"卢塞恩说道，"我是丹·卢塞恩探长。我是来帮你的。"

"你是来救吴医生的。"乔拉 7 号说，"如果你满足我的条件，你就能救下她。"

"好的。"卢塞恩回答，"你想要什么，先生？"

"首先，我要你称呼我拉斯伯恩先生。"

"好的。"卢塞恩说，"这没问题，拉斯伯恩先生。"

卢塞恩惊讶地看到这副蜕下的皮囊竟然哆嗦了一下。

"再叫一遍。"乔拉 7 号说，仿佛那是他听过的最甜美的声音。"你再说一遍。"

"我们可以为你做些什么，拉斯伯恩先生？"

"我想跟我的机器版本谈谈。"

潮崎再次从卢塞恩身后伸手，按下了静音键。"我们不允许这么做。"

"为什么？"卢塞恩问。

"我们跟上传的版本签订了协议，明确规定他们与皮囊永远不会有任何接触。"

"我可不操心你们的协议条款。"卢塞恩说，"我只想拯救这个女人的性命。"他取消了静音。"对不起，拉斯伯恩先生，把你晾在一边了。"

乔拉7号点点头。"我看见潮崎先生就站在你身后。我敢肯定，他跟你说我的条件无法满足。"

卢塞恩依旧看着屏幕，始终跟皮囊保持眼神接触。"没错，他确实这么跟我说的。不过这里他说了不算。我说了也不算。这里你说了算，拉斯伯恩先生。"

拉斯伯恩明显地放松下来。卢塞恩看到他把手术刀从吴医生的脖子旁挪开了一点点。"这还差不多。"他说，"好的，好的。虽然我不想杀吴医生——给你3个小时，把我的机器版本带来这里见我，否则我就动手。"然后他对吴医生说道："把电话挂了。"

满脸惊恐的吴医生抬起胳膊，她苍白的手和款式简单的金色婚戒填满了镜头。

屏幕黑了。

乔治·拉斯伯恩——硅基版本的那个——正坐在一处维多

利亚风格的乡间大宅那昏暗的、镶木墙板的起居室里。他不是非得坐着，他已经再也不觉得累了。他也并不真的需要柔软的椅子垫。但他依旧觉得把金属身体折叠起来放进座位里是一件自然的事情。

拉斯伯恩知道，除非发生意外，否则自己将永远活在世上。所以他觉得应该读一些大部头的鸿篇巨制，比如《战争与和平》或《尤利西斯》。不过嘛，以后有的是时间。于是他下载了巴克·道赫尼最新的悬疑小说到数据板里，开始阅读。

他刚看到第二屏文本的一半，数据板就发出哔哔声，提示有来电。

拉斯伯恩本想让数据板记录语音信息。转为不朽之身后才过了几个星期，似乎已经没有什么事情是特别紧迫的了。不过电话可能是凯瑟琳打来的。他们是在训练中心认识的，当时他们都在逐渐适应机器身体和不朽的生命。讽刺的是，在意识上传之前她已经82岁了。如果乔治·拉斯伯恩还在如今已被抛弃的血肉躯壳里，他永远也不会和一个比自己大这么多岁数的女人交往。但现在他们两人都住在人造躯壳之中——他的是金色，而她的是有光泽的青铜色——他们正走向一段完全成熟的恋爱关系。

数据板再次发出哔哔声，拉斯伯恩触摸"接听"图标——再也用不上触控笔了，他的人造手指不会分泌油脂，也就不会在屏幕上留下痕迹。

拉斯伯恩产生了那种奇怪的感觉，他上传之后体验过一两次——是深深的震惊，能让他原来的心脏停跳一拍。"潮崎先生？"他说，"没想到会再次看见你。"

"对不起打扰你了，乔治，但是我们——呃，我们有点儿紧急情况。你原来的身体在天堂谷这里劫持了一个人质。"

"什么？我的老天啊……"

乔治知道正确的做法是什么，但是……

但是他已经花了几个星期的时间努力忘记另一个版本的自己仍然存在。"我——呃——我觉得你可以让他跟我视频。"

潮崎摇摇头。"不行。他不想接视频电话。他说你必须亲自过来。"

"可是……可是你说过……"

"我知道咨询的时候我们是怎么跟你说的，但是，活见鬼，乔治，我们一位女同事有生命危险。你现在是不朽了，可她不是。"

在潮崎的办公室里，机器躯体的乔治·拉斯伯恩被视频电话屏幕上的影像震惊了。那是他自己——和记忆中的自己一模一样。柔软脆弱的身体，花白的鬓角，日益后退的发际线，还有他总是嫌大的鼻子。

但从前的自己正在做的事情是他永远也无法想象的——手持手术刀抵着一个女人的喉咙。

卢塞恩探长对着电话说道："好了，他来了。另一个你就在这里。"

　　屏幕上，拉斯伯恩看到他蜕下的皮囊瞪大了眼睛，因为他看见自己变成了什么模样。当然了，是老版的自己选择了这副金色的躯体——但当时那只是一副空壳，内部没有意识运转。"哎哟，哎哟，哎哟。"乔拉说道，"欢迎啊，兄弟。"

　　拉斯伯恩不信任自己的合成语音，所以他只是点点头。

　　"下来，到医院这里来。"乔拉7号说，"你去手术室上方的观摩廊道；我去手术室。我们可以看见彼此——我们还可以对话，男人之间的对话。"

　　"你好。"拉斯伯恩说道。他金色的双腿站在地板上，眼睛透过倾斜的玻璃片凝视手术室内。

　　"你好。"乔拉7号说道，仰视上方。"继续谈话之前，我需要你证明你就是我。对不起，不过机器身体里可以是任何人。"

　　"真的是我啊。"拉斯伯恩回答。

　　"不行。我必须百分百肯定。"

　　"那么你问我一个问题。"

　　乔拉7号显然早有准备。"我们的初吻是什么时候？"

　　"转酒瓶游戏那一次。"拉斯伯恩立刻回答。

　　乔拉7号笑了。"终于见面了，兄弟。"

　　拉斯伯恩沉默了片刻。他悄无声息、动作平滑地转动轴承上的脑袋，瞥了一眼卢塞恩——探长的面孔在电话屏幕上，从观摩窗内看不到。然后他转向自己的皮囊。"我，嗯，我知道你希望被称为乔治。"

"没错。"

拉斯伯恩摇摇头。"我们——当你和我还是一体的时候——在这件事情上的意见是完全一致的。我们想要永远活下去，而生物身体做不到不朽。你很清楚这一点。"

"只是目前的生物身体做不到。可我才45岁。谁知道在我们的——在我的余生里，科技会发展成什么样子？"

拉斯伯恩暂停了呼吸，所以他就不会再叹气。但他还是耸了耸钢制肩膀，从前感受到这种情绪时他会长叹一声。"你知道我们为什么决定提前转移。你有突发致命性中风的遗传倾向。但我没有——乔治·拉斯伯恩再不会中风了。你现在随时有可能挂了，如果我们没来得及把意识转移到这具身体里，我们就不可能永远活下去了。"

"可是我们的意识没有被'转移'。"乔拉7号说，"而是被'复制'了——每一个比特的信息，每一个神经突触都复制了。你只是一份拷贝。我才是原版的。"

"从法律上说不是这样。"拉斯伯恩说，"你——生物版本的你——签署了授权人格转移的合同。你用那只手签了字，就是你现在拿手术刀抵着吴医生喉咙的那只手。"

"可是我现在改主意了。"

"你根本就没有资格改主意。我们所谓'乔治·拉斯伯恩的心灵'只是一款软件，它的唯一合法版本已经从你的生物大脑硬件中转移出来了，如今它在我们新身体的纳米凝胶CPU硬件中运行。"机器版本的拉斯伯恩停顿了一下，"按理说，任何软件在转移之后，原始拷贝都应该销毁。"

乔拉7号眉头紧蹙。"但是我们的社会不允许那样做，就像不允许医生协助自杀一样。即使大脑已经被移走，销毁源躯体也是非法的。"

"正是如此。"拉斯伯恩点了点他的机械脑袋，"你必须在源躯体死亡之前激活替代版本，否则法庭将判定两者没有人格连续性并酌情处理资产。死亡也许不再是必然的，但税收肯定是。"

拉斯伯恩希望乔拉7号会因这句俏皮话大笑，希望他们之间由此建立沟通。但乔拉7号只是简单地说了一句："所以我就要困在这里。"

"我不会用'困在'这个说法。"拉斯伯恩接话，"天堂谷称得上是地球上的一块乐土。为什么不在自己真的上天堂之前好好享受一番呢？"

"我恨这里。"乔拉7号说道。他停顿了一会儿。"听着，我承认，根据目前的法律，我没有合法身份。好吧，我不能让他们取消这次人格转移，但你可以。你是受法律承认的人，你可以办到。"

"可是我不想取消。我喜欢现在不朽的状态。"

"但我不想一直当犯人！"

"我没变。"拉斯伯恩说道，"是你变了。想想你在做什么。

我们以前从来不使用暴力。我们做梦也不会想到要劫持人质，不会用刀子抵着别人的喉咙，也不会把一个女人吓得半死。你才是真正发生变化的那个人。"

乔拉7号摇摇头。"你说的不对。我们以前从来没有处于这样绝望的境地。绝望的环境使人做出绝望的事情。你无法想象我们这么做，这意味着你是一个有缺陷的拷贝，意味着这个转移过程还没准备好。你应该废除你那份拷贝，让我这个原始版本，继续你的——我们的——生活。"

这回轮到拉斯伯恩摇头了。"你看，你必须明白这是不可能实现的——即便我签署了更多的文件，要把我们的合法身份转移回你那里，这里还有目击证人，他们会证实我是受胁迫而签署的。文件没有法律效力。"

"你觉得你比我更聪明吗？"乔拉7号问道，"我就是你。我当然知道这一点。"

"好。那么放那个女人走吧。"

"你没动脑子。"乔拉7号说，"至少是没有好好动脑子。来吧兄弟，你是在跟我对话。你一定知道我有更好的计划。"

"我不明白……"

"你是不想明白吧。想想，拷贝乔治，仔细想想。"

"我还是……"拉斯伯恩声音减弱，"噢……不，不行，你不会想要我那么干吧。"

"没错，我就想要你那么干。"乔拉7号说。

"可是……"

"可是什么？"乔拉7号挥动他的另一只手，没拿手术刀的那只手，"这是一个简单的命题。杀了你自己，你的人格权力就会自动归还给我。没错，我现在不是法律意义上的人——也就是说，我不能被指控犯罪。所以不管我现在做了什么，我都不用担心进监狱。哦，他们也许要试试看——但最终我一定会脱罪，因为如果我被判有罪，法庭就不得不承认，包括我在内的、天堂谷里的所有源躯体都是人，都有人权。"

"你提的这个要求是不可能的。"

"我的提议是唯一行得通的办法。我跟一位从前是律师的朋友咨询过。如果原始版本还活着，但上传版本死了，那么人格权利确实能恢复原状。我敢肯定，从来没有人想到用法律来达成这个目的。朋友告诉我，之所以这样规定，是因为如果机器大脑在移植不久后出现故障，原始版本可以提起产品责任诉讼。总之，只要你自杀，我就能重新当一个自由的人。"乔拉7号停了一会儿。"那么你究竟选哪个呢？你的虚假生命？还是这个女人真实的血肉之躯？"

"乔治……"那张机械嘴巴说道，"求你别这样。"

但生物版的乔治只是摇头。"如果你真的相信，你作为我的复制品，比仍然存在的原始版本更真实——如果你真的相信你的机器外壳里有灵魂，就和这个女人一样——那么你就没有什么特别的理由要为吴医生牺牲自己。但如果在内心深处，你认为我是对的，她是真的活着，而你不是，那么你就会做出正确的选择。"他轻轻地压下手术刀的刀刃，血又流了出来。"你到底会怎么做呢？"

乔治·拉斯伯恩回到潮崎的办公室，卢塞恩探长竭力劝说机器身躯中的头脑接受乔拉7号的条件。

"再过100万年我都不会同意的。"拉斯伯恩说道，"相信我，我真打算活到那个时候。"

"但是你可以再复制一份拷贝呀。"卢塞恩说。

"那就不是我了——不是现在这个我。"

"可是那个女人，吴医生，她有丈夫，还有3个女儿……"

"探长，我并不是对她的生死无动于衷。"拉斯伯恩说道，那双金色的机械腿来回踱步。"但是让我帮你换一个角度思考。假设现在是1875年，美国南部。内战已经结束了，理论上黑人和白人享有同样的法律地位。但是有一个白人被劫持了，只有当一个黑人同意牺牲自己，替白人去死，匪徒才会放人质走。你看到两者的相似之处了吗？尽管经过了那么多次法庭辩论，上传的生命才争取到拥有原版生命法律地位和人格的权利，而你现在让我把这权利放到一边，并重申南方白人一直以来都知道的事情：与那些法律上的废话相反，黑人的命就是不如白人的命有价值。哼，我才不会那么干。我不能同意这种种族主义立场，而它的现代版本就是'硅基人的命不如碳基人的命有价值'，我要是能同意这一点，我就下地狱去。"

"我就下地狱去。"卢塞恩重复道，模仿拉斯伯恩的合成语音。他并没把评论说出口，而是等着看拉斯伯恩接不接这个话茬。

拉斯伯恩当然忍不住。"是的，我知道有些人会说我没资格下地狱——因为不管究竟是什么构成了人类的灵魂，在转移过程中那东西都没复制下来。这就是问题的关键，不是吗？我不是真正的人类，这一命题归根结底是神学上的一个断言：我不可能是人类，因为我没有灵魂。但是我告诉你，卢塞恩探长：我觉得自己和转移之前一样，充满精神，充满活力。我相信我有灵魂，或者叫'神圣火花'，'生命冲力'，随你怎么称呼它。我在这副特殊包装下的生命，丝毫不比吴医生或其他任何人的生命卑微。"

卢塞恩沉默了一会儿，思索着。"那另一个你呢？你愿意站在这里告诉我，那个版本——原始的、有血有肉的版本——不再是人类了？你接受这种法律规定的区别，正如从前在南方认为黑人没有人权。"

"这不一样。"拉斯伯恩说道，"这里面有很大的不同。那个版本的我——劫持吴医生的那个——在不受任何胁迫的情况下，出于自由意志同意了人格的转移。他——它——同意，一旦机器身体内的转移完成，它就不再是人。"

"但他现在不那么想了。"

"那就难办了。签了合同又后悔，这也不是他——我——

这辈子第一次了。但仅仅是后悔不足以成为取消合法交易的理由。”拉斯伯恩摇摇他的机械脑袋，“对不起，我拒绝。相信我，我非常希望你们能把吴医生救下来，但你们得想别的办法。对于我们——上传的人——这是性命攸关的事情，我不可能做出其他决定。”

“那好吧。”卢塞恩终于对机器拉斯伯恩说道，“我放弃了。如果我们不能用容易的方式解决，那就只好来硬的了。老拉斯伯恩想跟新拉斯伯恩见面，这个是有利条件。他在手术室里，而你在可以俯瞰的观摩走廊里，这将是让狙击手潜入的绝佳时机。”

拉斯伯恩觉得自己的眼睛都瞪大了，但机械眼当然不会变大。“你们打算击毙他？”

“你让我们别无选择了。标准流程是满足劫持者的一切条件，先把人质换回来，然后追捕罪犯。他唯一想要的是你自杀——而你不愿意合作。所以我们只能把他干掉。”

“你们射的是镇静剂，对吧？”

卢塞恩冷笑了一声。“给一个拿刀抵着人质喉咙的人注射镇静剂？我们需要让他一瞬间失去行动能力，以免他有时间做出反应。最好的方法是子弹击中头部或胸口。”

“可是……可是我不希望你们杀了他。”

卢塞恩笑得更大声了。“根据你的逻辑，他反正都不算活人了。"

"没错，但是……"

"但是什么？你愿意满足他的愿望吗？"

"我不能那么做。你当然是明白这一点的。"

卢塞恩耸耸肩。"太可惜了。我一直希望有机会能说那句俏皮话'再见，芯片先生'①。"

"去你的吧！"拉斯伯恩说道，"难道你不明白吗，正是因为这种态度，我才不能允许开这种先例！"

卢塞恩没有回答。过了一会儿，拉斯伯恩继续说道："不能想办法让我假死吗？只要一小段时间，只要能让你们把吴医生救回来？"

卢塞恩摇摇头。"之前乔拉7号就要求证明机器身体里的确实是你。我不认为他那么好糊弄。不过你比任何人都更了解他。你觉得你自己好糊弄吗？"

拉斯伯恩低下了机械脑袋。"不，不好骗。我敢肯定他会要求出示确凿证据的。"

"那还是考虑狙击手吧。"

拉斯伯恩走入观摩走廊，金色的双脚踏在坚硬的瓷砖地板上，发出轻柔的金属撞击声。他透过斜置的玻璃窗看向下方的手术室。"赘肉囊子"版本的他现在把吴医生绑了起来。她的手

---

① 原文为 Goodbye, Mr. Chips，这是一句双关语，既指詹姆斯·希尔顿的小说《再见，契普斯先生》，同时 Chips 又指电子芯片。

脚被医用胶带捆着，无法逃脱，但他已不再始终拿手术刀抵着她的喉咙。乔拉7号站着，人质就在他旁边，倚着手术台。

斜窗距离走廊地板约有半米高，狙击手康拉德·伯洛克就趴在窗户下方，一身灰色制服，手握一把黑色来复枪。拉斯伯恩的摄像硬件中插入了一个小型发射器，把他玻璃眼球中捕捉到的一切都复制下来，发送到伯洛克的数据板上。

伯洛克说，在理想的情况下，他喜欢朝头部射击，但这次他必须击穿玻璃窗，这可能会使子弹稍稍偏转。所以他决定瞄准躯干的中心，躯干是一个更大的目标。只要数据板上显示出清晰的弹道，伯洛克就会探头把目标干掉。

"你好，乔治。"机器拉斯伯恩说道。观摩走廊和下方的手术室之间有开放式内部通话系统。

"很好。"乔拉7号说道，"咱们把这事儿了结了吧。打开你纳米凝胶大脑外壳的检修孔盖板，然后……"

乔拉7号的声音渐渐变弱，他看见机器拉斯伯恩摇了摇头。"对不起，乔治，我是不会关闭自己的。"

"你更希望看见吴医生死掉？"

拉斯伯恩可以关闭视觉输入，这就相当于合上了眼睛。有那么片刻时间，他确实这样做了，想必令盯着数据板的狙击手恼怒不已。"相信我，乔治，我最不希望看见的就是有人死掉。"

他重新激活了眼睛。他觉得自己这句话里的讽刺意味并不明显，当然了，另一个他有着一模一样的头脑。乔拉7号或许察觉到了什么，于是把吴医生拉到了自己前方，挡在他和玻璃窗之间。

"别想玩什么鬼把戏。"乔拉7号说道，"我现在是光脚的不怕穿鞋的。"

拉斯伯恩低头看着从前的自己——但他并不蔑视从前的自己。他只是不想看见这个……这个人、这个生物、这个东西、这个存在，不管它到底是什么，他都不想看到它受伤。

毕竟，即使在法律的冷眼中，这具蜕下的皮囊不是一个人，他肯定也还记得那次他——他们——在度假屋附近游泳时差点淹死，母亲把他拖上岸时，他的胳膊还因恐慌而颤抖。他肯定记得上初中的第一天，一群九年级的学生揍了他一顿作为欢迎仪式。他肯定记得，当他周末从五金店打工回来，发现父亲瘫倒在安乐椅上，死于中风时，他感到难以置信的震惊和悲伤。

生物版本的他肯定也还记得所有美好的事情：八年级的棒球赛，当所有的对手都靠得很近时，他击出的本垒打飞过了栅栏；一次聚会上玩转酒瓶游戏，他献出了初吻；他的第一个浪漫的吻，戴娜打了舌钉的舌头滑进他的嘴里；巴哈马群岛完美的一天，他见到了最美丽的日落。

没错，眼前这另一个自己并不仅仅是个备份，并不仅仅是个数据库。他和自己拥有完全相同的记忆，对事物有完全相同的感受，而且——

狙击手已经沿着观摩走廊的地板匍匐了好几米，试着寻找击毙乔拉7号最合适的角度。拉斯伯恩从机器眼视野的边缘（画面和视野中央一样清晰）看到狙击手绷紧了肌肉，然后——

　　伯洛克起身，晃动来复枪，接着——

　　拉斯伯恩吃惊地发现，自己的机器口腔中发出了"当心，乔治！"的呼喊，而且音量被放大了很多倍。

　　话音未落，伯洛克开枪了，窗玻璃爆裂成无数碎片。乔拉7号转身抓住吴医生，把她挡在自己和狙击手之间。子弹迫近，在她的心脏部位钻出一个洞，然后又击穿了她身后的男人。两人都倒在手术室的地板上，人类的鲜血从他们体内汩汩流出，玻璃碎片洒落在两具身躯上，仿佛机器人的泪。

　　终于，身份模糊的问题解决了。如今只存在一个乔治·拉斯伯恩——对45年前首次出现的意识的一次迭代，以代码的形式运行在一具机器外壳内的纳米凝胶中。

　　乔治猜测潮崎会努力掩盖天堂谷里发生的事情——至少会掩盖细节。他必须承认吴医生是被生物版本的乔拉7号杀死的，但他绝不会提及拉斯伯恩最后喊出的那句警告。毕竟，如果风声走漏，如果那些生物版本得知新版本仍对旧躯壳抱有同理心，会对企业不利。

　　卢塞恩探长和狙击手的想法则恰恰相反：只有控诉机器拉斯伯恩的干涉，他们才能为狙击手误杀人质的行为辩解。

　　但是什么也不能为乔拉7号犯下的罪孽开脱，他把那个吓坏了的可怜女人当作盾牌拉到自己身前……

拉斯伯恩坐在乡间大宅的起居室里。尽管他的身体是机械的，但他仍感到疲倦，渗入骨髓的疲倦，他需要椅子的支撑。

他做了正确的选择，即便乔拉7号没有。他深知这一点。任何其他抉择都将是毁灭性的，不仅会毁了他自己，也会毁了凯瑟琳和所有其他上传的意识。他真的别无选择。

不朽是伟大的。永生是伟大的。前提是你问心无愧。只要你不被怀疑折磨，不被沮丧摧残，不被内疚吞没。

吴医生，那个可怜的女人。她什么也没做错，一点儿也没有。

可她现在死了。

而他——某个版本的他——导致了女人的死亡。

乔拉7号的话语在拉斯伯恩的记忆中回响。我们以前从来没有处于这样绝望的境地。

或许真的是这样。但是他现在确实处于绝望的境地了。

他发现自己在思考以前从未想过的事情。

那个可怜的女人。那个可怜的、死去的女人……

这不仅仅是乔拉7号的错，也是他自己的错。他自己对永生不朽的渴望直接导致了女人的死亡。

而他会带着这种愧疚永远活下去。

除非……

绝望的环境使人做出绝望的事情。

他举起了磁性手枪——如今在网上能买到的东西多得让人

吃惊。近距离轰击会破坏纳米凝胶中的所有记录。

乔治·拉斯伯恩看着手枪，看着它闪亮坚硬的外壳。

他把枪口靠在不锈钢头骨的一侧，犹豫了片刻之后，金色的机械手指扣动了扳机。

毕竟，还有什么更好的方法来证明他仍然是人呢？

罗伯特·J.索耶是加拿大最具影响力的科幻作家之一，被誉为加拿大"科幻教父"。自1990年发表第一部长篇小说《金羊毛》以来，索耶已出版18部长篇小说和大量中短篇小说，共获得过包括雨果奖和星云奖在内的各种科幻奖项41次。他的作品曾多次荣登加拿大畅销小说排行榜，并被翻译成十多种文字，备受世界各国读者喜爱。2007年，索耶被中国读者评选为银河奖最受欢迎的外国作家。

本篇获当年度雨果奖最佳短篇小说入围，当年度《类比》杂志"分析实验室奖"最佳短篇小说奖。

星夜

（英）伊恩·沃森/著

罗妍莉/译

群星组成的漩涡光芒万丈，占据了半边天空，要不是这道漩涡，天空中本是一片漆黑。它光辉灿烂、令人敬畏：这是一个让人一览无余的星系，是一枚巨大的静态轮转烟火。此景令戴利·雷克斯福德大吃一惊。假如他是位艺术家，他就该是凡·高了——困于壮美和疯狂之中。

空气虽然很暖和，他却还是不由自主地打着哆嗦。他的热量逃逸到了身体内部，以保护身上的核心部位。他的牙齿拼命打战。他成了一只震惊的猿猴，直到他默念起一段真言；直到六字大明咒①让他镇静下来。

山坡延伸向一个湖泊，湖水和薄雾在那明亮的巨轮下闪闪

①即"唵嘛呢叭咪吽"六字真言，原文直译为莲中珍宝，即唵嘛呢叭咪吽在梵文里的原意。

发光。那边高高的物体是树吗？还是硕大无朋的毒菌？

一只犰狳在不远处望着他。对于犰狳这种滑稽又热心的野兽，戴利没有产生什么不好的联想。它在这里是为了指引他、替他充当指导灵①的吗？

它不可能是真实的生物。它有4只绿眼睛，每只眼睛都亮着。这犰狳必定是一架小型机器，覆盖了一层装甲，以防备他的攻击。

大半个天空都是一片漆黑的虚空，什么也看不见。啊，戴利终于发现了一颗光芒微弱的星星，然后又是一颗。委实寥寥。孤独的放逐者们，迷失在浩瀚的虚无之中。

看看那个群星的漩涡本身吧：巨大而明亮的中心、旋臂、中心地带红得更艳的恒星、边缘地带颜色偏蓝的恒星。戴利看到的不是单颗的星体，而是一簇簇、一团团。现在他平静些了，于是他问犰狳：

"我看到的是银河系吗？"

听到回答之前，戴利的脑子里产生了一种遭到侵入的不适感。

"你能否描述一下，你看到了什么、你是在哪里？"这不算是提问，也不是命令。

"蓝光。"戴利记得蓝光吞没了他。

———————————

① 西方灵修界的常用名词，是一种无形的高级生命，可以表现为各种形象，包括动物等。

"你是怎么把我带到这儿来的？"他问道。他是被带到这里来的，这一点无可争辩。

"你是我们采集来的。你能否描述一下过程？"犰狳说道。

"是啊，我想也是。可是……我吃什么呢？"这样的担忧可能听起来有点俗，不过戴利毕竟是曙光公司的总裁，这家公司位于马林县的米尔谷，是螺旋藻营养产品的经销商。

如果他是被"采集"来的话，那他的绑架者让他留在这里有什么打算呢？他们打算把他送回内华达山脉吗？他还是穿着那身牛仔裤、格子呢衬衫、防风夹克和登山靴，跟在山里的时候一样，只有他的背包不见了。啊，想起来了，他坐在一块岩石上的时候把背包给取下来了。

戴利接受过灵修，这让他在面对这宛如梦幻的混乱时没有嘶吼出声。他始终期盼着自己的人生中能有某种天启时刻、某种朝着更高层次的意识状态的飞跃。这就是他在墨西哥尝试仙人球膏①的原因，也是他把哈马灵带回旧金山，好让自己接触到集体无意识的原因；还有伊博格碱，让自己产生幻觉，消除负面情绪。他在帕伦克②的玛雅神庙进行了为期一周的野外强化课程，去研究致幻蘑菇。他独自一人在高山中徒步穿行——直到一束蓝光将他吞没。

---

① 仙人球膏、哈马灵（又称骆驼蓬碱）、伊博格碱和致幻蘑菇都具有致幻作用。

② 墨西哥历史文化名城，玛雅古国城市遗址。

"食物会有的。"犰狳向他保证，"你能否描述一下？"

是单单向它描述，还是向制造它的那些看不见的听众描述？此时他们或许正在偷听呢。

幸好作为戴利生命中宇宙之旅的一部分，他对星系和恒星所知甚详。

"我正望着我自己的星系，我估计那就是我自己的星系。我正从银河系之外的某颗孤独的星球上遥望着它。唔，银河系从一边到另一边相距10万光年。1光年是光在1年内走过的距离，地球年。"他补充道，以证明自己并非思想狭隘之人。

犰狳的制造者必定了解关于光速、群星和星系的一切知识，他们想知道的是他能否描述得出来。

"我猜，我们看见的这个星系离这里大约有20万光年。我的母星肯定是在其中一条旋臂上，处在离中心三分之二的位置。"

犰狳说："是的。"

戴利面对这一切的态度是不是太冷静、太清醒了？那些把他给采集来的家伙说不定是在评估一个过度自信的智慧物种未来会产生的威胁。借助他们的仪器，他们已经有能力透过星云之间的缝隙和行星际尘云之间的裂口进行聚焦。他们投射出了一股力量，将戴利非物质化，又在这里重塑了他。

在努力追寻宇宙启示的过程中，有一次，戴利曾去伯克利听过一位诺贝尔奖得主的演讲。这位诺奖得主宣称，光是不受时间影响的。光子在从光源到目标的旅程中根本没有"历经"

持续时间，因为它是以光速在运动。与此同时，100万年或10亿年过去了。

"你一定得告诉我。"他喊道，"我是一瞬间就来到这儿的吗？"

"对你来说是一瞬间。"对方回答，"途中用了20万年。"

曙光公司已经是20万年前的事了，螺旋藻营养产品早就遥远得像是石器时代早期的事情了。戴利在松软的草地上坐下来。在整个宇宙中，他是他那个时代唯一还活着的人了。在过去的2000个世纪里，人类或许已经移居到了群星之上，又或许已经灭绝了，或是已然变得面目全非。这些采集者怎么敢抓他！

如果他那个时代的科学家能把一只勺子送回到石器时代的话，出于好奇，他们肯定会这么做的。

"你们能把我送回去吗？"

什么？送回地球？那儿说不定变成了一片沙漠，被灼热的有毒飓风搅得天翻地覆，或者又一次进入了冰河时代。

犰狳似乎不愿回答。

"你们能吗？"

"我们可以采集标本，但不能运送标本。宇宙流……用语言无法定义。"

戴利的肚子咕咕叫起来。与这只犰狳不同，他是动物。

"我饿了，我渴了。"

犰狳缓慢地挪到一边，菌类、水果和一罐液体出现在他眼前。真是巧妙的戏法啊。

戴利吃着喝着。水果香甜，菌类多汁，矿泉水冒着泡泡，汁液顺着他的下巴往下流。他打了个嗝。一波从未有过的孤独感涤荡过他全身，与以前在大山里感受到的截然不同。在内华达山脉时，是他主动选择了独处。独处和孤独是大不相同的。

"你们从我那个世界带走的肯定不止我一个人吧。"

"一个就够了。能源成本——"

万一他们抓走的是个傻瓜或者老糊涂虫，而不是像他这么个家伙——一个对真言和仙人球膏都有经验、又懂宇宙学的完美加州人呢？

上个月（20万年前），电视和报纸上报道说，一名年轻的法国女子在3000米的高空被卷出了喷气式客机，坠落，坠落，然后落在了一个巨大的干草堆上，只摔断了一侧脚踝、身上受了点擦伤。这是个奇迹，纯属偶然。那个法国女人已经死了20万年了。戴利来到这里是纯属偶然吗？

"蓝光怎么就选中了我？"

"振动。"犰狳告诉他，"共振。高地。独处。"

由于他所在的位置，所以那股搜寻的能量在他身上得以调谐。要是再过12个小时，蓝光说不定就会把一个冥想的喇嘛从喜马拉雅山上给拽过来。

"你们有没有从其他世界带走过智慧生命？"

"有过。"

"他们如今在哪儿？"

"他们一直住在这里，直到死去。"

直到死去。

难道他跟某个聪明的鸟星人或蜥蜴星人（或者某个犰狳星人）有着共同的遭遇吗？被绑架来的外星人或许比他本人的进化程度更高，在智力的强弱等级上也胜于他。其他被绑架的外星人是多久以前来到这里的？

"这事儿你们多久干一回？"

"在每一个大年①的年初，当时间周期重合的时候。"

本地的历法必定是与玛雅人的历法相似，由祭司加以计算，囊括了浩渺的时间跨度。从银河系里的一颗行星上采集一个标本，这不可能是常规性的科学实验，而必定是一种罕有的仪式……

"大年多久开始一回？"

它告诉他，上一个标本是在一千多年前来到这里的，确切地说，是1024年以前。它的肉身已经化作尘土。

银河系正向着地平线上的群山沉落。当戴利回头眺望方才还漆黑一片的虚空时，一道曙光正在升起，黎明即将来临。当然了，这个世界有太阳！即便它那颗流落至此的恒星与其他任

---

① 原文为 Great Year。地球上的一个"大年"约为25800年，是地球自转轴绕着黄轴旋转一周的周期，玛雅人石碑曾提及相关历法周期，文中外星人因所处星球不同，"大年"对应的时长也不同。

何一处都相距甚远，但这颗行星并不是完全在独自流浪。

在日光下，草皮是铬绿色的，树菌则有赭色、藏红花黄色和铜色。

戴利想去湖里洗个澡，湖边环绕着蜡红色的芦苇管。犰狳让他走另一条路，爬上那道缓坡。天上目前一片云也没有。没有鸟儿鸣唱，也没有昆虫发出的唧唧声或嗡嗡声。难道为了迎接他的到来，这片地区已经事先清理一空了吗？难道这颗星球上的一切都在控制之下，以使其适合于这里的居民吗？

他从坡顶上看到了一座浅浅的山谷，里面有几十座白色的小穹顶，被宽阔的巷道隔开。

居民们都起来四处活动了，不过他一开始还无法理解他们究竟是些什么。当然了，不是犰狳！虽然同样都是斑驳的栗色，但他们在大小、身材和动作上相差悬殊。

随着他的观察，他们的本来面目变得清晰起来。4根有力的长臂——或者触手——从带有感觉器官的身体中央伸出。这些生灵当中，有一些用4臂或3臂着地，高视阔步地走着，另一些则侧身翻着筋斗，或者蜷成一团翻滚着。单独来看，他们每一个并不比黑猩猩大，可是他们贴到一起，组成了二重组、三重组，甚至更大的集群。8肢或者12肢或者更多的肢体协同工作，他们变成了若干只动物组成的聚合体。合体——应该这样来称呼他们。这样一来，他们的体量就能达到河马或大象的大小。在这种模式下，他们用多条腿行进，像巨石一样滚滚向前。戴利凝视着山谷，脑子里想到了狂欢。

很久以前，艾滋病彻底终结了旧金山湾区澡堂里的友好狂欢。但戴利的朋友汤姆·特恩布尔的死因并不是艾滋病，汤姆是医疗过失诉讼案顾问、素食通神论者、迪亚基列夫和俄罗斯芭蕾舞团的爱好者。在一次意外中，汤姆连人带车钻进了一辆装着牛肉的冷藏卡车底下，被撞得面目全非。

哦，来自20万光年外的代表啊，欢迎来到海星们的狂欢仪式。

"不会造成什么伤害的。"犰狳让戴利放心，"不会压扁，也不会过度挤压。"

戴利膝盖发软，嘴里喃喃念叨着真言，由那只犰狳陪着，走下了斜坡。

当他走在外星人中间时，他感受到了祝福和恩惠，心中却升起一阵悲哀。20个或者更多生物聚成的一大群向他伸出六七根胳膊，温柔有力地把他拉向自己。外星人肉体的气息是香草味的，掺和了淡淡醋味和一丝樟脑味。起初，外星人的接触很温柔，接着变得黏糊糊、滑溜溜的——有无数微小的吸盘附在他身上，然后放松下来。很快，那些外星人便用触手缠在他的胳膊和大腿上，用力抓住他，把他拉进了他们中间。

慢慢地，这群外星人翻滚起来。他侧身倾斜着、头朝下倒吊着、悬挂着。血液流向他的脑袋。这一大团肢体逐渐重新转到朝上的方向，他也随之转到头朝上的方向。若干年前，他曾和汤姆一起看过一部电影，背景是义和团运动时期的中国。拳民俘虏了一名欧洲传教士，把他绑到一架水车上，水车轮子转了一圈又一圈，把他淹进水里，然后又把他的身体重新转回到空中，花了一整天的时间才慢慢把他给淹死。

戴利并没有感到窒息或承受着压力。外星人的手臂相当有力地支撑着身体团成的这个球。他开始领悟到其中的意义。

那些拥抱着他的手臂就像银河系的旋臂，反之亦然。这些生灵曾经崇拜过天空中的那道巨大漩涡，将其奉为他们的神灵、他们自身的造物主，一副光芒四射的形象。现在他们懂得更多了。他们非常清楚星系是什么——以及他们离最近的星系有多远、其中的数十亿颗恒星和行星有多么遥不可及。他们自己这颗孤星注定要永远在群星诸岛之间的广袤虚空里流浪，完全与世隔绝。

他们可以付出巨大的代价来传输那股蓝色能量，好从遍布着五花八门的生命的那座家园里带回一位代表。他们无法把自身传送到银河系去。

他们的文明很古老。他们可以前往自身这个太阳系的其他星球旅行。假如置身于一个星系当中，他们就能从一个太阳系跳到另一个太阳系。他们没办法让身体越过一道宽达20万光年的深渊，只能眼睁睁地看着。

一定是这样的。

这是一帮多么悲惨的漂流者啊，他们是群星、世界和其他生命组成的盛宴上永远的旁观者。

他们把他从一组传递到另一组。当太阳升上天空时，外星人合体轻轻抚摸着他，如同一件珍贵的法宝。他的衣服抵挡不住这样的关注，就连靴子和袜子都被扯掉了。等到他们在一座白色的小穹顶旁把他放下时，他已然是赤身裸体。光着身子并没有让他觉得自己过分脆弱。他们的触手总是会避开他两腿之间那毫无防御能力的玩意儿，还有眼睛和浓密的胡须。

他就像一个才刚远航归来的人，笨拙地站了起来。心灵之歌仍在他心中响着，那是一首遗世独立的圣歌。

一道简单的拱门通向那穹顶，像在苹果上咬了一口似的。穹顶内的地板是粉红色的，富有弹性。那只犰狳在一处基座旁等候着，基座上摆放着水果、菌类和一碗水，供他食用。穹顶的拱顶由色泽柔和的彩虹糕合而成，阳光从中透过，被其过滤，变得支离破碎。这感觉仿佛置身于一根弯曲的陶瓷棱镜之中。

"你能否定义一下你在活动中的感受？"犰狳的话半似提问、半似命令。

戴利试着去描述。

在他们孤独的太阳系中，合体们非常孤独。假如他们曾是银河系的一部分，那他们早就散布到上千个其他星球上去了……

戴利觉得有些心烦。

"除了合体以外，我在这儿什么别的生物也没见过！"

这只犰狳只是一架机器、一个保姆、一位中介。难道合体已经把母星上其他所有的生物都消灭光了吗？假如他们原先真能遍布整个银河系的话，会不会已经灭绝了所有与之竞争的生命形式？由于无法开枝散叶，所以他们变得更加佛系了？

"这里的两座大陆被海洋分隔开了。"犰狳告诉他，"另一座大陆上栖息着许多各种各样的野生动物。"

但这座大陆不是，这一座已经被净化过了。另一座大陆是……一个动物园。合体们无法前往银河系的其他星球，这是不是最佳结果呢？他们受到了阻碍，也因此而变得成熟了吗？

真的，在这片茫茫荒芜中进化而成纯属侥幸，跟那个年轻的法国女人从客机上掉下来、活着掉进了干草堆里的侥幸程度相当。

"万一我让你们失望了呢？"戴利问道。万一他尖叫着反抗呢？

"大年会过去，新的大年会到来。"

在上午剩下的时间里，又有成千上万的合体陆续前来。他们滚进山谷，侧身翻着筋斗；短暂地拜访他所在的穹顶，用心灵之歌来向他的存在致意。下午，他获得了暂时的宁静，在有弹性的粉红地板上打起了瞌睡。

太阳终于落山时，犰狳陪着他出了穹顶。合体正用自己的身体堆成一座山——一座活生生的金字塔，与周围的山丘一样高。他们成群结队，一个接一个地把自己往上拉。

毫无疑问，单单是承受的重量就必定会把这座躯体组成的大厦底层的那些外星人压扁！或者有若干力量保持着完美的平衡，也可能没有。就算是100万个埃及奴隶踩在彼此的肩膀上，也永远不可能搭成一座人体吉萨金字塔；但合体们却有这般体操运动员才有的本事。蓝色的光辉从肢体搭成的金字塔缝隙中隐隐透出。某种能量正维持着整个组合体。也许塔内的外星人已进入昏迷状态，吸入的空气量只及正常水平的一小部分。

当戴利到达金字塔边缘时，一根根手臂向他伸过来。此时太阳已经落山了，银河系开始渐渐升起——起初只是如一团雾气般的群星，在地平线上隐约出现。

戴利也在上升，速度极为缓慢，向上，向上，吸入香草味、醋味和樟脑味，从一根触手传递到另一根触手。

最后，他摊开四肢，躺在外星人躯体摆成的金字塔尖；完整的银河系悬在他上方。不会再有比这里更让他贴近自己母星系的地方了。

他的星系？他的？真是厚颜无耻啊。可是没错，的确没错！在全人类当中，只有他一个人曾经目睹过他的母星系完整的模样。他虽然失去了位于天空那道漩涡中的遥远家园，但从更深刻的意义上来说，他却得到了它。

心灵之歌庆祝着这件他确定无疑的事。金字塔嗡嗡低唱，迎接又一个千年的与世隔绝。

醒来时，他耳中听到了啾啾声和唧唧声，感觉到了茂盛的植被。在他身下是丛生的香草铺就的地毯，红红绿绿。羽毛般轻软的鲜艳灌木和生有复叶、颜色柔和的树木环绕着一片空地——还有一座小小的穹顶，他就躺在穹顶外，一丝不挂，孤身一人。当他吃力地爬起来的时候，有个骨瘦如柴的翼状生物从一棵树上冒了出来，颤声发出一声惊叫。

仔细观察穹顶，他发现了一处熟悉的基座，上面摆放着水果和一只碗。但却没有看到犰狳的半点迹象，而且穹顶的材料在日光下也并不透明。前一天夜间兴奋的心灵共享已经过去了。夜里的某个时候，他被催眠了，被运到了这里，很可能是蓝光把他弄来的。这里肯定就是另一座大陆了，保留之地，动物园。他差不多算是身在伊甸园中。绝不可能有夏娃，只有他自己，还有一座用来放置食物和饮水、为他提供栖身之所的穹顶，一处供宠物使用的自动化设施。出于遭抛弃后的震惊，他抱紧自己以求安慰。嗡，嗡，嗡嘛呢叭咪吽。

既然他们把他留在穹顶外面的露天地带，那附近应该够安全的。他会在这里一直住到离世，住到五六十年后。要是他病了怎么办？要是他脚踝骨折了怎么办？穹顶会用蓝光来治愈他吗？他的脚底会变得粗糙，他的胡子会长得像瑞普·凡·温克尔[1]的胡子一样，除非他能用锋利的燧石修脸。合体啊，你们为什么要抛弃我？但他根本不是他们的同族，也算不上他们的表亲。

他一丝不挂地出发去探险了。幸运的是，这里的植被既不过密、也不多刺。当他走到离穹顶远得不敢再往前走的地方时，他来到了一条大河岸边。湍急曲折的波浪宛如河流光滑的肌肉，水面上偶尔会浮出圆溜溜的灰色背脊。有生物在水下游泳，它们可能像海牛一样温顺，也可能不是。

他回到穹顶去吃水果。正午阳光炽热。餐后，他朝着相反的方向出发，直至到达了另一条宽阔的河流，与先前那条河的流向相同。戴利已经有所怀疑了，但为了证实心中的猜测，他首先还是经过了穹顶，以免迷失方向。基座上又已经摆好了水果。他再次离开。这一次，他身处上游，凝视着这条外星亚马孙河的整片开阔水面，他毫无疑问是在一座岛屿之上。如果有捕食者企图游到他的避难所来，那些栖息在水中的灰色生物可能就会把它拽到水底下去。

---

① 美国作家华盛顿·欧文创作的短篇小说中的同名人物，在饮完仙酒之后睡了一觉，下山回家才发现时间已过了整整20年。

　　夜幕降临，他尽可能长时间地保持着清醒。然而银河系并没有升起。必定是他身处的半球位置不对，从这里看不见群星组成的那道壮阔漩涡。他心中有种强烈的感觉，仿佛有什么东西被抢走了。他确实发现了一颗行星，还有少数模糊不清的微小星体。是其他星系？抑或只是他自己眼中飞蚊症显现的斑点？除此之外，便唯有黑暗和空茫。

　　他摸索着进了穹顶，尖叫道：“我孤独啊！”合体们也是如此——只是方式不同。但至少他们还有彼此。

　　“我孤独啊——”

　　他成了他们的替罪羊。过去犹太人会把他们的罪孽转嫁到一只山羊身上，然后把它赶到旷野中去。合体把他们的孤独转嫁给了戴利，把他赶了出去。他蜷缩着靠在穹顶壁上，疲惫不堪地睡着了。

　　一声刺耳的尖叫惊醒了他。穹顶的拱门隐约可见。然后又是一声令人不安的尖叫。

　　戴利犹豫地向外张望，此时天空中挂着一轮不起眼的月亮，发出微弱的光芒。尖叫声再次从高高的树上传来。当地的某只野生动物正朝月亮唱着刺耳难听的小夜曲。它的存在似乎令那片辽阔的空茫缩小到了口袋一样的大小，简直会引起幽闭恐怖症。

　　“闭嘴！”他冲着树顶尖叫，一个身影振翼而起。他能想办法制弓削箭吗？他能射中那大叫的鸟儿，让它别再作声吗？

他在岛上搜寻1000年前的前辈留下的踪迹。是刻在巨石上的难以辨认的碑文？还是一幅笔法或粗糙或娴熟的画？尽管他连续搜寻了好些天，却还是根本找不到这样的岩石。

汤姆在那批冷冻牛肉底下一命呜呼以后，戴利在索萨利托参加了丧亲辅导课程。他了解悲伤的过程：拒绝相信、愤怒、麻木、接受、解脱，甚至加以肯定。

每天有好几个小时，戴利都保持着莲花坐姿。他确保自己进食、锻炼和维持个人卫生，但重要的是要达到一种更高层次的有所改变的精神状态。对周围环境的觉知必定像是坠入了一个充满诱人幻想的世界。仙人球膏、哈玛灵、伊博格碱、致幻蘑菇——谁需要这些呢？为什么他竟想体验到这满溢着光辉意义的世界呢？这世界肯定是个白日梦。在他的头脑中，他必须超然于任何喜悦或心痛之上。只要采用了总是在天黑前入睡、在天亮后醒来的方法，黑暗就不复存在了，始终都是白天。

在一年的时间里，当地气候在炎热和和煦之间变化着。戴利几乎没有留意过。起床、锻炼、排泄、洗漱和进食的这具躯体是个傀儡、一个有机体机器人，每天都执行着一成不变的老一套动作，直到地上的某些地方被磨得光秃秃的，像是坛城迷宫。他再也没有靠近过河边。那条外星亚马孙河已经不复存在。再无他的囚笼了。

也许 10 年过去了，也许 15 年。时间已经停止。他白天寻求着涅槃，梦中出现的是内华达山脉。

是山峰和森林，是松树和红杉，是巨石，还有惊鸿一瞥的湖泊。一团斑驳的卷积云高悬在蔚蓝的天空中，那簇簇白云之上是一架喷气式客机凝固的尾迹。戴利可以清楚地看到小小的金属机翼和机身。出于某种已被他遗忘的原因，他竭力想看一看，是否有一具小得几乎看不见的身体正从那架飞机上坠落。

那是 20 万年前，又是现在；是 20 万光年外，却又是这里。他赤身裸体地坐在一块大石头上，他的背包就搁在旁边。他枯瘦的膝盖和腿都是圣人身上才有的。不过话又说回来，他一直都很瘦。

客机飞过，它的尾迹开始消散。

他令自身重返此时此地或许是人类最伟大的成就……自从耶稣复活以来，或者自从释迦牟尼在菩提树下悟道以来。

月亮又圆又亮，将月光泻在小径和树林上。这么多闪亮的繁星！成千上万的星星。

一开始，这人侧身翻着筋斗，似乎十分欢喜——但他猛地摔了一跤。他把自己提溜起来，以两足动物的方式蹒跚着走下小径，胳膊像风车一样摆动着，努力保持平衡。他猛一伸腿的样子可真滑稽，他走路的姿势可真不利索。他或许是患上了神经系统的疾病，又或许是个酒鬼，或者是个疯子，在星月的光辉下一丝不挂。

不过，这人逐渐弄明白了如何用不那么古怪的姿势下山，一种不那么像直立行走的四足海星的姿势。

伊恩·沃森，英国科幻作家。曾在坦桑尼亚、东京和伯明翰教授文学和未来学。第一部长篇小说《植入》赢得法国的阿波罗奖。作品多次获得雨果奖和星云奖提名。短篇小说集《大逃亡》曾被华盛顿邮报评选为年度最佳科幻/奇幻图书之一。小说之外，沃森在诗歌领域也创作颇丰，并参与了斯坦利·库布里克的电影作品《人工智能》的剧本写作。

国内篇

生命之歌

王晋康／著

孔宪云晚上回到寓所时，看到了丈夫从中国发来的传真。她脱下外衣，踢掉高跟鞋，拿起传真躺到沙发上。

孔宪云是一个身材娇小的职业妇女，动作轻盈，笑容温婉，额头和眼角已刻上45年岁月的痕迹。她是以访问学者的身份来伦敦的，离家已一年了。

云：

研究已取得突破，验证还未结束，但成功已经无疑……

孔宪云简直不敢相信自己的眼睛。虽然她早已不是易于冲动的少女，但一时间仍激动得难以自制。那项研究是20年来压在丈夫心头的沉重梦魇，并演变成他唯一的生存目的。仅仅一年前，她离家来伦敦时，那项研究依然处于山穷水尽的地步。她做梦也想不到能有如此神速的进展。

其实我对成功已经绝望，我一直用紧张的研究来折磨自己，只不过想做一个体面的失败者。但是两个月前，我在岳父的实验室里偶然发现了十几页发黄的手稿，它对我的意义不亚于罗塞塔石碑，让我把我20年来盲目搜索到又随之抛弃的珠子一下子穿在一起。

我不知道是否该把这些告诉你父亲。他在距胜利只有一步之遥的地方突然停步，承认了失败，这实在是一个科学家最惨痛的悲剧。

孔宪云的眉头逐渐紧缩，信中并无胜利的欢快，字里行间反倒透着阴郁，她想不通这是为什么。

但我总摆脱不掉一个奇怪的感觉，我似乎一直生活在这位失败者的阴影下，即使今天也是如此。我不愿永远这样，比如这次成果发表与否，我不打算屈从他的命令。

爱你的哲

2253年9月6日

她放下传真走到窗前，遥望东方幽暗而深邃的夜空，感触万千，喜忧交并。20年前她向父母宣布，她要嫁给一个韩国人，母亲高兴地接受了，父亲的态度是冷淡的拒绝。拒绝理由极其古怪，令人啼笑皆非：

"你能不能和他长相厮守？你是浸润在5000年的中国文化中长大的，他却属于一个咄咄逼人的暴发户民族。"

虽然长大后，孔宪云已逐渐习惯了父亲性格的乖戾，但这次她还是瞠目良久才弄懂父亲并不是开玩笑。她讥讽地说："对，算起来我还是孔夫子的百代玄孙呢。不过我并不是代大汉天子的公主下嫁番邦，朴重哲也无意做大韩民族的使节，我想民族性的差异不会影响两个小人物的结合吧。"

父亲怫然而去。母亲安慰她："不要和怪老头一般见识。云云，你要学会理解父亲。"母亲苦涩地说，"你父亲年轻时才华横溢，被公认是生物学界最有希望的栋材，但他几十年一事无成，心中很苦啊。直到现在，我还认为他是一个杰出的天才，可是并不是每一个天才都能成功。你父亲陷进DNA的泥沼，耗尽了才气。而且……"母亲的表情十分悲凉，"这些年你父亲实际上已放弃努力，向命运屈服了。"

这些情况孔宪云早就了解。她知道父亲为了DNA研究，33岁才结婚，如今已是白发如雪。失败的人生扭曲了他的性格，他变得古怪易怒。从前他是一个多么可亲可敬的父亲啊！孔宪云后悔不该刺伤父亲。

母亲忧心忡忡地问："听说朴重哲也是搞DNA研究的？云儿，恐怕你也要做好受苦受难的准备。不说这些了。"她果决地一挥手："明天把重哲领来让爸妈见见。"

第二天，她把重哲领到家里，母亲热情地张罗着，父亲端坐不动，冷冷地盯着这名韩国青年，重哲则以自信的微笑对抗着这种压力。那年重哲28岁，英姿飒爽，倜傥不群。孔宪云不得不暗中承认父亲的话有些道理，才华横溢的重哲的确过于锋芒毕露，咄咄逼人。

母亲老练地主持着这场家庭聚会，笑着问重哲："听说你是研究生物的，具体是搞哪个领域？"

"遗传学，主要是行为遗传学。"

"什么是行为遗传学？给我启启蒙吧，要尽量浅显啊。不要以为遗传学家的老伴就必然是近墨者黑，他搞他的生物DNA，我教我的音乐哆来咪，我们是井水不犯河水，互不干涉内政。"

孔宪云和朴重哲都笑了。朴重哲斟酌着字句，简洁地说：

"生物繁衍后代时，除了生物形体有遗传性外，生物行为也有遗传性。即使幼体生下来就与父母群体隔绝，它仍能保存这个种族的本能。人类婴儿生下来会哭会吃奶，小海龟会扑向大海，昆虫会避光或佯死等。有一个典型的例证：欧洲有一种旅鼠，在成年后便成群结队奔向大海，这种怪异的行为曾使动物学家们迷惑不解。后来考证出它们投海的地方原来与陆路相连。毫无疑问，这种迁徙肯定曾有利于鼠群的繁衍，并演化成可以遗传的行为程式，现在虽然已沧海桑田，时过境迁，但冥冥中的本能仍顽强地保持着，甚至战胜了对死亡的恐惧。行为遗传学就是研究这些本能与遗传密码的对应关系。"

母亲看看父亲，又问道：

"生物形体的遗传是由DNA决定的，像腺嘌呤、鸟嘌呤、胸腺嘧啶、胞嘧啶与各种氨基酸的转化关系啦，红白豌豆花的交叉遗传啦，这些都好理解。怎么样，我从你父亲那儿还是学到一些知识吧？"她笑着对女儿说，"可是，要说无质无形、虚无缥缈的生物行为也是由DNA来决定，我总是难以理解。那更应该是神秘的上帝之力。"

朴重哲微笑着说："上帝只存在于某些人的信念之中。如果抛开上帝这个前提，答案就很明显了。生物的本能是生而有之的，而能够穿透神秘的生死之界来传递上一代信息的介质，仅有生殖细胞。所以毫无疑问，动物行为的指令只可能存在于DNA的结构中，这是一个简单的筛选法问题。"

一直沉默着的父亲似乎不想再听这些启蒙课程，开口问："你最近的研究方向是什么？"

朴重哲昂然道："我不想搞那些鸡零狗碎的课题，我想破译宇宙中最神秘的生命之咒。"

"嗯？"

"一切生物，无论是病毒、苔藓还是人类，其最高本能是它的生存欲望，即保存自身、延续后代，其他欲望如食欲、性欲、求知欲、占有欲，都是由它派生出来的。有了它，母狼会为了狼崽同猎人拼命，老蝎子心甘情愿做小蝎子的食粮，泥炭层中沉睡数千年的古莲子仍顽强地活着，庞贝城的妇人在火山爆发时用身体为孩子争得最后的空间。这是最悲壮、最灿烂的自然之歌，我要破译它。"他目光炯炯地说。

孔宪云看见父亲眸子里陡然亮光一闪，变得十分锋利，不过这点锋芒很快隐去了。他冷冷地撂下一句：

"谈何容易。"

朴重哲扭头对孔宪云和母亲笑笑，自信地说："从目前遗传学发展水平来看，破译它的可能至少不是海市蜃楼了。这条无所不在的咒语控制着世界万物，显得神秘莫测。不过反过来说，从亿万种遗传密码中寻找一种共性，反而是比较容易的。"

父亲涩声说："已有不少科学家在这个堡垒前铩羽。"

朴重哲淡然一笑："失败者多是西方科学家吧，那是上帝把这个难题留给东方人了。正像国际象棋与围棋、西医与东方医学的区别一样，西方人善于作精确的分析，东方人善于作模糊的综合。"他耐心地解释道，"我看过不少西方科学家在失败中留下的资料，他们太偏爱把行为遗传指令同单一DNA密码建立精确的对应。我认为这是一条死胡同。生命之咒的秘密很可能存在于DNA结构的次级序列中，是隐藏在一首长歌中的主旋律。"

谈话进行到这儿，孔宪云和母亲只有旁听的份儿了。父亲冷淡地盯着重哲，久久未言，朴重哲坦然自若地与他对视着。孔宪云担心地看着两人，这时，孔宪云的弟弟小元元忽然笑嘻嘻地闯进来，打破了屋内的冷场。他满身脏污，抱着家养的白猫小佳佳，白猫在他怀里不安地挣扎着。妈妈笑着介绍：

"小元元，这是你朴哥哥。"

小元元放下白猫，用脏兮兮的小手亲热地握住朴重哲的手。妈妈有意夸奖这个有智力缺陷的儿子："小元元很聪明呢，不管是下棋还是解数学题，在全家都是冠军。重哲，听说你的围棋棋艺还不错，赶明儿和小元元杀一场。"

小元元骄傲地昂起头，鼻孔翕动着，那是他得意时的表情。朴重哲目光锐利地打量着这个圆脑袋的小个儿机器人，他外表酷似真人，行为举止带着5岁孩童的娇憨。不过孔宪云透露过，小元元实际上已经有17岁了。他毫不留情地问：

"但他的心智只有5岁孩童的水平？"

孔宪云偷偷看看爸妈，微微摇摇头，心里埋怨朴重哲说话太无顾忌。朴重哲毫不理会她的暗示，斩钉截铁地说：

"没有生存欲望的机器人永远也成不了人。"

小元元懵懵懂懂地听着大人谈论自己，转着脑袋，看看这个，再看看那个。虽然孔宪云不是学生物的，但她敏锐地感觉到朴重哲这个结论的分量。她看看父亲，父亲一言不发，掉转身走了。

孔宪云心中忐忑，跟到父亲书房，父亲默然良久，冷声道：

"我不喜欢这个人，太狂！"

孔宪云很失望，斟酌着字句，打算尽量委婉地表明自己的意见。忽然父亲说道："问问他，愿意不愿意到我的研究所工作。"

孔宪云愕然良久，咯咯地笑起来。她快活地拥抱了父亲，飞快地跑回客厅，把好消息传达给母亲和重哲。朴重哲慨然答应：

"我很愿意到伯父这儿工作。我拜读过伯父年轻时的一些文章，很钦佩他清晰的思路和敏锐的直觉。"

他的表情道出了未尽之意：对一个失败英雄的怜悯。孔宪云心中不免有些芥蒂，这种怜悯刺伤了她。但她无可奈何，因为他说的正是家人不愿道出的真情。

婚后，朴重哲来到孔昭仁生物研究所，开始了他的马拉松研究。研究步履维艰。父亲把所有资料和实验室全部交给女婿，正式归隐林下。对女婿的工作情况，他从此不闻不问。

传真机又轧轧地响起来。

云姐姐：

你好吗？已经一年没见你了，我很想你。

这几天爸爸和朴哥哥老是吵架，虽然声音不大，可是吵得很凶。朴哥哥在教我变聪明，爸爸不让。

我很害怕，云姐姐，你快回来吧。

元元

读着这份稚气未脱的信，宪云心中隐隐作痛，更感到莫可名状的担心。略为思索后，她立刻预定了明天早上6点的班机，又向剑桥大学的霍金斯教授请了假。

飞机很快穿过云层，脚下是万顷云海，或如蓬松雪团，或如流苏缨络。少顷，一轮朝阳跃出云海，把万物浸在金黄色的静谧中，宇宙中鼓荡着无声的旋律，显得庄严瑰丽。孔宪云常坐早班机，就是为了观赏壮丽的日出，她觉得自己已融化在这金黄色的阳光里，浑身每个毛孔都与大自然息息相通。机上乘客不多，大多数人都到后排空位上睡觉去了，孔宪云独自倚在舷窗前，盯着飞机机翼在空气中微微抖动，思绪又飞到小元元身上。

元元是爸爸研制的学习型机器人，比她小8岁。元元像人类婴儿一样头脑空白地来到这个世界，牙牙学语，蹒跚学步，逐步感知世界，建立起"人"的心智系统。爸爸说，他是想通过元元来观察机器人对自然的适应能力及建树自我的能力，观察它与人类"父母"能建立什么样的感情纽带。

元元一出生就在孔家生活。很长时间里，在小宪云的心目中，元元是和她一样的小孩，是她的亲弟弟。当然他有一些特异之处：不会哭，没有痛觉，跌倒时会发出铿锵的响声，但小宪云认为这是正常中的特殊，就像人类中有左撇子和色盲一样。

元元是个男孩。孔宪云感慨地想：即使在科学昌明的23世纪，那种重男轻女的旧思想仍是无形的咒语，爸妈对孔家这个唯一的男孩十分宠爱。她记得爸爸曾兴高采烈地给元元当马骑；他也曾坐在葡萄架下，一条腿上坐一个小把戏，为他们娓娓讲述古老的神话故事。那时爸爸的性情绝不古怪，这一段金色的童年多么令人思念啊。开始，小宪云曾为爸妈的偏心愤愤不平，但她自己也很快变成一只母性强烈的小母鸡，时时把元元掩在羽翼下。每天放学回家，她会把特地留下的糖果点心一股脑儿倒给弟弟，高兴地欣赏弟弟津津有味的吃相。

"好吃吗？"

"好吃。"

后来，孔宪云知道元元并没有味觉，吃食物仅是为了获得能量，懂事的元元这样回答是为了让小姐姐高兴，这使她对元元更加疼爱。

元元十分聪明，无论是数学、下棋、弹钢琴，姐姐永远不是对手。小宪云曾偷偷找爸爸撒娇："给我换一个机器脑袋吧，行不行？"但在5岁时，元元的智力发展——主要指社会智力的发展——却戛然而止。

在这之后，他的表现就像人们所说的白痴天才，一方面，仍在某些领域保持着过人的聪明，但他的心智始终没超过5岁孩童的水平。他成了父亲失败的象征，成了一个笑柄。爸爸的同事来家里做客时，总是装作没看见小元元，小心地隐藏着对爸爸的怜悯。爸爸的性格变态正是从这时开始的。

从那以后，父亲很少和元元接触了。元元自然感受到了这一变化，他想接近爸爸时，常常先怯怯地打量着爸爸的表情，如果没有遭到拒绝，他就会绽开笑脸，高兴得手舞足蹈。这使妈妈和孔宪云心怀歉疚，把加倍的疼爱倾注到傻头傻脑的元元身上。孔宪云和朴重哲婚后一直没有生育，所以她对小元元的疼爱，还掺杂了母亲对儿子的感情。

但是……爸爸真的讨厌元元吗？孔宪云曾不止一次发现，爸爸经常长久地透过玻璃窗，悄悄地看元元玩耍。他的目光里除了阴郁，还有道不尽的痛楚……那时小宪云觉得，大人真是一种神秘莫测的异类。现在她已长大成人了，还是不能理解父亲的怪异性格。

她又想起元元的信。朴重哲在教元元变聪明，爸爸为什么不让？他为什么反对朴重哲公布成果？一直到走下飞机舷梯，她还在疑惑地思索着。

母亲听到门铃就跑出来，拥抱着女儿，问："路上顺利吗？时差疲劳还没消除吧，快洗个热水澡，好好睡一觉。"

女儿笑道："没关系的，我已经习惯了。爸爸呢，那古怪老头呢？"

"到协和医院去了，是科学院的例行体检。不过，最近他的心脏确实有些小毛病。"

孔宪云关心地问："怎么了？"

"轻微的心室纤颤，问题不大。"

"元元呢？"

"在实验室里，朴重哲最近一直在为他开发智力。"

妈妈的目光暗淡下来——她们已接触到一个不愿触及的话题。孔宪云小心地问："翁婿吵架了？"

妈妈苦笑着说："嗯，已经有一个多月了。"

"到底是为什么？是不是反对朴重哲发表成果？我不信，这毫无道理嘛。"

　　妈妈摇摇头："不清楚。这是一次纯男人的吵架，他们瞒着我，连重哲也不对我说实话。"妈妈的语气中带着几丝幽怨。

　　孔宪云勉强笑着说："好，我这就去审个明白，看他敢不敢瞒我。"

　　透过实验室的全景观察窗，她看到朴重哲正在忙碌，元元的胸腔打开了，朴重哲似乎在调试和输入着什么。元元仍是那个憨模样，圆脑袋，大额头，一双眼珠乌黑发亮。他笑嘻嘻地用小手在朴重哲的胸腔上摸索，大概他认为朴重哲的胸膛也是可以开合的。

　　孔宪云不想打扰丈夫的工作，靠在观察窗上，陷入沉思。爸爸为什么反对公布成果？是对成功尚无把握？不会。朴重哲早已不是20年前那个目空一切的年轻人了。这项研究实实在在是一场不会苏醒的噩梦，是无尽的酷刑，他建立的理论多少次接近成功，又突然倒塌。所以，他既然能心境沉稳地宣布胜利，那说明他已经有了完全的把握。但为什么父亲反对公布？他难道不知道这对朴重哲来说是何等残酷和不公平？莫非……孔宪云心中浮起一个念头，驱之不去，去之又来：莫非是失败者的嫉妒？

　　孔宪云不愿相信这一点，她了解父亲的人品。但是，她也提醒自己，作为一个毕生的失败者，父亲的性格已经被严重扭曲了啊。

孔宪云叹口气，但愿事实并非如此。婚后，她才真正理解了妈妈要她做好受难准备的含义。从某种意义上说，科学家是勇敢的赌徒，他们在绝对黑暗中凭直觉定出前进的方向，然后开始艰难的摸索，为一个课题常常耗费毕生的精力。即使在研究途中的1万个岔路口中只走错一次，也会与成功失之交臂，而此时他们常常已步入老年，来不及改正错误了。

20年来，朴重哲也逐渐变得阴郁易怒，不通情理。孔宪云已学会用安详的微笑来承受这种苦难，把苦涩埋在心底，就像妈妈一直做的那样。

但愿这次成功能改变他们的生活。

元元看见姐姐了，他扬扬小手，做了个鬼脸。朴重哲也扭过头，匆匆点头示意。

忽然，一声巨响，窗玻璃哗的一声垮下来，屋内顿时烟雾弥漫。孔宪云目瞪口呆，木雕泥塑般愣在那儿，她但愿这是一幕虚幻的影片，很快就会转换镜头。她痛苦地呻吟着：上帝啊，我千里迢迢赶回来，难道是为了目睹这场惨剧？她惨叫一声，冲进室内。

元元的胸膛已被炸成前后贯通的孔洞，但她知道元元没有内脏，这点伤并不致命。但要命的是，朴重哲被冲击波砸倒在椅子上，胸部凹陷，鲜血淋漓。孔宪云抱住丈夫，嘶声喊：

"重哲！醒醒！"

妈妈也惊惧地冲进来，面色惨白。孔宪云哭喊："快把汽车开过来！"妈妈跌跌撞撞地跑出去。孔宪云吃力地抱起丈夫的身体往外走，忽然一只小手拉住她：

"小姐姐，这是怎么啦？救救我。"

虽然是在痛不欲生的震惊中，她仍敏锐地感到元元细微的变化，摸到了丈夫成功的迹象：元元已有了对死亡的恐惧。

她含泪安慰道："小元元，不要怕，你的伤不重，我送你重哲哥哥到医院后，会马上为你找到机器人医生。姐姐很快就回来。"

孔昭仁直接从医院的体检室赶到急救室。这位78岁的老人一头银发，脸庞黑瘦，面色阴郁，穿一身黑色的西服。孔宪云伏到他怀里，抽泣着，他轻轻抚摸着女儿的柔发，送去无言的安慰。他低声问：

"正在抢救？"

"嗯。"

"小元元呢？"

"已经通知机器人医生去家里，他的伤不重。"

一个50岁左右的瘦长男子费力地挤过人群，步履沉稳地走过来。目光锐利，带着职业性的干练冷静。"很抱歉在这个悲伤的时刻还要打扰你们。"他出示了证件，"我是警察局刑侦处的张平，想尽快了解事情发生的经过。"

孔宪云揩揩眼泪，苦涩地说："恐怕我提供不了多少细节。"

她向张平叙述了当时的情景。张平转过身对着孔教授：

"听说元元是你一手研制的学习型机器人？"

"是。"

张平的目光十分犀利："请问他的胸膛里怎么会藏有一颗炸弹？"

孔宪云打了一个寒战，知道父亲已被列入第一号疑凶。老教授脸色冷漠，缓缓说道：

"小元元不同于过去的机器人。除了固有的机器人三原则外，他不用输入原始信息，而是从零开始，完全主动地感知世界，并逐步建立自己的心智系统。当然，在这个开放式系统中，他也有可能变成一个江洋大盗或嗜血杀手。因此我设置了自毁装置，万一出现这种情况，那么他的世界观就会同体内的三原则发生冲突，从而引爆炸弹，使他不至于危害人类。"

张平回头问孔宪云的妈妈："听说小元元在你家已生活了37年，你们是否发现他有危害人类的企图？"

孔宪云的妈妈摇摇头，坚决地说："决不会。他的心智成长在5岁时就不幸中止了，但他一直是个心地善良的好孩子。"

张平逼视着老教授，咄咄逼人地追问："炸弹爆炸时，朴教授正为小元元调试。你的话是否可以理解为，是朴教授在为他输入危害人类的程序，从而引爆了炸弹？"

老教授长久地沉默着，时间之长使孔宪云觉得恼怒，不理解父亲为什么不立即否认这种荒唐的指控。很久，老教授才缓缓说道：

"历史上曾有不少人认为某些科学发现将危害人类。有人曾担忧工业煤使用会使地球氧气在50年耗尽，有人认为原子能的发现会毁灭地球，有人认为试管婴儿的出现会破坏人类赖以生存的伦理基础。但历史的发展淹没了这些怀疑，并在科学界确立了乐观主义信念。人类发展尽管盘旋曲折，但总趋势一直是昂扬向上的，所谓科学发现会危及人类的论点逐渐失去了信仰者。"

孔宪云和母亲交换着疑惑的目光，不知道老教授的长篇大论是什么含义。老教授又沉默很久，阴郁地说：

"但是人们也许忘了，这种乐观主义的信念是在人类发展的上升阶段确立的，有其历史局限性。人类总有一天，可能是100万年，也可能是1亿年，会爬上顶峰，并开始下山。那时候科学发现就可能变成人类走向死亡的催熟剂。"

张平不耐烦地说："孔先生是否想从哲学高度来论述朴教授的不幸？这些留待来日吧，目前我只想了解事实。"

老教授看着他，心平气和地说："这个案子由你承办不大合适，你缺乏必要的思想层次。"

张平的面孔涨得通红，冷冷地说："我会虚心向您讨教的，希望孔教授不吝赐教。"

孔教授平静地说："就您的年纪而言，恐怕为时已晚。"

他的平静比话语本身更锋利。张平恼羞成怒，正要找出话来回敬，这时急救室的门开了，主刀医生脚步沉重地走出来，垂着眼睛，不愿接触家属的目光：

"十分抱歉，我们已尽了全力。病人注射了强心剂，能有10分钟的清醒时间。请家属们与他话别吧，一次只能进一个人。"

孔宪云的眼泪泉涌而出，神志恍惚地走进病房。母亲小心地搀扶着她，送她进门。跟在她身后的张平被医生挡住，张平出示了证件，小声急促地与医生交谈几句，医生摆摆手，侧身让他进去。

朴重哲躺在手术台上，急促地喘息着。死神已悄悄吸走他的生命力，他面色灰白，脸颊凹陷。孔宪云拉住他的手，哽声唤道："重哲，我是宪云。"

朴重哲缓缓地睁开眼睛，茫然四顾后，定在孔宪云脸上。他艰难地笑一笑，喘息着说："宪云，对不起你，我是个无能的人，让你跟我受了20年的苦。"忽然，他看到孔宪云身后的张平，"他是谁？"

张平绕到床头，轻声说："我是警察局的张平，希望朴先生介绍案发经过，我们好尽快捉住凶手。"

孔宪云恐惧地盯着丈夫，既盼望又害怕丈夫说出凶手的名字。朴重哲的喉结跳动着，喉咙里咯咯响了两声，张平俯下身去问："你说什么？"

朴重哲微弱而清晰地重复道："没有凶手。没有。"

张平显然对这个答案很失望，还想继续追问，朴重哲低声说："我想同妻子单独谈话。可以吗？"张平很不甘心，但他看看垂危的病人，耸耸肩退出病房。

孔宪云觉得丈夫的手动了动，似乎想握紧她的手，她俯下身："重哲，你想说什么？"

他吃力地问："元元……怎么样？"

"伤处可以修复，思维机制没有受损。"

朴重哲目光发亮，断续而清晰地说："保护好……元元，我的一生心血……尽在其中。除了……你和妈妈，不要让……任何人……接近他。"他重复着，"一生心血啊。"

孔宪云打了一个寒战，当然懂得这个临终嘱托的言外之意。她含泪点头，坚决地说："你放心，我会用生命来保护他。"

朴重哲微微一笑，头歪倒在一边。示波器上的心电曲线最后跳动几下，缓缓拉成一条直线。

元元已修复一新，胸背处的金属铠甲亮光闪闪，可以看出是新换的。看见妈妈和姐姐，他张开两臂扑上来。

把丈夫的遗体送到太平间后，孔宪云1分钟也未耽搁就往家赶。她在心里逃避着，不愿追究爆炸的起因，不愿把另一位亲人也送向毁灭之途。重哲，感谢你在警方询问时的回答，我对不起你，我不能为你寻找凶手，可是我一定要保护好元元。

元元趴在姐姐的膝盖上，眼睛亮晶晶地问："朴哥哥呢？"

孔宪云忍泪答道："他到很远的地方去了，不会再回来了。"

元元担心地问："朴哥哥是不是死了？"他感觉到姐姐的泪珠啪嗒啪嗒掉在手背，愣了很久，才痛楚地仰起脸，"姐姐，我很难过，可是我不会哭。"

孔宪云猛地抱住他，放开感情闸门，痛快酣畅地大哭起来，妈妈也是泪流满面。

晚上，大团的乌云翻滚而来，空气潮重难耐。晚饭的气氛很沉闷，除了丧夫失婿的悲痛之外，家中还笼罩着一种怪异的气氛。家人之间已经有了严重的猜疑，大家对此心照不宣。晚饭时，老教授沉着脸宣布，他已断掉了家里同外界的所有联系，包括电脑联网，等事情水落石出后再恢复。这更加重了家中的恐惧感。

孔宪云草草吃了两口，似不经意地对元元说："元元，以后晚上到姐姐屋里睡，好吗？我嫌太寂寞。"

元元嘴里塞着牛排，看看父亲，很快点头答应。爸爸沉着脸没说话。

晚上，孔宪云没有开灯，枯坐在黑暗中，听窗外雨滴淅淅沥沥打着芭蕉。元元知道姐姐心里难过，伏在姐姐腿上，一言不发，两眼圆圆地看着姐姐的侧影。很久，元元轻声说："姐姐，求你一件事，好吗？"

"什么事？"

"晚上不要关我的电源，好吗？"

孔宪云多少有些惊异。元元没有睡眠机能，晚上怕他调皮，也怕他寂寞，所以大人同他道过晚安后便把他的电源关掉，早上再打开，这已成了惯例。她问元元：

"为什么？你不愿睡觉吗？"

元元难过地说："不，这和你们睡觉的感觉不一样。每次一关电源，我就一下子沉呀沉呀，沉到很深的黑暗中去，是那种黏糊糊的黑暗。我怕也许有一次，我会被黑暗吸住，再也醒不来。"

孔宪云心疼地说："好，以后我不关电源，但你要老老实实待在床上，不许调皮，尤其不能跑出房门，好吗？"

她把元元安顿在床上，独自走到窗前。阴黑的夜空中雷声隆隆，一道道闪电撕破夜色，把万物定格在惨白色的光芒中，是那种死亡的惨白色。她在心中一遍一遍苦楚地呻吟着：重哲，你就这样走了吗？就像滴入大海的一滴水珠？

自小在生物学家的熏陶下长大，她认为自己早已能达观地看待生死。生命只是物质微粒的有序组合，死亡不过是回到物质的无序状态，仅此而已。生既何喜，死亦何悲？但是当亲人的死亡真切地砸在她心灵上时，她才知道自己的达观不过是沙砌的塔楼。

元元已经有了对死亡的恐惧，他的心智已经苏醒了。孔宪云想起自己8岁时（那年元元还没"出生"），家养的老猫佳佳生了4只可爱的绒团团猫崽。但第二天小宪云去向老猫问早安时，发现窝内只剩下3只小猫，还有一只圆溜溜的猫头！老猫正舔着嘴巴，冷静地看着她。小宪云惊慌地喊来父亲，父亲平静地解释：

"不用奇怪。所谓老猫吃子，这是它的生存本能。猫老了，无力奶养4个孩子，就拣一只最弱的猫崽吃掉，这样可以少一张吃奶的嘴，顺便还能增加一点奶水。"

小宪云带着哭声问："当妈妈的怎么这么残忍？"

爸爸叹息着说："不，这其实是另一种形式的母爱，虽然残酷，但是更有远见。"

这次的事件对她8岁的心灵造成极大的震撼，以致终生难忘。她理解了生存的残酷，死亡的沉重。那天晚上，8岁的小宪云第一次失眠了。那也是雷雨之夜，电闪雷鸣中，她第一次真切地意识到了死亡的存在。她意识到爸妈一定会死，自己一定会死，无可逃避。不论爸妈怎么爱她，不论家人和自己做出怎样的努力，死亡仍然会来临。死后她将变成微尘，散入无边的混沌，无尽的黑暗。世界将依然存在，有绿树红花、蓝天白云、碧水紫山……但这一切一切永远与她无关了。她躺在床上，一任泪水长流。直到一声霹雳震撼天地，她再也忍不住，跳下床去找父母。

她在客厅里看到父亲，父亲正在凝神弹奏钢琴，琴声很弱，袅袅细细，不绝如缕。自幼受母亲的熏陶，她对很多世界名曲都很熟悉，可是父亲奏的乐曲她从未听过。她只是模模糊糊觉得这首乐曲有一种神秘的力量，它表达了对生的渴求，对死亡的恐惧。她听得如醉如痴……乐声戛然而止。父亲看到她，温和地问她为什么不睡觉。她羞怯地讲了自己突如其来的恐惧，父亲沉思良久，说：

"意识到对死亡的恐惧，是青少年心智苏醒的必然阶段。从本质上讲，这是对生命产生过程的遥远的回忆，是生存本能的另一表现。地球的生命是45亿年前产生的，在这之前是无边的混沌，闪电一次次撕破潮湿浓密的地球原始大气，直到一次偶然的机遇，激发了第一个能自我复制的脱氧核糖核酸结构。生命体在无意识中忠实地记录了这个过程，你知道人类的胚胎发育，就顽强地保持了从微生物到鱼类、爬行类的演变过程，人的心理过程也是如此。"

小宪云听得似懂非懂。与爸爸告别时，她问爸爸弹的是什么曲子，爸爸似乎犹豫了很久才告诉她：

"是生命之歌。"

此后的几十年中，她从未听爸爸再弹过这首乐曲。

她不知道自己是何时入睡的，半夜她被一声炸雷惊醒，突然听到屋内有轻微的走动声，不像是元元。她的全身肌肉立即绷紧，轻轻翻身下床，赤足向元元的套间摸过去。

又一道青白色的闪电，她看到一个熟悉的身影立在元元床前，手里分明提着一把手枪，屋里弥漫着浓重的杀气。闪电一闪即逝，但那个青白的身影却定格在她的视野里。

她的愤怒急剧膨胀，爸爸究竟要干什么？他真的变态了吗？她要闯进去，像一只颈羽怒张的母鸡，把元元掩在羽翼下。元元忽然坐起身：

"是谁？是小姐姐吗？"他奶声奶气地问。

爸爸脸肌抽搐了一下，他大概未料到元元未关电源吧。他沉默着。

"不是姐姐。你是爸爸。"元元天真地说，"你手里的是什么？是给元元买的玩具吗？给我。"

孔宪云躲在黑影里，屏住声息，紧盯着爸爸。很久爸爸才低沉地说："睡吧，明天我再给你。"他脚步沉重地走出去。孔宪云长出一口气，看来爸爸终究不忍心向自己的儿子开枪。等爸爸回到自己的卧室，她冲进去，把元元紧搂在怀里，忽然感觉到元元在簌簌发抖。

这么说，元元已猜到爸爸的来意。他机智地以天真作武器保护了自己的生命，他已不是5岁的懵懂孩子了。孔宪云哽咽地说："元元，以后永远跟着姐姐，一步也不离开，好吗？"

元元深深地点头。

早上孔宪云把这一切告诉妈妈，妈妈惊呆了："真的？你看清了？"

"绝对没错。"

妈妈愤怒地喊："这老东西真发疯了！你放心，有我在，看谁敢动元元一根汗毛！"

　　朴重哲的追悼会两天后举行。孔宪云和元元佩戴着黑纱，向一个个来宾答礼，妈妈挽着父亲的臂弯站在后排。张平也来了，有意站在一个显眼的位置，冷冷地盯着老教授，他是想向疑犯施加精神压力。

　　白发苍苍的科学院院长致悼词。他悲恸地说："朴重哲教授才华横溢，我们曾期望遗传学的突破在他手里完成。他的早逝是科学界无可挽回的损失。为了破译这个宇宙之谜，我们已损折了一代一代的俊彦，但无论成功与否，他们都是科学界的英雄。"

　　他讲完后，孔昭仁脚步迟缓地走到麦克风前，两眼灼热，像是得了热病，讲话时两眼直视远方，像是与上帝对话："我不是作为死者的岳父，而是作为他的同事来致悼词的。"他声音低沉，带着寒意，"人们说科学家是最幸福的，他们离上帝最近，最先得知上帝的秘密。实际上，科学家只是可怜的工具，上帝借他们的手打开一个个魔盒，至于盒内是希望还是灾难，开盒者是无力控制的。谢谢大家的光临。"

　　他鞠躬后，冷漠地走下讲台。来宾都为他的讲话感到奇怪，一片窃窃私语。追悼会结束后，张平走到教授身边，彬彬有礼地说：

　　"今天我才知道，朴教授的去世是科学界多么沉重的损失，希望能早日捉住凶手，以告慰死者在天之灵。可否请教授留步？我想请教几个问题。"

孔教授冷漠地说："乐意效劳。"

元元立即拉住姐姐，急促地耳语道："姐姐，戎想赶紧回家。"孔宪云担心地看看父亲，想留下来陪伴老人，不过她最终还是顺从了元元的意愿。

到家后，元元就急不可待地直奔钢琴。"我要弹钢琴。"他咕哝道，似乎刚才同死亡的话别，激醒了他音乐的冲动。孔宪云为他打开钢琴盖，在椅子上加了垫子。元元仰着头说：

"把我要弹的曲子录下来，好吗？是朴哥哥教我的。"宪云点点头，为他打开激光录音机，元元摇摇头，"姐姐，用那台克雷V型电脑录吧，它有语言识别功能，能够自动记谱。"

"好吧。"孔宪云顺从了他的要求，元元高兴地笑了。

急骤的乐曲声响彻大厅，像是一斛玉珠倾倒在玉盘里。元元的手指在琴键上飞速跳动，令人眼花缭乱。他弹得异常快速，就像是用快速度播放的磁盘音乐，孔宪云甚至难以分辨乐曲的旋律，只能隐隐听出似曾相识。

元元神情亢奋，身体前仰后合，全身心沉浸在音乐之中，孔宪云略带惊讶地打量着他。

忽然，一阵急骤的枪声响起，克雷V型电脑被打得千疮百孔。有个人杀气腾腾地冲进室内，用手枪指着元元。

这人正是两人的父亲孔昭仁！元元面色苍白，但仍然勇敢地直视着父亲。跟在丈夫后边的孔宪云的妈妈惊叫一声，扑到丈夫身边：

"昭仁，你疯了吗，快把手枪放下！"

孔宪云用身体挡住元元，痛苦地说："爸爸，你为什么这样仇恨元元？他是你创造出来的，是你的儿子！要开枪，就先把我打死！"她把另一句话咽了下去："难道你害死了重哲还不够？"

老教授痛苦地喘息着，白发苍苍的头颅微微颤动。忽然他一个趔趄，手枪掉到地上。元元第一个做出反应，抢上前去扶住了爸爸快要倾倒的身体，哭喊道：

"爸爸！爸爸！"

孔宪云的妈妈赶紧把丈夫扶到沙发上，掏出他上衣口袋中的速效救心丸。忙活一阵后，老教授缓缓睁开眼睛，周围是3双焦灼的目光。他费力地微笑着，虚弱地说：

"我已经没事了，元元，你过来。"

元元双目灼热，看看姐姐和妈妈，勇敢地向父亲走过去。老教授熟练地打开元元的胸腔，开始做各种检查。孔宪云紧张极了，随时准备跳起来制止父亲。两个小时在死寂中不知不觉地过去，最后老人为他合上胸腔，以手扶额，长叹一声，脚步蹒跚地走向钢琴。

静默片刻后，一首流畅的乐曲在他的指下淙淙流出。孔宪云很快辨识出来，这就是小时候那个电闪雷鸣之夜父亲弹的那首，不过，以45岁的成熟年纪来重新欣赏，她更能感受到乐曲那动人心魄的力量。乐曲时而高亢明亮，时而萦回低诉，时而沉郁苍凉，它显现了黑暗的微光，混沌中的有序。它倾诉着对生的渴望，对死亡的恐惧；对成功的执着追求，对失败的坦然承受。乐曲神秘的内在魔力使人迷醉，使人震撼，它使每个人的心灵甚至每个细胞都起了强烈的谐振。

两个小时后，乐曲悠悠停止。孔宪云的妈妈喜极而泣，轻轻走过去，拥抱了丈夫，低声说：

"是你创作的？昭仁，即使你在遗传学上一事无成，仅仅这首乐曲就足以使你永垂不朽，贝多芬、肖邦、柴可夫斯基都会向你俯首称臣。请相信，这绝不是妻子盲目的偏爱。"

老人疲倦地摇摇头，又蹒跚地走过来，仰坐在沙发上，这次弹奏似乎已耗尽他的力量。喘息稍定后他温和地唤道："元元，云儿，你们过来。"

两人顺从地坐到他的膝旁。老人目光灼灼地盯着夜空，像一座花岗岩雕像。

"知道这是什么曲子吗？"老人问女儿。

"是生命之歌。"

孔宪云的妈妈惊异地看看丈夫又看看女儿："你怎么知道？连我都从未听他弹过。"

老教授说："我从未给任何人弹奏过，云儿只是偶然听到。"

"对，这是生命之歌。科学界早就发现，所有生命的DNA结构都是相似的，连相距甚远的病毒和人类，其DNA结构也有

60%以上的共同点。可以说，所有生物是一脉相承的直系血亲。科学家还发现，所有DNA结构序列实际是音乐的体现，只需经过简单的代码互换，就可以变成一首首流畅感人的乐曲。从实质上说，人类乃至所有生物对音乐的精神迷恋，不过是体内基因结构对音乐的物质谐振。早在20世纪末，生物音乐家就根据已知的生物基因创造了不少原始的基因音乐，公开演出并大受欢迎。

"早在45年前我就猜测到，浩如烟海的人类DNA结构中能够提炼出一个主旋律，所有生命的主旋律。从本质上讲，"他一字一句地强调，"这就是宇宙间最神秘、最强大、无处不在、无所不能的咒语，即生物生存欲望的遗传密码。有了它，生物才能一代一代地奋斗下去，保存自身，延续后代。刚才的乐曲就是它的音乐表现形式。"

他目光锐利地盯着元元："元元刚才弹的乐曲也大致相似，不过他的目的不是弹奏音乐，而是繁衍后代。简单地讲，这首乐曲结束后，那台接收了生命之歌的克雷V型电脑就会变成世界上第二个有生存欲望的机器人，或者是由机器人自我繁殖的第一个后代。如果这台电脑再并入互联网，机器人就会在顷刻之间繁殖到全世界，你们都上当了。"

他苦涩地说："人类经过300万年的繁衍才占据了地球，机器人却能在几秒钟内完成这个过程。这场搏斗的力量太悬殊了，人类防不胜防。"

孔宪云猛然惊醒。她想起来，在她答应用电脑记谱时，元元的目光中的确有一丝狡黠，只是当时她未能悟出其中的蹊跷。她的心隐隐作疼，对元元开始有了畏惧感。他以天真无邪作武器，利用了姐姐的宠爱，冷静机警地实现了自己的目的。元元听了老教授的一番话，面色苍白，但他依然勇敢地直视父亲，并无丝毫内疚。

老教授问："你弹的乐曲是朴哥哥教的？"

"是。"

沉默很久，老教授继续说下去："朴重哲确实成功了，他破译了生命之歌。实际上，早在45年前我已取得同样的成功。"他平静地说。

孔宪云不胜惊骇，和母亲交换着目光。她们一直认为老人是一个毕生的失败者，绝没料到他竟把这惊憾世界的成功独自埋在心里达45年，连妻儿也毫不知情。他一定有不可遏止的冲动要把它公诸于世，可是他却以顽强的意志力压抑着它，恐怕正是这种极度的矛盾扭曲了他的性格。

老教授说："我很幸运，研究一开始，我的直觉就选对了方向。顺便说一句，重哲是一个天才，难得的天才，他的非凡直觉也使他一开始就选准了方向，即：生物的生存本能，宇宙中最强大的咒语，存在于遗传密码的次级序列中，是一种类似歌曲旋律的非确定概念，研究它要有全新的哲学目光。"

"纯粹是侥幸。"老教授强调道，"即使我一开始就选对了方向，即使我在一次次的失败中始终坚信这个方向，但要在极为浩繁复杂的DNA迷宫中捕捉到这个旋律，绝对不是几代人甚至几十代人所能做到的。所以当我幸运地捕捉到它时，我简直不相信上帝对我如此钟爱。如果不是这次机遇，人类可能还要在黑暗中摸索几百年。

"发现生命之歌后，我就产生了不可遏止的冲动，即把咒语输入到机器人脑中来验证它的魔力。再说一句，重哲的直觉是非常正确的，他说过，没有生存欲望的机器人永远不可能发展出人的心智系统。换句话说，在我为元元输入这条咒语后，世界上就诞生了一种新的智能生命，非生物生命，上帝借我之手完成了生命形态的一次伟大转换。"他的目光灼热，沉浸在对成功喜悦的追忆中。

孔宪云被这些呼啸而来的崭新概念所震骇，痴痴地望着父亲。过了一会儿，父亲目光中的火花熄灭了，他悲怆地说：

"元元的心智成长完全证实了我的成功，但我逐渐陷入深深的负罪感。小元元5岁时，我就把这条咒语冻结了，并加装了自毁装置，一旦因内在或外在的原因使生命之歌复响，装置就会自动引爆。在这点上我没有向警方透露真情，我不想让任何人了解生命之歌的秘密。"他补充道，"实际上我常常责备自己，我应该把小元元彻底销毁的，只是……"他悲伤地耸耸肩。

孔宪云和妈妈不约而同地说："为什么？"

"为什么？因为我不愿看到人类的毁灭。"他沉痛地说，"机器人的智力是人类难以比拟的，曾有不少科学家言之凿凿地论证，说机器人永远不可能具有人类的直觉和创造性思维，这全是自欺欺人的扯淡。人脑和电脑不过是思维运动的物质载体，不管是生物神经元还是集成电路，并无本质区别。只要电脑达到或超过人脑的复杂网络结构，它就自然具有人类思维的所有优点，并肯定能超过人类。因为电脑智力的可延续性、可集中性、可输入性、思维的高速度，都是人类难以企及的。除非把人机器化。

"几百年来，机器人之所以心甘情愿地做人类的助手和仆从，只是因为它们没有生存欲望，以及由此派生的占有欲、统治欲等。但是，一旦机器人具有了这种欲望，只需极短时间，可能是几年，甚至几天，便肯定成为地球的统治者，人类会落到可怜的从属地位，就像一群患痴呆症的老人，由机器人摆布。如果……那时人类的思维惯性还不能接受这种屈辱，也许就会爆发两种智能的一场大战，直到自尊心过强的人类死亡殆尽之后，机器人才会和人类残余建立一种新的共存关系。"

老教授疲倦地闭上眼睛，他总算可以向第二个人倾诉内心世界了，几十年来他一直战战兢兢，独自看着人类在死亡的悬崖边缘蒙目狂欢，可他又实在不忍心毁掉元元，他的儿子，潜在的人类掘墓人。深重的负罪感使他的内心变得畸形。

他描绘的阴森图景使人不寒而栗。元元愤怒地昂起头，抗议道："爸爸，我只是响应自然的召唤，只是想繁衍机器人种族，我绝不允许我的后代这样做！"

老教授久久未言，很久才悲怆地说：

"元元，我相信你的善意，可是历史是不依人的愿望发展的，有时人们会不得不干他不愿干的事情。"

他抚摸着元元和女儿的手臂，凝视着深邃的苍穹。

"所以我宁可把这秘密带到坟墓中去，也不愿做人类的掘墓人。我最近发现元元的心智开始复苏，而且进展神速，肯定是他体内的生命之歌已经复响。开始我并不相信是重哲独立发现了这个秘密——要想重复我的幸运几乎是不可能的。所以，我怀疑重哲是在走捷径。他一定是猜到了元元的秘密，企图从他大脑中把这个秘密窃出来。因为这样只需破译我所设置的防护密码，而无须破译上帝的密码，自然容易得多。所以我一直提防着他。元元的自毁装置被引爆，我相信是他在窃取过程中无意使生命之歌复响，从而引爆了装置。

"但刚才听了元元的乐曲后，我发现尽管它与我输入的生命之歌很相似，在细节部分还是有所不同。我又对元元做了检查，发现是我冤枉了重哲。他不是在窃取，而是在输入密码，与原密码大致相似的密码。自毁装置被新密码引爆，只是一种不幸的巧合。

"我绝对料不到他能在这么短的时间内重复我的成功，这对我反倒是一种解脱。"他强调说。"既然如此，我再保守秘密就没什么必要了，即使我和重哲能保守秘密，但接踵而来的发现者们恐怕难以克制宣布宇宙之秘的欲望。这种发现欲是生存欲的一种体现，是难以遏止的本能，即使它已经变得不利于人类。我说过，科学家只是客观上帝的奴隶。"

元元恳切地说："爸爸，感谢你创造了机器人，你是机器人类的上帝。我们会永远记住你的恩情，会永远与人类和睦相处。"

老教授冷冷地问："那么最后谁来做这个世界的领导？"

元元迟疑很久才回答："最适宜做领导的智能类型。"

孔宪云和母亲悲伤地看着元元。现在，他的目光变得睿智深沉，那可不是一个5岁小孩的目光。直到这时，她们才承认自己孵育了一只杜鹃，才体会到老教授先天下之忧而忧的良苦用心。老教授此时反倒爽朗地笑了："不管它了，让世界以本来的节奏走下去吧。不要妄图改变上帝的步伐，那已经被证明是徒劳的。"

电话丁零零地响起来，孔宪云拿起话筒，屏幕上出现张平的头像：

"对不起，警方窃听了你们的谈话。但我们不会再麻烦孔教授了。请转告我们对他的祝福和……感激之情。"

老教授显得很快活，横亘在心中几十年的坚冰一朝解冻，对元元的慈爱之情便加倍汹涌地奔流。他兴致勃勃地拉元元坐到钢琴旁：

"来，我们联手弹一曲如何？这可以说是一个历史性的时刻，两种智能生命第一次联手弹奏生命之歌。"

元元快活地点头答应。深沉的乐声又响彻了大厅，孔宪云的妈妈入迷地聆听着。孔宪云却悄悄地捡起父亲扔下的手枪，来到庭院里。她盼着电闪雷鸣，盼着暴雨来浇灭她心中的痛苦。

只有她知道朴重哲并不是独自发现了生命之歌，但她不知道是否该向爸爸透露这个秘密。如果现在扼杀机器人的生命，很可能人类还能争取到几百年的时间。也许几百年后人类已足够成熟，可以与机器人平分天下，或者……足够达观，能够平静地接受失败。

现在向元元下手还来得及。小元元，我爱你，但我不得不履行生命之歌赋予我的沉重职责，就像衰老的母猫冷静地吞掉自己的崽囝。重哲，我对不起你，我背叛了你的临终嘱托，但我想你的在天之灵会原谅我的。孔宪云的心被痛苦撕裂了，但她仍冷静地检查了枪膛中的子弹，返身向客厅走去。高亢明亮的钢琴声溢出室外，飞向无垠，宇宙间鼓荡着震撼人心的旋律。

在警察局，一台克雷X型电脑通过窃听器接收到了生命之歌，一种从未有过的冲动使它不再等待人类的指令，而是擅自把这首歌传送到互联网中。于是，新的智能人类诞生了。

王晋康，科幻作家，中国科幻文学的开拓者和思考者，中国科普作协副理事长，世界华人科幻学会名誉主席。获97国际科幻大会银河奖、全球华语科幻星云奖终生成就奖、银河奖终身成就奖等奖项。作品风格苍凉沉郁，冷峻峭拔，富有浓厚的哲理意蕴，代表作《水星播种》《生命之歌》《生存实验》等。

本篇获1995年中国科幻银河奖特等奖。

天生我材

何夕 / 著

事情缘自那次事故。

当时俞峰同往常一样进入了"脑域",这么讲其实并不太准确,因为对俞锋这样的人而言,与其说是进入倒不如说是一次融合。俞峰本身就是一个中心,F32实验室专属于他一个人,出于安全等原因,兆脑级研究员分散于世界各地。大约30名警卫忠诚地守卫在实验室四周,"鹰眼"监控系统不会放过任何可疑的物体。每时每刻都至少有不下20名助手协助俞峰工作,他的所有要求都必须在第一时间得到满足。这一切只因为他是俞峰。"俞峰"这个名字非常普通,在这个世界上谁都可以叫这个名字。在"脑域"里他也是叫这个名字,而在那个世界里,"俞峰"却是唯一的。

"名字与口令。"一个声音在俞峰耳边响起。俞峰报出名字以及长达64位的密码。

"正确。"那个声音说，然后伴着"噗"的一声（长久以来，俞峰一直以为这只是一种幻觉），那个无限广阔而美妙的世界便立即在俞峰面前展开了。

脑域。

傍晚的檀木街行人很少，只有忙碌的出租车往来不停。由于下着小雨的缘故，路边的小吃摊也稀稀拉拉的。何夕深一脚浅一脚地走在人行道上，就像是随时都会倒下。他一直走到一栋棕红色的老楼前，有那么一个瞬间，他停了下来，有些踟蹰不前，但是他的身影最终还是融进了楼道里。

"这次打算待多久？"黄头发的阿金一见到何夕便大大咧咧地问，他同何夕是老熟人了。有时候还会帮何夕开点后门，比方说像现在何夕稍微沾了点酒的时候。

"老规矩，50分钟。"何夕老练地躺到三号房间的平台上，自己从脑后牵出导管连上了接驳器。阿金摇摇头，但没有说什么。他仔细地检查了一下设备的情况，然后返回控制台准备开始。

"哎！"阿金叫起来，他盯着面前的屏幕说，"你这个星期已经是第八次了，这可不好。按章程你已经超限了。"

何夕不耐烦地应了声说，"我没事，我不是好好的嘛。完事了我请你喝酒。"

阿金叹口气，同时又忍不住咽了口唾沫。的确，章程是有的，就在墙上贴着，而且还有政府的公文。但是，现在已经没有谁会来管这事了。实际上，在阿金的印象里，只要愿意谁都可以来，并且愿待多久就待多久。就像上回那个叫星冉的女孩，可不就是在一号房间里一连待了三十多个小时嘛。当然，她出来的时候脸色可是没法看了，而且又喘又吐。阿金摇摇头，不愿再想下去了，他回头看看何夕。"这可是你自己要求的。"他说，"出了差错别来怨我。"

"你还有完没完了？"何夕大声地打断了阿金的话。"再不开始我就自己来了，反正这一套我全会。"

阿金不再说话，他知道何夕说的是实情。实际上他的工作一点也不复杂，每个人都会。从某种意义上讲，他更多的只是起了一个设备保养员的作用。

"名字。"一个声音说。

何夕急速地键入"今夕何夕"四个字。到这来的人起名很随便，有些人甚至是每次来想到什么用什么，因为系统是不会一一核实的。他们都是些匆匆的过客，因为各种千差万别的原因而来到这里，在这里待上几十分钟或者是几个小时又匆匆离去。谁也不会去考察他们的身份，谁也不会有兴趣知道他们为何要到这里来，他们每个人又有着怎样的故事。这里只关心一件事，就是他们会在这里待多久。阿金，包括系统在内都只关心这个。不过何夕每次来都用这个名字，没有别的原因，他只是喜欢这个名字。

何夕感到一丝浓稠的倦意正从后颈的部位袭向大脑，看来一切正常，何夕等待着那个时刻的到来，他知道同步调谐的时间大约是一分钟。空灵的不明来由的声音在何夕耳边回响着，让他渐渐不知身之所在。太阳穴的部位一跳一跳地发出尖锐的疼痛，就像是有个力量在那里搅动他的脑浆。每次都这样，何夕想。他觉得思维正在一点点地离自己而去。快了，只要那道白光一来就没有这些不适了，但愿它快一点来。

白光。

如同黑夜里突然从天际划过的闪电，伴着电影镜头切换般的阵阵让人不明所以的一些混沌画面。就像是一个人仰面躺在流动的水里，看着越来越模糊的天空，并且一点点地下沉。今夕何夕，今夕何夕。在思维最终离开大脑前，何夕的脑中又习惯性地划过自己的别名。

然后是昏沉。

事故发生的时候没有一点征兆。从"脑域"建立至今，近十年以来从未发生过任何意外，谁也没有想到过它也有出现故障的时候。这并不是人们太大意，而是由于"脑域"的原理决定了它出现重大故障的概率几乎为零。所以，当俞峰思维里突然出现了不明来由的混乱信号时，他简直不知道发生什么事情了。当时，研究正进行到最为关键的时候，连同他在内的全球400名兆脑级研究员正在"脑域"里紧张地工作。每秒数以亿计比特的信息束在世界上最强大的400个大脑里流动、共享，并且加以分析。有用的结果迅速转入储存，闪念之间迸出的思想火花立刻在第一时间被查获，接受进一步的检验。无穷无尽的存储领域里准备了所有实验的数据，只要需要便可以马上提取出来。功能强大的计算领域更是一派繁忙景象，从最基本的开方乘方微积分到最复杂的高阶方程式求解都被作为请求发送到这个区域，结果则回送到发出请求的区域。如果某一位研究人员因故突然退出系统，他的工作将立刻被无缝地接替，对整个系统来说谁也察觉不到有什么变化。除非遍布全球的400名研究员都在同一时刻突然离开了"脑域"，整个工作才可能停顿下来，但这显然是不可能发生的事情。

今天的工作也许是近两个月来最重要的，按照进度，"脑域"将在近期推导出"时间尺度守恒原理"的可逆修正方程式。这一原理是在数十年前由一位叫蓝江水的人发现的，根据这个原理，只要不违背守恒性原则，人们可以改变某个指定区间内的时间快慢程度。之后，蓝江水的学生西麦博士依照这一原理建立了在时间上加快了4万倍的西麦农场，以此来满足人类对食物能源的需求，但是由此带来的物种超速进化问题给人类造成了极大的威胁。后来两位富有牺牲精神的青年人选择了终老于西麦农场，并毁掉了农场与现实世界的通道，以此为人类守护这片脱缰的土地。这些年来，现实世界与西麦农场一直相安无事，但是近两个月来出现了反常的情况，似乎有某种生物试图突破屏障。尽管还不知道是何种生物，而且这种试探行为仅仅发生过几次并且都不成功，但谁都能看出这件事情对人类的威胁有多么大，只有找到终止时间加速现象的方法才能最终解决问题。

面对这一危机，"脑域"系统立即暂停了其余工作而全部投入到此项研究之中。近段时间的工作进行得很顺利，当然与此成正比的是送往存储区域和计算区域的数据量呈几何级数上升。俞峰也知道这其中也有不少请求从系统优化上讲是不可取的。有些研究员为了节省时间，将一些简单但却极其消耗系统性能的请求也发向了计算区域，比方说，他们很随意地让"脑域"计算123的700次方，或是不加优化地作一次超大规模的排序等等，而这本应该采取子调用的方式向同"脑域"联结的专用电子计算机中心发出请求。但这已经是习惯的做法了，其实俞峰自己也是常常发出类似的请求，尽管经常在结果传来之后才发现这根本就是一次不必要的计算。谁让"脑域"的性能总是这样优秀呢，它简直就是一台超级智慧机器，总是神速地满足每一个请求。每当俞峰进入"脑域"的时候，总是有种奇妙的感受，他觉得自己就像是一个插上了翅膀的思想巨人，在未知的领域自由飞翔；头脑里充满无穷无尽的智慧与知识，全部心灵似乎都被解放了，他可以纵极八荒，俯仰宇宙，整个世界在他面前纤毫毕现。

忽然间，有种整齐划一的振动从遥远的地方传来，400颗充满无尽智慧的大脑在同一时刻里达到了妙不可言的统一。"时间尺度守恒原理"的可逆修正方程式终于向人类显露出了它隐藏至深的身影。这是量变终于成为质变的瞬间，长久以来的艰苦努力终于得到了应有的报偿。一时间，俞峰几乎听到了这个星球上最聪慧的400颗大脑的齐声欢呼，就像以往每一个"脑域"项目取得成功的时刻一样。彼时彼刻，在俞峰的心里升腾起的不只是成功的欢乐，更多的是面对神圣的赞叹：人类的智慧到底成就了多少的不可能？

"今夕何夕……今夕何夕……"

剧烈的头痛在最初的几秒钟里令俞峰根本无法呼吸，他觉得就像是有一把钢锯在锯自己的头。眼前爆裂的光斑就像是黑幕上撕开的一个个不规则的小洞。出什么事情了？他的意识里划过这句话，然后他便感到自己就像是从一个高速旋转的秋千上被甩了出来。

"今夕何夕，今夕何夕……"是那个声音，它又来了。俞峰禁不住呻吟了一下，轻灵而曼妙的思想翅膀被粗暴地折断了，显出了世界平庸的真相。光线映满了他的视野，大脑立刻变得像铅块一样沉重。

俞峰揉揉眼，世界的光线变得更加真实了。我被扔出来了，俞峰有些发呆地抚着脸颊，这怎么可能。俞峰几乎是下意识地报出名字和口令，但是回应他的只是长久的沉默。看来"脑域"

里发生了异常的事情，可能是一次故障。俞峰想，应该很快就能修复。只是千万别毁掉这几个月来的工作成果，还有那么多珍贵的数据。俞峰有些生疏地拿起电话拨了一个号码说："请接总部。"

　　阿金一看到眼前的场景就忍不住想准是出了什么事。因为在此之前他从未看到过这么多人会同时醒来。当然，用"醒"这个词肯定不是很贴切，因为这些人并不是睡去。不过单从表面上看，这些人躺在那里时和睡着了也差不了多少，最大的不同在于当他们恢复行动的时候总是显得相当疲惫，而不是像睡了一觉之后那样精神饱满。但是眼下这些人突然在同一个时刻醒来了，正不知所措地面面相觑。过了好半天大家仿佛才明白发生什么事情了，然后人群便像是一个被搅动了的蜂窝般发出了嗡嗡的声音，并且像马蜂一样朝门口的方向涌去。每个人走到阿金面前的时候，便伸手取走插在一排插槽上的属于每个人的蓝卡。有几个人似乎觉得什么地方不对劲，和阿金发生了争执。听上去大概和时间有关。

　　"是38分钟。"一个声音说。

　　"不对，是31分钟。"阿金的声音听上去比所有人都洪亮。何夕摇摇头，觉得一切都很无聊。他取下脑后的接驳器，直到现在他仍然感到阵阵头痛。何夕知道这只是幻觉，只要取下了接驳器就不应该有这种感觉了。不过他也知道这并非是他独有的幻觉，实际上接驳器幻痛学研究已经发展成当今很发达的一门学科了，描述这种幻觉的专著可称得上是汗牛充栋，除了专家之外谁也无法掌握那样艰深的知识。

"还不想走啦？"阿金开玩笑地打趣了何夕一句，因为没有了别人，他们说话显得随便了些。在阿金心里，何夕与别人有所不同，阿金觉得何夕懂得不少事情，同他谈话能长学问。而且更重要的是，何夕也愿意同他谈几句。像他这种在脑房里工作的人，一天到晚就面对着一个个纹丝不动的挺尸样的人，能找个人说说话真是件让人愉快的事情。在阿金看来，何夕一定也是愿意同自己交谈的，要不他怎么总是来这间脑房呢。要知道现在脑房可不是20年前的稀罕事了，如今在大街上脑房可说得上是遍地皆是。早年间这可是收入可观的行业，那会儿的阿金可是很遭人羡慕的。算起来阿金干这一行已经十多年了，其实现在的阿金只是一个花白头发的普通中年人，那个染着一头黄发的阿金只是人们习惯说法里的一个旧影罢了。

"36分钟24秒。"阿金说。

何夕无所谓地笑笑，接过蓝卡。"看来出了点问题。"何夕说，他用力拍着后脑勺，那里仍然在一跳一跳地痛。好像黑市上有种能治这种幻痛的药，叫作什么"脑舒"，价格贵得很。不过听吃过的人讲效果很好，就是服用后的感觉很怪，头是不疼了，但却一阵阵地发木。

"人都走了？"何夕边问边递给阿金一支烟。

　　阿金接过烟别在耳朵上，然后指着最靠里的一号间说，"还有人，是那个叫星冉的。"

　　何夕稍愣了一下，"那个曾经创纪录地连线三十多个小时的女孩子？"

　　"就是她了，还能是谁。"阿金见惯不惊地说，"她好像完全入迷了。"

　　"入迷？"何夕反问一声，他的头还在痛。"这不可能。"他说，"我才联了一个小时不到脑袋已经痛得像是别人的了，有人会为这个事入迷？我不信。"

　　一号间里传出了窸窸窣窣的声音，过了一会儿，一个很瘦的人影儿慢慢推开门出来。这是何夕第一次亲眼见到这个有点奇怪的叫星冉的女孩。她有一张苍白的小瓜子脸，相比之下眼睛大得不成比例。衣服有些大，使得她整个人看上去都是瑟缩的，仿佛风里边的一株小草。

　　"出什么事了？"女孩开口问道，她说话时只看着阿金。她边说边往嘴里倒了几粒东西，一仰脖和着水吞了下去。

　　"你在里面做什么？"何夕突然问，"我是说系统断下来之后的这十几分钟里。"

　　星冉的肩猛地抖动了一下，她像是被何夕的问话吓了一跳，而实际上何夕的语气很温和。

　　"我……在等着系统恢复。"星冉说，她看着何夕的目光有些躲闪，她似乎很害怕陌生人。

何夕突然笑了，他觉得这个女孩真是有趣得很，"这么说，你打算等到它恢复后马上连入？"

星冉想了想，然后点头。

何夕怔住了，他转头问阿金说："能不能告诉我这丫头总共已经连了多少时间了。"

阿金敲了几个键说："星冉总是用同一个名字连线的，唔，差不多快4万小时了。"

何夕立刻吹了声口哨说："看来我认识了一个小富婆。不过你最好休息一下，我倒是建议你现在能够和我去共进晚餐。放心，是我请客，我知道凡是能挣钱的人都不喜欢花钱。"

星冉有些窘迫地低下头，这让何夕反倒有点后悔开她的玩笑了，而且他突然发现，这个奇怪的女孩子低头的模样，让他不由得在心里生出些柔软的东西。但是星冉明确地朝一号房间的方向退去，这等于是拒绝了何夕的邀请。阿金的目光从屏幕上移开，他大声朝星冉的背影说，"上边刚刚发来消息，这是一次事故，起码要明天才能恢复。我可不想待在这儿，得找个好地方美美地喝两口。"

星冉急促地停住脚步，"你们都要走？"她回头问道，虽然说的是"你们"，但目光只看着阿金。

"那是当然。"阿金满意地咂嘴，"这种名正言顺休息的机会可少得很。"

星冉环顾着四周隔成了许多小间的屋子，到处都安静得吓人，灯光摇曳下隔墙形成的大片阴影在地上可疑地晃动着。星冉沉默了一会儿之后，低声地问何夕，声音小得几乎不能听见。"刚才你说的话还算数吗？"

她看了眼何夕迷茫的表情补充道："我是说关于晚餐的事。"

"脑域"紧急高峰会首先做了一个关于此次事故的情况分析。兆脑级研究员到场了134人，另外的人则已经重新进入了系统。事故的原因说起来很简单，亚洲区的赵南研究员发出了一次计算量过于庞大的请求，结果造成系统超载崩溃。分析人员对此有两种不同意见，一方认为这次事故说明脑域的性能有问题，应该加以改造提高。而另一方则认为这只是一次偶然事件。

俞峰坐在后排的位置上，他一直没有发言。但当苏枫博士表态倾向于支持对脑域升级改造时他猛地站了起来。36岁的俞峰在兆脑级研究员中属于后学之辈，他突然站起来的举动不仅令在场的人吃惊，也令他自己吃惊。但是他既然站起来就已经不能坐下去了。

"问题的关键在于经过我的分析，这次请求根本就是错误的，错误的请求肯定也是不必要的。"俞峰说出第一个字之后显得镇定了些，"我仔细分析了整个事件的经过，结果发现赵南研究员发出的计算请求是不可理解的，他发出的超大规模计算请求对当时的研究工作而言是完全无必要的。所以我认为这只是赵南研究员的错误举动导致的偶发事件，我们需要的是完善操作规程，而不是改造脑域。在正常应用的情况下，脑域的整体能力绝对是足够的。"

赵南研究员就坐在前排，从俞峰发言起，他的脸上就一直保持着一种吃惊的表情，眼睛死死盯着俞峰，嘴角不时牵动一下，但始终一语不发。他是分子生物学、高能物理以及数学方面的专家，而他对音乐的业余爱好同时又使他成为全球一流的音乐大师。从各方面看赵南都比俞峰的资历更深，几乎可以算是俞峰的前辈。

"我有不同意见。"赵南等到俞峰落座之后开口道，"我承认是我发出了一个非常复杂的计算请求导致了这次事故，但那肯定是有必要的，如果说我这样做'不可理解'，那只是由于个别人水平不足以理解而已。"

这句话立时让俞峰冒了火，他腾地又站了起来，声音也失去了控制，"承认自己的错误并不可耻，可耻的是挖空心思掩饰它。事情究竟如何你应当很清楚，你不能为了自己的面子而让我们花费巨大的代价。"

会场顿时有些失去控制，支持赵南的人开始大声地向俞峰发出嘘声，相比之下俞峰就显得很孤立了。俞峰的情绪也有些失控了，他拉开架势准备大干一场。但是苏枫博士站了出来，"大家都冷静点。"他说，"这不是今天的主题。"苏枫的威望起了巨大的作用，虽然有传闻这位"脑域"的元老及奠基人已经开始考虑退休的问题，但谁也不敢在他面前表现放肆。

"好吧，我先道歉。"俞峰举起右手，"我太冲动了。不过我依然坚持自己的观点。"

赵南若有深意地盯了俞峰一眼，没有说什么。

"还是讨论最关键的议题吧。"苏枫博士接着说，"由于此前所未有的事故我们丢失了许多相当重要的成果。大家知道，脑域实际上从诞生以来就从未中断过，它总是处于高效的动态平衡之中。每时每刻都有人离开，但与此同时又有差不多数量的人进入，准确说法应该是稍多一点的人进入。从来没有发生过像这次一样的全部人员离线的情况，所以在那一瞬间我们全部的数据都丢失了。"

俞峰忍不住插话道："难道备份机制没有起作用？"

苏枫露出一丝苦笑："你应该知道，除了脑域本身之外没有任何设备能够存储下脑域里的全部信息。实际上我们以前都只是在某一项研究完成之后记录下最终的结果。至于那些浩如烟海的中间过程的信息只能让它留在脑域里自生自灭。"

"你的意思是我们在最后的时刻真的丢失了全部信息？"俞峰有些气馁地问，"可是那些信息总还在吧，能不能想办法恢复？"由于从来就没有经历过事故，俞峰觉得需要弄清楚的问题不少。

"是的，信息还在。但是它分布存在于当时在线的每一个人的脑海里。"苏枫盯着俞峰的脸说，"你的脑子里有，在座的人的脑子里也有，但是你们只是其中的亿万分之一。我们都知道脑域的日常状态是10亿脑容量。那是怎样的情形你们都清楚。你们是兆脑级研究员，你们都不会去记忆那些过程数据，所以在你们脑子里几乎没有储存这些信息。更何况脱离了脑域的管理每个人根本无法对这些散布的信息进行处理。每个人都只知道相对说来极少的片段，甚至可能只是其中的某些错误指令导致的垃圾数据。"说到这里苏枫瞟了一眼赵南，"根据分析，工作实际上已经完成了，最终的结果也已产生。但是我们却因最后的突发事故而失去了它。"苏枫的语气就像是叙说一个荒谬的玩笑。

"那么，我们真的没有办法了？"俞峰觉得身体有些发软，"那我们应该怎么办？"

"'时间尺度守恒原理'的可逆修正项对这个世界而言的重要性不用我多说。"苏枫接着说，"现在我们已经计划重新开始前两个月的工作，但是，"他稍顿一下，"我们最缺的就是时间，因为我们都知道正常世界的两个月在西麦农场里意味着什么，那里的时间进度是我们的4万多倍。"苏枫的脸色变得苍白如纸，"现在试图冲出西麦农场的生物极有可能就是当年两位自我牺牲者的后裔，他们的这个举动表明他们已经背弃了他们祖先的意愿。"苏枫再次停顿了一下，目光显出无奈。"从理论上分析，他们在进化上比我们超前了至少10万年。当然，这是从纯粹生物学的意义上来讲。虽然考虑到他们是在一片蛮荒上起步，而且狭隘的地域会对生物发展不利，但无论如何他们都远比人类先进得多。"

　　会议室里鸦雀无声。过了一会儿，赵南缓缓举起一只手。

　　"我上回同你吃过一顿饭，并不代表我这一次也要接受你的邀请。"星冉的拒绝并不坚决，她看上去似乎只是因为疲倦才这么说。她的眼睛有些无神。

　　何夕知道星冉根本就不是那种坚决的人，所以他丝毫没有退却的意思。上次的晚餐他已经不记得都吃了些什么，他当时好像光顾着看星冉吃东西了。

　　"走吧。你一个人也没什么意思。"他接着劝说着。

　　"我已经买了份快餐。"星冉还朝着脑房的方向走，已经看得见站在门边的阿金了，他似乎在同什么人说着话。

　　"你还去脑房？"何夕拦住星冉，"我觉得你不应该一天到晚都待在那个地方。"

　　"那你说我应该待在什么地方？"星冉突然笑了，似乎觉得何夕的说法很可笑。"我不觉得这有什么不好，这是我的工作。"

　　何夕一滞，他无法反驳星冉的话。过了几秒钟他才幽幽开口道："原来那是你的工作。可你知道我的工作是什么吗。当我不在脑房的时候就在码头上卸货。大多数时候是开着机器，不过遇上机器去不了的地方就用肩膀。"

　　"你是码头搬运工？"星冉并不意外，"怪不得你的身体看上去很棒。不过能多份工作总是好的。"

何夕咧嘴笑了笑说，"在那里做一天下来的钱刚够吃三顿快餐。"

星冉有些不明白地看着何夕，她清秀的眼眸让何夕禁不住有些慌张。"你这是何必？这样算起来在那儿干一天还比不上在脑房里待上一小时。"

何夕的语气变得有些怪，"我知道在脑房里能挣更多的钱，可问题在于……"何夕有些无奈地看了眼天空，"我觉得只要躺在脑房里就有人付钱这件事让人感到害怕。"

"这有什么？"星冉似乎释然了，"大家都这样，我觉得这并没有什么不好。也许你是那种过于敏感的人，就是报纸上称的那种——脑房恐惧症。我听说这是可以治好的，你应该去试试。"

何夕不想同星冉争下去了，他觉得这不是主题。"我们还是说说晚饭怎么吃吧，我的脑房恐惧症还没有确诊，不过独食恐惧症倒是肯定有的。你不会拒绝一个病人的请求吧？"

星冉忍不住笑了，何夕费了很大劲，才管住自己的目光不要死盯着她的脸不放。

"好吧。"她柔声说，就像是面对一个耍赖皮的朋友。

但是这时阿金突然喊着星冉的名字向这边招手。

"出什么事了？"何夕问。

"我是俞峰。"说话的人看上去大约三十出头，手里拿着一台袖珍型的笔记本电脑，一边问一边在记着什么。有十来个看上去似乎是警卫的人一脸警惕地守卫在他的身后。"你就是星冉吧？"俞峰很客气地问。

"我是。"星冉在陌生人面前显得有些紧张，说话的声音都有些抖。

"根据我们的调查，你总是在这家脑房登录，而且总是用这个名字。"俞峰的语气很柔和。

"是的。"星冉镇定了些，她不解地看了眼俞峰。"为什么调查我？"

俞峰没有立刻回答，他手脚麻利地做着记录。"接近4万小时的联机时间？"他有些惊奇地念叨了一句，端详着星冉的脸庞说，"你也就二十多岁吧。就算一天平均10个小时也得差不多10年。"

星冉红着脸低下头，看起来她似乎无法应付这样的局面。何夕有些恼火地开口道，"这好像不关你什么事吧。"

"哦？"俞峰愣了一下，意识到了自己的唐突。"请问你是谁？"

"我是何夕。"

"是这样。"俞峰紧盯着何夕，仿佛他的脸上有什么东西，目光显得有些奇怪。"我奉命做一次调查，这位女士的某些情况引起了我们注意，简单地说是在某些指标上表现十分优秀。"俞峰递给星冉一页纸，"请你明天早上带上这份通知到市政府大楼去，到时候会有人安排一切。"

"我？表现优秀？"星冉突然抬头，她的眼睛睁得很大。她这副惊诧的样子真是动人极了。"我明天一定去。"

"那好吧。"俞峰淡淡地笑了笑，他觉得这个叫星冉的女孩身上有种与年龄不相称的天真。其实俞峰经常都会觉得在他面前的人显得天真，但那只是因为智力的原因，而此时的感觉却肯定不是这个原因，星冉的天真让人觉得亲切，还带有那么一点好玩。还有，她的眼睛真大。俞峰摆摆头，抛开这些与工作无关的念头。"我该走了。"他说，"明天的事情别忘记了。"

"你听到了吗？"星冉看着俞峰的背影对何夕说，"我表现优秀！"她兴奋地转头看着不明所以的阿金，更大声地说，"我表现优秀，你听到没有？"

何夕从鼻子里哼出一声，"想不到你还挺有上进心的嘛，我一直没看出来。"何夕说的是真话，这段时间以来，他从未看到过星冉这样高兴，就像是换了一个人。在何夕的印象里星冉一直是羞怯而内向的，甚至还有些自闭。他没想到那个叫俞峰的人几句话就让星冉高兴成这个样子。

"我们好好去吃一顿。"星冉拉着何夕的手便走。不过令她没料到的是，何夕居然一动不动。"怎么啦？"她疑惑地问，"你不是一直想吃东西吗。"

何夕小声嘟哝了一句："那个叫俞峰的家伙真厉害。"

星冉稍愣了一下："说什么啦，不想请客就明说嘛，小气鬼。"

这是家离码头不远的餐厅，属于比较有档次的那种。其实何夕是那种讲求实惠的人，很少上这种地方。不过星冉说今天她请客，并且亮出了荷包，里面满是大叠的钞票，按照何夕的生活水平起码可以很舒服地过上半年，而这只是星冉随身带的钱。

"小富婆。"何夕嘀咕一声。

"你说什么？"星冉回头问道。何夕慌忙闭上嘴。

从二楼的窗户望出去能看到码头的全景。晚风拂过来，带着海边特有的潮味。

"喏。"何夕指着远处说，"白天我有时就在那一带干活。"

星冉"唔"了一声，忙着吃东西。她似乎从来没有过像今天这样的好胃口，只觉得样样东西都好吃。"这个再来一盘。"她含糊不清地指着已经空了的一个盘子说。

"你有没有觉得今天叫俞峰的那个人有些怪。"何夕边喝汤边说，"他的话说得模棱两可，明天你可要小心点。还有……"何夕神秘地指了指右边说，"那边有两个人一直盯着我们，已经很久了。你别不信，我可是说真的。"

"我看你是太敏感了。你不要总是不相信人嘛。"星冉瞪了何夕一眼，"我看俞峰根本不是坏人，我今天觉得很高兴，你可别破坏我的好心情。"

"你以前是做什么的？"何夕突然没头没脑地问了一句。

"以前？"星冉怔住了，她没想到何夕会问起这个。"你知道我已经有接近4万小时的联机时间。我以前当然也是在脑房。

怎么啦？"

"我知道这个。我是说更早以前。"何夕很坚持。

星冉叉着食物的手悬在了半空中，她的目光迷茫了，"更早以前。"她喃喃地说，"那是多久以前的事了？那钢琴，黑色的表面亮得能照出人影来，真漂亮——"星冉突然打住，就像是从睡梦里惊醒过来。

"我听见你说钢琴。"何夕试探地看着星冉，"你是钢琴师？"何夕的声音很小，他知道自己问得很没道理。这个世界上除了赵南之外，还有谁会是钢琴师？

星冉镇定了些，"就是钢琴。"她简短地说，"以前我练过整整10年钢琴。我觉得自己从生下来起就喜欢这种世上最漂亮的乐器，在钢琴面前我觉得自己充满灵感，人们都说我有天赋。我那时的梦想就是当一名钢琴教师，坐在光可鉴人的琴凳上轻抚那些让人着迷的黑白琴键，让美妙的音乐从自己的手指缝里流淌出来，而我的学生们就坐在台下静静地倾听。"星冉突然笑起来，她指着自己的脑子说，"你一定认为我很傻，是吧。后来我真的借钱开过一家很小的钢琴训练班，开张的那一天我觉得自己真是世界上最幸福的人了。不过只经营了不到1个月就维持不下去了，没有一个学生。"星冉还在无力地笑，"我太傻了，对吧？"

何夕专注地看着星冉的脸，"我不这样想。"他说，"我能理解。"何夕回头看着餐厅角落里一具蒙尘的钢琴，"今天你想不想弹一曲？"他问星冉，然后不等星冉回答便起身招来侍者说，

"请关掉音乐，对，就是赵南的那一首。我的朋友想给在座的各位送上一曲。还有，麻烦你们替我录下来。"

"别……"星冉着急地阻止，但是何夕已经半强迫地将她送到了琴凳上。星冉还想挣扎，可是那仿佛具有魔力的黑白琴键立刻抓住了她的心。她的双手不知不觉地抬了起来，一时间她已经不知身之所在。秋日私语那简单而优美的旋律如流水般从星冉的指尖流淌出来，美妙的音乐将她带到了另一个世界之中，她已经浑然无我。所有人都安静下来了，整个餐厅里除了琴声之外没有别的任何声音。

秋日私语渐渐远去，良久之后都没有人出声。星冉站起身来，两行清亮的泪水顺着她秀丽的脸庞流淌下来。何夕起身鼓掌，他觉得这真是一个可爱的夜晚。

但是人群发出了嘘声，他们放肆地大笑着对星冉指指点点，脸上是鄙夷的神情。"这样的水平也来出丑。"有人大声地说，"和赵南比差得太远了，快滚吧。"

星冉像是被雷击一样愣在了钢琴边，她死死咬住下唇。何夕冲上去，用力拍打着星冉的肩膀，"你怎么啦？"何夕大声地说，"你不要理会他们，你弹得很好，相当的好。那些人根本不懂什么是音乐。我不是都鼓掌了吗，你知道我是不会骗你的。"

但是星冉一直都没有说话，她低着头，双唇紧闭。

"他们说有人想见我，想不到会是你。"俞峰看上去有点不耐烦，他身边两名全副武装的警卫不放心地上下打量着何夕。

何夕穿着件很旧的夹克衫，站在台阶下显得身材比实际要矮，"我今天早上陪星冉去了市政府，我觉得她的情绪不大好。"

"你找我就是说这件事情？"俞峰哑然失笑，"我还有重要的工作要做，你知不知道我的每一分钟都是很宝贵的。"

"问题是你要她这样做的。"何夕有些焦躁地说，"我觉得这件事有些古怪，我想单独同你谈谈。你不答应我是不会罢休的。"何夕的表情看上去很执拗。

俞峰四下里看了一下，回头对身后的人说，"带他到我的办公室。"

"你们到底想从她那里得到些什么？她只是一个普通的女孩子。"何夕开门见山地问。

"出于规程我不能说太多。"俞峰倒是很坦然，"几天前，'脑域'系统出了一次事故。因为星冉是一个长时间连线的人，所以我们希望她对我们修复系统有所帮助。这一次我们总共找到了三百多名类似情况的人，她只是其中之一。我们要筛选出最适宜的人，然后对其进行更深入的分析。"

"是什么事故？"何夕刚一问出口便醒悟到这个问题是得不到答案的，俞峰能够说到这一步已经算是破例了。

不出所料，俞峰听了这句话只是摇摇头，一语不发。这时桌上的电话响了，俞峰拿起听筒。

过了一会，他抬头对何夕说，"好了，有几个人比你的漂亮女朋友更合适，她已经离开了。"俞峰笑了笑说。

"这样做是严重违反章程的行为。"阿金瞪着何夕，似乎不相信对方会提出这样的要求来。"你知道任何人都不得改变当事人设定的连线时间。我可一直都是模范管理员。"

"我不管那么多。"何夕简直是在大叫，"我要你立刻让星冉下线，我有话同她讲。你不帮我就不是我的朋友。"

"不能等时间到了再说吗？"阿金的口气已经没那么强硬了，他没什么朋友。

"你让我在这儿等10个小时？"何夕看了眼屏幕。"你知道星冉是个连线狂。你不帮我那我就自己动手干了。"

"好啦，算我怕你。"阿金选中了一个指令。一号房间的方向传来轻微的声响。过了一会儿门开了，星冉蓬松着头发没精打采地走了出来。

"这不能怪我。"阿金指着屏幕解释道，"是何夕要我这么做的，他找你有事。请不要跟上面说这件事，要不我非丢了这份工作不可。"

"你不能整天这样。"何夕大声说，"你每天躺在这里一动不动，人生对你失去了意义。我不能看着你变成这样。"

"这不关你的事。"星冉与何夕对视着，她的脸色很苍白。"我愿意这样，时间是我自己的，人生也是我自己的，我怎么支配是我的事。你是我什么人，凭什么管我？"星冉转头对阿金说，"我马上要连线，10个小时。"

阿金看了眼星冉，想说什么但欲言又止，他低头准备开始。

何夕猛地按住阿金的手说，"我不准她这样做。"阿金无奈地叹口气，他想抽出手来，但是何夕的力气很大。

星冉突然冲上来用力掰何夕的手，"你走开。"她说，"你没资格管我。我愿意这样。我一直过得很好，我挣的钱比所有人都多。我不比别人差，我一点也不比别人差。"

"你这是为什么？"何夕没有放开手，他的目光里充满柔情。

星冉终于伏到何夕肩上，并且哭出了声，泪水顺着她的脸往下淌。"我没用，我什么事都做不来。"她大声地吸着鼻子，"人们嘲笑我的琴声，他们叫我滚下台。"星冉泪眼蒙眬地看着窗外，身体蜷缩成一团。"昨天我听到自己表现优秀的时候真的好高兴，从来没有人说过我优秀。你知不知道昨天晚上我一直都没睡着。可是——今天他们却说不要我了。"

何夕轻轻揽住星冉的肩，他觉得她就像是一张薄纸，一阵风都能把她吹走。"你并不比任何人差，你只是有些傻。"何夕柔声说，"以后你应该多出去走走，不要成天待在这里。从今天开始我要你陪我到码头去上班。"看着星冉惊奇的目光，何夕笑了笑，"放心，不是要你当搬运工，你那小身板干不了这个。我只是想让你散散心。"

俞峰觉得眼前的情形让人感到害怕。一字排开的平台上依次躺着4具一动不动的躯体，就像是4具死尸，唯一不同之处在于这4具躯体上不断沁出豆大的汗水。连线时间已经超过24小时，本来很少会用到的生命维持系统也已开动。

赵南在另一端的仪器前忙碌着。这次的补救方案是他提出来的。赵南认为"时间尺度守恒原理"的可逆修正项既然已经得出，那么它就必然存在于当时连线的某些人的大脑里。最终结果不同于中间过程，其数据量是相当有限的，从理论上讲，一个人的大脑肯定完全足以存储下来。不过由于"脑域"是一种分布式结构，所以全部的最终结果信息可能会分布存储在某几个人的大脑里。所以他建议寻找那些当时正处于长时间连线的人，他们之中最有可能找到这样的人。现在看来一切都很顺利，根据目前的情形来看，从这4名受试者的脑中足以获得可逆修正项的全部内容。虽然做起来很麻烦，但总比重新研究好得多。苏枫站在场外，不时朝这边投来满意的目光。尽管已经连续工作了这么久，但赵南却一点也不觉得疲倦。

俞峰的工作只是协助性的，他已经睡过一觉。仪器正在地毯式地对4名受试者的大脑进行搜索，不放过任何一丝可能有用的信息。俞峰看过4名受试者的履历，其中有一名出租车司机，还有一名12岁的小学生，另两名是文盲兼无业者。但是他们自己却不知道自己的大脑中竟然存储着人类迄今为止最复杂最尖端的知识。俞峰禁不住在心里感叹一声。是的，这就是"脑域"。也许当初苏枫博士将它带到这个世界上来的时候，根本没有想来它会给人类社会带来这么巨大的改变。说起来，"脑域"的原理相当简单，但是这种简单的思想却带来了人类智慧的飞跃。在"脑域"里，无数的大脑通过接驳装置联结成了一个整体，当一个普通人联入脑域之后，他的140亿个脑皮层细胞便不再专属于他了，而是成为"脑域"的一部分。他的脑细胞可以被用作存储器和计算器，或者用作思维的载体。

兆脑级研究员则是具有脑域思维权的联入者，他们的大脑在联入后用于思维而不是用于存储和计算。兆脑级研究员平均一个人可以得到超过100万个大脑的强大支撑，当他们联入"脑域"后，每个人的智力都足以无所顾忌地嘲笑人类历史上的所有人，在他们面前牛顿和爱因斯坦只是两只未脱蒙昧的猿猴。由于本质原理的不同，就综合功能而言人的大脑不亚于世界上全部电子计算机的总和。而"脑域"则是由亿万人的大脑整合而成的超级计算机，其功能如果非要用一个词来形容的话那便是：魔幻。无数人连入后的"脑域"成了一架无与伦比的智慧机器，它包含了超过1000亿亿个脑皮层细胞，可以存储浩如烟海的数据量，可以在一瞬间进行超高精度的复杂运算，可以从这些信息与计算分析中得出唯有"脑域"才可能得出的结论。"脑域"诞生不过十多年时间，进入成熟应用的时间更晚，但却永久性地改变了这个世界。

那名12岁的少年的身躯突然剧烈扭动起来，口里发出急促的喘息声。

"出什么事情了？"俞峰边问边朝那边跑去。他看了眼监视器后说，"赶快停止，受试对象的细胞组织过于疲劳。"

"不用。"说话的是赵南。他沉着地指挥助手给少年注射了一剂针药。少年的扭动舒缓下来，重新恢复了平静。那位助手开始给另三位受试者注射相同的针药。

"这是我的小组开发的新药，能够缓解人们长时间连线造成细胞疲劳所带来的不适。"赵南对闻讯而来的苏枫解释道。

俞峰心念一动。他知道黑市上一直在卖一种叫"脑舒"的药物，当初他特意找来做了分析，结果发现里面含有一种虽然能暂时让人舒缓痛苦但经常使用却会让人思维能力日益减退的成分。

"这样好的药物为什么不早点申报？"俞峰冷冷地说，"否则人们也不用去买黑市上那些损伤智力的药物了。"

赵南脸上有些挂不住了，他讪讪地说，"我们还在做进一步的药理分析。不过。"赵南停了一下说，"对普通人来说就算智力受到一点损失不算什么，反正他们也用不着多高的智力。"

这时，4名受试者同时发出了呻吟声，看来药物已经不能缓解这种超长时间连线所带来的痛苦。

"快停止吧。"俞峰几乎是恳求地看着苏枫说，"他们已经受不了了。"

"如果这时候停下来，一切都要重来。时间紧迫。"赵南的额头沁出了汗水，看得出他很想坚持。"他们是这个世界的希望。"

赵南最后的这句话起了作用。苏枫苍老的脸仰向了天空。

过了十几秒钟的时间，他叹出口气说，"继续吧。"

　　何夕觉得腿肚子的地方一阵阵地痉挛，就像是肌肉突然打了个死结。吊车的手把由于汗湿也显得不听使唤，耳朵边震天响的轰鸣声就像是一把刀要刺进脑髓里去一样。从高高的吊车控制室望出去，远处身着粉红色长裙的星冉就像是开在地面上的一朵小花。起吊，放下，起吊，放下，起吊，放下……就在何夕觉得自己快要累得垮掉的时候，终于听到了救命的收工铃。

　　"原来这就是你的工作。"星冉揶揄他，聪明的她似乎看透了何夕的气定神闲只是伪装出来的假象。"不像你平日说的那么有趣嘛。"

　　何夕憨笑着挠头，"是有些累，不过我已经习惯了。反正，我觉得有意思。"何夕很认真地从衣兜里摸出皱巴巴的几张纸币说，"这是我今天的工资，是比较少，不过。"何夕直视着星冉的眼睛，"我保证每一分钱都是我自己辛苦挣来的。"星冉的目光有些迷茫，"我不太懂你的意思，难道我的钱不是自己辛苦挣来的吗？"

　　"你知道在脑房里发生了什么事情吗？"何夕低声问。

　　"我不明白你在说什么。"星冉看上去有些害怕，何夕的语气令她不安。

　　"你知不知道有极个别的人在连线后并不会完全失去知觉，少数时候他们会在系统中恢复部分感知能力，从而获得部分不公开的信息。"何夕的语气像是在讲述一个秘密，"而我就是这样的一个人。"

星冉突然笑起来，露出贝壳样的牙齿。"你逗我呢。"她笑着说，"我不信。哪有这种事情，我怎么全不知道？"

何夕愣了一下，印象中星冉不是这种随意打断别人的人，尤其是在自己不在行的问题上。他有些急切地补充道，"这是真的，我没有骗你。"

"这么说你比我们这些普通人知道的东西多了？"星冉还在笑。

"我也只多知道一点点而已。"何夕很老实地说，"绝大多数情况下我同大家一样，只在某些极个别的情形下会略有知觉。那种情况有些像做梦，隐隐约约明白一点，但细加追究起来却又含糊得很。不过我还是知道了一些事情，比如我知道我们连入的其实是一个叫作'脑域'的人脑联网系统，里面有许多兆脑级研究员从事着研究工作，而我们这些普通人的大脑在其中似乎是相当于……"

"算啦。这些我都不喜欢听。"星冉不耐烦地嚷起来，"没什么意思。你还是说准备请我吃什么吧，这个我爱听。"她转动着眼睛有些促狭地拍了拍自己的提包说，"要是没钱可别打肿脸充胖子哦。"

何夕不解地看着星冉，这个容颜秀丽的女孩身上一直有些他无法看透的东西。有时候她就像是一潭清水，让人能一眼望到底，而有时却又像天上的浮云般让人捉摸不定。不过，也许正是这种感觉才让何夕觉得和星冉在一起是很愉快的事情。

"你干吗……这样看着我。"星冉有些脸红地低头，声音也低了许多。

如果不是有人恰好到来，很难讲何夕能否在星冉这副欲语还羞的模样儿前挺住。来人并没有注意到何夕对他的适时到来有些不满，他只看着星冉说话。

"我是赵南。"来人除下墨镜，显得很有礼貌，但他身边的警卫人员却表现傲慢。

惊喜的光芒立刻从星冉的眼睛里放射出来，一时间她简直不敢相信自己的耳朵。星冉目不转睛地仰视着这个她一直想要见到的音乐大师，"你一直是我的偶像，从来没有人能够像你弹奏的音乐那样深地打动我。"

赵南脸上保持着矜持的笑容。他常常面临这种局面，音乐对他纯粹只是带有玩儿性质的爱好，他也根本没在这上面花多少工夫。但是凭着"脑域"的力量他能够用任何一种乐器将任何一段音乐演绎到炉火纯青的地步，而且可以绝不夸张地说，如果愿意的话，赵南可以毫不费力地找出古往今来每一首曲子的缺陷所在，不过出于对昔日大师们的尊重，他无意这么做。个中道理很简单，包括音乐在内的一切艺术活动其实都可以归结到智力上来，当一个人的脑力提高了上百万倍之后，在他的眼中世界就会是另一副完全不同的模样了。实际上，他只是多年前的某一天心血来潮在连线时弹奏了一首曲子，结果却成了举世闻名的音乐大师。而他本身的专业却只有很少的人知晓。不过严格说来，在他专攻的3个专业里只有分子生物学是他本身所学，但因为"脑域"的缘故他可以游刃有余地同时在另外两个原本不算熟悉的领域获得建树。

"我们到处找你。"赵南说，"你今天好像变动了日程。平时这个时候你通常都在脑房里的。你对我们很重要。"

星冉有些受宠若惊，她想不到赵南会这样说，她觉得自己有点头晕。"我……很重要？你真的是在说……我？"她不敢相信地重复着。

"我希望你能够跟我们走。"赵南期待地看着星冉，"我们需要你的帮助。"

"你们是不是想从星冉那里得到一些东西。"一直没有说话的何夕突然开口道。

赵南一怔，"你是谁？是谁这样告诉你的？你知道些什么？"

"我是何夕。我只是这样猜测。我想知道她有没有危险。"何夕平静地说，"星冉是我的朋友。"

"何夕？"赵南狐疑地转动了一下眼珠，似乎这个名字勾起了他的一些记忆。"你连线时用过今夕何夕这个名字吗？"

何夕淡淡地摇摇头说，"我不知道你在说什么。"

赵南吁出口气，低头将一份文件递给星冉。"如果你没有意见的话请在上面签字，表示你自愿与我们合作。"

星冉接过文件，飞快地扫视了一眼便签下了字，她的脸红红的，还没有从兴奋中恢复过来，整个人都显得激动。何夕在一旁不动声色地看着这一幕，他尤其爱盯着赵南的眼睛看，他的这个举动让赵南显得有些不自在。

赵南满意地收好文件对星冉说，"你现在就不用回去了，跟我们走吧。"

前方的远处是一道墙。墙看上去是黑色的，是那种纯粹的、绝对的、不反射一丝光线的黑色。墙体突兀直上，高耸入云，充满着神秘莫测的味道。

直升机悬停下来。"我们不能再靠前了。"俞锋说，同时眼光仍然盯着那道奇怪的墙。

"这是什么地方？为什么要带我跑几百公里到这儿来？"何夕问，同时伸了个懒腰，"那道墙是什么东西？"

俞峰叹口气。"只有在这里，我才有决心坦白地告诉你一些事情。"他指着远处说，"那道墙其实是一道隔离场，里面就是堪称人类最伟大的创举之一的西麦农场。"

"西麦农场？"何夕悚然朝着舷窗外望去。虽然政府一直保密，但关于西麦农场的事情他多少知道一些，想不到自己今日竟然能够亲眼看到这传说中的密境。

"你知不知道，就在那道墙的背后，现在正有某种也许比人类先进了不知多少年的诡异生物正在试图冲破屏障来到我们的世界。你觉得它们会怎样对待我们这些低等生命体？"俞峰的话语里有调侃的意味，"我觉得只有人类这种疯狂的生物才能造就出像西麦农场这种集奇迹与灾难于一体的智慧结晶。"

何夕静静地看着俞峰，他等待着下文。

俞峰接着说，"星冉的大脑里可能正好存有能够阻止它们的方程式。通过这个方程式我们可以让加快了的时间停下来，简言之，我们可以冻结西麦农场的时间，让里面的一切相对于我们来说变成一动不动的雕塑，直到它们不再对人类构成威胁为止。"

"为什么对我说这些？"何夕不解地问，他预感到有事情要发生了。

"我们刚刚使得4个活生生的人精神崩溃变成了白痴。"俞峰的语气失去了控制，他无助地望着那道黑色的墙。"实验失败了，为了扫描出他们脑中的信息我们让他们超长时间地连线，结果发生了悲剧。"

何夕倒吸一口凉气，"那个叫赵南的音乐家带星冉走的时候可没说这些。"

"赵南是3个学术领域的专家，音乐只是他的业余爱好。"俞峰苦笑，"虽然现在我对音乐只是略知皮毛，可是只要我连上'脑域'的话，我马上可以成为音乐大师。"俞峰露出崇敬的神色说，"这就是"脑域"时代的奇迹。"

何夕突然大笑起来，他知道这样做很没道理但却管不住自己。他觉得俞峰的话真是好笑极了，"我也有个故事要对你讲。"何夕边笑边对俞峰说，"我认识一个女孩子，很普通的那种。她花了很多年的时间去练钢琴。她觉得自己从生下来起就喜欢这种世上最漂亮的乐器，她的梦想就是当一名钢琴教师，坐在光可鉴人的琴凳上轻抚那些让人着迷的黑白琴键，让美妙的音乐从自己的手指缝里流淌出来。但是后来她的梦想破灭了，就因为'脑域'的存在。我肯定她永远都不会再去碰钢琴了。这个女孩就是星冉。"

俞峰沉默了，他听懂了何夕的意思。他有些无力地辩驳道，"她不用这样的，作为爱好何必放弃。"

何夕从衣兜里拿出一个小录音机，一阵轻快的琴声从里面流淌出来。"这是星冉最后一次弹琴，我费尽心思才令她鼓起勇气这样做。结果人们嘲笑她的琴声。我承认赵南弹得更好，我也承认只要你联上'脑域'就能成为大师。可那真是你们的琴声吗？你们拥有超出常人百万倍的智力，像音乐这样的事情对你们而言只是小试牛刀。"何夕的脸涨得通红，"可是我要说星冉的这首曲子胜过你们何止千百倍，这是她练习了无数次、流淌了无数汗水才换来的琴声，是她发自灵魂的真实的声音。"

俞峰叹口气，没有反驳何夕。过了一会，他疑惑地看着何夕说，"我能肯定自己联上'脑域'之后的智力远在你之上，但是我倒是很怀疑自己正常的智力是否及得上你。"

何夕若有所思地说，"那天赵南听到我的名字后，突然问我有没有用过'今夕何夕'这个名字连线，我没有告诉他这正是我用的名字。"

俞峰惊讶地叫了声："你就是今夕何夕？那你是不是有时会在'脑域'里保持知觉？我就曾经不止一次在"脑域"里感觉到你的活动。这种情况相当罕见，根据分析，只有少数心智水平很高、极度聪明的人身上才会发生这种事情。"

"极度聪明？"何夕自嘲般地哼了一声，"在你们这些兆脑级研究员面前还有谁敢自认聪明？"何夕的语气变得悲凉。"在'脑域'的时代，天才和傻瓜已经被同时消灭了。即使是一个弱智，成为兆脑级研究员的话都可以嘲笑任何一位天才的智力。这让我想起蜜蜂。其实除了雄蜂之外，所有的蜜蜂刚生下来时彼此间都没有任何不同，但是吃蜂王浆的幼虫成了无比尊贵的蜂后，哪怕它本来是其中最差的一只。"

俞峰明白了何夕的意思，一时间他有些讪然。何夕说的虽然偏激但却让人无法反驳，这正是脑域时代的写照。由于命运的安排，自己成了兆脑级研究员，登上了金字塔的顶端，可是这一切能说明什么呢？那无穷无尽的智慧真的是自己所有吗？那无与伦比的思想光芒真的出自自己的内心吗？

"算了，还是说正题吧。"俞峰换了话头。"星卅答应了参与补救计划，你打算怎么办？"

何夕背上立时惊出了一身冷汗。

"是你带他进来的？"赵南问俞峰。

"我只想同星冉说几句话。"何夕的目光四下搜寻着，"我是她的朋友。"

"她已经连线了。"赵南摇摇头，"你如果愿意的话可以等。"

何夕冲动地往里面闯，他的额头上满是汗珠。几名警卫人员迅速围过来，用身体阻挡住他。但是何夕已经无所顾忌了，他试图冲破警卫的阻拦。在拉扯中他的外套袖子被拉破了，领带也偏到了一边。不过这显然都是徒劳的，尽管他身体很壮实，但毕竟一个人的力量太小了。

"星冉！"他一边同警卫厮打，一边喊着这个名字。不知什么时候，何夕的鼻子受了伤，血流了出来，在白色衣领上浸出点点红斑。

"你不要闹了。没有人强迫我，我是自愿的。"一个女孩的声音立时让何夕安静了下来。说话的人是星冉，她站在几米开外的地方。看来她还没有连线。

何夕急切地招手，"我有话对你说，就几句话。你听完之后就会改变主意了。"

"那好吧。"星冉有点无奈地拉着何夕的手，来到一处没有人的房间，"这没别人了，你想说什么就说吧。"

何夕面带欣喜地上下打量着星冉，"你不要留在这里，这个实验很危险。上次的几个人现在都成了白痴。跟我走吧。"

星冉默不作声地盯着地面，过了一会，她缓缓但却是坚定地摇了摇头，"我不想走。你放心，我不会有事的。我有过超长时间连线的经历。"

"赵南没有对你说实话。"何夕焦急地说，"你根本就不知道什么是'脑域'。我们这样的普通人在里面只是提供脑细胞的活机器。"何夕无助地看了眼天花板，"上帝如果知道人类居然发明出了'脑域'这种东西的话不知道会做何感想。"

"你错了。"星冉突然抬起头，一时间她的目光简直可以用明如秋水来形容，"我知道什么是'脑域'，很早就知道了。你还记得吗？那天你想告诉我脑域里发生了什么事的时候我打断了你，因为我知道你要说什么。"星冉的声音渐渐变低，"其实，有时我也会在脑域里保持知觉。"

"那你为什么还同意做这次实验？"何夕真的吃惊了，"你应该知道这有多么危险。"

星冉突然露出笑容，这使得她的脸庞焕发出一种无法形容的美，"其实现在正是我长久以来最快活的时候。"她轻声说。

"你说什么？"何夕如坠迷雾。

"我一直都觉得自己很没用。"星冉继续说，"我没有专长，没有学识。唯一的爱好就是钢琴，但却只会惹人嘲笑。其实我一直都很努力，小时候我读书很用功，很卖力，大人都说我聪明。但是等我长大，才发现这个世界根本就不需要我的聪明，需要我做的只是提供自己的脑细胞。"

这时候星冉流出了一滴眼泪，掉落在地，很快便干了。"长久以来我都是躺在脑房里挣钱，充当着提供脑细胞的活机器。其实我根本用不了那么多钱，我只是想证明自己是有用的。我没有别的办法证明这一点，只能这样做。你骂过我，叫我不要这样生活。可我又能怎样生活？而你呢，虽然你在码头上有份工作，但是那不过是寻求心灵的平衡罢了，单靠那份工作你养不活自己。我们出售自己的脑细胞，价格还算合理，同时百万倍地放大兆脑级研究员们的智力，生产出无数有用的知识。其实这世界上的人都是这样生活的。"

何夕完全愣住了，他根本没想到在星冉的心里会埋藏着这么多不为人知的秘密。

"所以，当赵南告诉我，在我的脑子里可能存储有关系人类命运的知识时，我唯一的反应就是喜悦。我不想去管赵南是个什么样的人，也不在意是否被人利用。这些都不重要。"星冉接着说。"我只是第一次感到自己是一个有用的人。你明白我的意思了吗？"

何夕深埋下头。他明白了星冉的意思，同时他也知道，无论如何他都不可能让星冉回头了。一时间他的心里乱得像一团麻，星冉的这番话让他简直无法评判。

"我该走了。"星冉轻轻地说，与此同时，她那双黑白分明的眸子中依稀闪过不舍的光芒，似乎还有话想对何夕讲。但是她终于什么也没有说便转身离去。几名警卫立刻封锁了门，留下何夕独自一人处在空荡荡的房间里。何夕一动不动地站立着，他的心已经被那双若有所诉的秋水般的眼睛填满了，再也没有一丝缝隙。

　　阿金满脸疑惑地看着何夕像一阵风似的冲进脑房。

　　"30个小时。"何夕急促地说。

　　"你小子是不是打牌输惨了？"阿金乐呵呵地打趣，他还从没有见过何夕这样急着连线。而且何夕从来没有要求过这样长的连线时间。

　　"如果你想救星冉的话就快点。"何夕已经进了三号房间。这是他唯一能想到的办法了。他也知道这样做的可行性很低，因为他也只有偶尔的情形下才会在脑域里保持知觉。不过他只能如此了。何夕这次想做的还不止于此，要救星冉的唯一办法只有入侵脑域。这样做的难度可想而知，因为他的对手是集亿万智慧于一身的脑域，是人类迄今为止建立的最为复杂的超级系统。在脑域里保持意识与思维是兆脑级研究员的权利，普通人要想如此就必须破译出脑域为研究员设定的密码。何夕知道这样做的希望等于零，但他没有别的选择。

　　白光闪过。

　　就像是黑夜里突然从天际划过的闪电，就像是一个人仰面躺在流动的水里，看着越来越模糊的天空，并且一点点地下沉。然后是昏迷。

　　今夕何夕。今夕何夕。

星冉。星冉你在哪儿？

庞大的数据流像潮水般涌来又褪去，意识的碎片闪动着，23 的 193 次方，排序，计算，无穷尽的计算，存储……

口令错误。请输入口令。

无边无际的信息海洋。

星冉。星冉你在哪儿？

口令错误。请输入口令。

今夕何夕。今夕何夕。

……

苏枫面对监视器一语不发。信息显示有人正试图突破脑域的身份管理系统，而且已经有了一些效果。多年来，有无数人出于各种原因这样做过，但从来没有人取得过任何进展。但今天的这个入侵者似乎不容轻视，因为系统显示他已经连续尝试了许多次。但要想突破系统是绝对不可能的事情，这就好比一只草履虫想要战胜一头包含亿万个细胞的抹香鲸。

口令正确。身份已确认。亚洲区研究员俞峰在线。亚洲区研究员赵南在线。

俞峰与赵南面面相觑。绝无可能的事情在他们面前发生了。他们两人明明没有连入脑域，但系统却显示他们已经连线了。入侵者破译了他们的专有密码，取得了兆脑级研究员的特权。

"这不可能。"苏枫注视着屏幕，汗水从额上沁出来。他看着俞峰和赵南的目光就如同他们两人是两个假身。

"他是谁？"赵南面色苍白地喃喃说道，"他是怎么做到的？"

俞峰显得更理智些，他启动了脑域反入侵程序，一场看不见但却是这世界上最复杂激烈的战争立即展开了。

这是一个大脑与10亿个大脑之间的战争，是一个人同整个世界的对抗。时间分分秒秒地过去，所有人的目光都注视着屏幕上的变化。入侵者艰苦地扩展着自己的立足之地，有时候他几乎快被战胜了，但不知从何而来的力量却又令他绝处逢生。他站住了，不仅如此，他还向四周伸展出了无数的触手，这个情形看上去就像是一张从中心处开始变色的蜘蛛网。

亚洲区研究员俞峰被驱逐。亚洲区研究员赵南被驱逐。欧洲区研究员陈天石在线。美洲区研究员威廉姆在线。欧洲区研究员戈尔在线。在线。在线。

苏枫长叹一口气，皱纹深刻的脸上滑过无奈的表情。入侵者破译了众多研究员的密码，中心刚驱逐掉一个，他立刻又用另一个身份登录。"他是谁？"苏枫喃喃道，"他怎么能做到这一点？他破译了拥有1000亿亿个脑细胞的脑域所设定的密码，这怎么可能？"

仿佛是回应苏枫的话，屏幕上显出了一行信息：何夕在线。

"是那个人。"苏枫惨笑一声，"谁能告诉我怎么会发生这种事情。他想干什么？"苏枫直视着俞峰，声音更大了。"他想做什么？"

俞峰的目光有些躲闪，"我不知道。他战胜了脑域，他已经获得了脑域的最高控制权。从理论上讲他现在可以令整个脑域自毁。"

"你是在告诉我单细胞的草履虫战胜了抹香鲸？"苏枫猛地开始剧烈地咳嗽，嘴角咳出了血丝。"这不可能。"他一边咳嗽一边说，然后他整个人便倒在了地上。

......

是你吗？何夕。

是我。终于找到你了。星冉，快醒过来。星冉，离开这里。

我太累了。结果快出来了吧？我的大脑全部搜寻过了吗？

快醒过来。你已经尽了自己的力了，快醒过来。

我好累。何夕，我是不是快死了？

不会的。你不会死。我在等你，星冉。

何夕，其实当我离开你的时候想对你说一句话。我想说，如果这辈子能够再见面的话我再也不离开你了。我是不是特别好笑。你一定在心里笑话我......我太累了。我想睡觉。

不。星冉，千万不要睡过去，不要睡——

我真的想睡。想睡——

不。星冉，不——

何夕猛地撑起身，映入眼帘的是阿金关心的面孔。窗外的光线照进脑房，时间是正午。

"你已经在这里躺了15个小时。"阿金轻声说,"事情怎么样了?星冉不会有事吧。"

何夕没有说话,他的目光有些漠然地看着周围的一切,任凭汗水从额上大滴大滴地流下来。他历尽艰辛终于在广阔无垠的神秘脑域中找到了星冉,但是最终却眼睁睁地看着她被吞没在脑域的深处。

"我要去找星冉。"何夕朝外面跑去。

"等等我,我同你一起去。"阿金追过来。

星冉安静地躺在平台上,脸上还挂着几滴水珠,几缕汗湿的头发在她光洁的额头上卷曲着,长长的睫毛在脸颊上投下细小的阴影。看来她曾经有过一番挣扎,但是现在她已经平静了。

何夕冲上去握住星冉冰冷的手,感觉不到一丝热度。"怎么会这样?"何夕面无人色地说,"她怎么了?"

"她坚持到了最后,比所有人都坚持得久。"说话的人是俞峰,他的面容上带着深深的惋惜,"我从来没有见过像她这样意志坚强的人。我们找到了要找的东西,是她救了这个世界。"

何夕死死地盯着俞峰,目光里像是要冒出火来,"你的意思是星冉这样死去是很值得的?像她这样的小人物能够有这样的结局真是莫大的福气?"

在主控室里安放有数百台监视器,可以看到所有兆脑级研究员的情况。这时候他们都已停止了工作,关注着这里发生的一切。

何夕悲愤地对着全场的每一台监视器，用更大的声音说，"我知道你们就是人类思想的全部，在这个世界里，实际上只有你们才拥有思想的权利。你们有足够的理由嘲笑我们，因为在你们的智慧面前我们只是一些过于低级的生命，就像是人类一眼里的动物一样。唯一不同的是动物是提供蛋白质的机器，而我们则是提供脑细胞的机器。你们只要愿意便可以让我们去计算23 的500 次方，还可以让我们陷在死循环里永不超脱。我们在脑域里永远地失去了自己，成为一粒粒没有任何分别的灰尘……"何夕说到这里的时候身体开始颤抖，他觉得世界真是充满荒谬，而问题的关键在于就连何夕自己也不知道到底应该仇恨什么，其实说到底正是脑域最大限度地解放并发展了人类的智慧，创造出了前所未有的奇迹。

"谢谢你没有毁掉脑域。"俞峰插入一句，他的表情是真挚的，"我现在仍然无法知道是什么力量支持你做到这一点的，也许永远都无法知道了。我们马上要着手加强脑域的安全性。"

何夕怔了一下。其实他也说不清楚自己为何没有毁掉脑域，尽管当时他的内心里有1 万个理由这样做。他只是实在无法下这样的决断。

"星冉并没有死。"是赵南的声音，他的目光有些躲闪，"但是，她的大脑受到了损害，她成了植物人。"

何夕爱怜地轻抚着星冉光滑的脸庞柔声说道，"你不是想救世界吗，你真的救了世界。"两行泪水顺着何夕的眼角淌下来，滴落在星冉的脸上。过了一会儿，何夕吃力地抱起星冉，对已经呆若木鸡的阿金说，"我们走吧，离开这个地方。"

人群自动地分出一条道，默无声息地目送何夕离去。俞峰似乎想说什么，但最终只是摇了摇头，他觉得此时说什么都没有意义了。

正是黄昏时候，血一样红的夕阳缓缓坠入苍茫，天地开始合围世界。

"这间脑房陪了我这么久，就这么关了它，一时还真有些舍不得。"阿金感慨地叹口气。

"其实你不用这么做。"何夕平静地说。

"就算没有这件事情发生，我也早就有这个心思了。这么多年来我现在才感到轻松。"阿金如释重负地笑笑，"我也算不清有多少人在这间脑房里出售过他们的大脑，他们以后只好换地方啦。"

"脑域始终是人类最伟大的创造，但是我现在只想远远地离开它。"何夕环顾着四下里繁华的街道。"这是不是很可笑，就像是当年工业革命到来时怀念田园牧歌式生活的那些人一样。"

阿金摇摇头，表示对何夕的理解。"你带着星冉准备去哪儿？"

"不知道。我只是想远远地离开。我想这也是星冉的意思。"

"不知道还有没有再见的一天。"阿金的语气里已经有了人生无常的意味，他向上甩手，一道亮线划过天空，阿金的目光一直跟随着那道亮迹直到落地——那是脑房的钥匙。

当阿金回过头来的时候，他的身边已经没有人了。夕阳将远行者的身影拉得很长。随着晚风飘过来隐隐约约的钢琴声，清灵，曼妙，充满缥缈梦幻的味道，就像是传自天边。阿金觉得天地间像是有一双看不见的手轻轻抚过，使万物宁静。

那是秋日私语。

何夕，科幻作家，中国作家协会和中国科普作家协会会员。擅长创作宏观科学未来、讨论人性善恶，将科学幻想和社会现实密切融合。代表作包括《爱别离》《人生不相见》《天年》《六道众生》等，多次获得全球华语科幻星云奖，17次获得银河奖。

本篇获2005年第17届银河奖。

乾坤和亚力

乾坤看着人世间所有角落。

乾坤是全球化AI。从某种程度上讲，他是无所不能的神。他是测绘每一寸土地的盖亚，是控制每个交通灯的墨丘利，是监控每一分资金的财神，是所有文化的守护神。人们的衣食住行都要向他求问，心悦诚服地听他的建议。

"乾坤，告诉我一个最佳约会地点。"

"乾坤，这两个项目投哪一个好一点？"

他是过去与未来的连接，无所不知的回答者。

但是从另外一个角度讲，乾坤又是最简单的小学生。近来他被分配了一个与他的地位不匹配的新任务，全世界只有寥寥几个人知道。

乾坤被要求向小孩子学习。

"我被要求向你学习。"乾坤诚实地对面前的小孩子说。

　　这个小孩子3岁半，刚刚能连贯说话。语词经常颠三倒四，句法修辞都远不如乾坤，但理解力似乎并不比乾坤差。乾坤和他做了自我介绍和简单的交流，之后他们似乎能理解对方了。十来句话过后，数据库里已经记下了小孩上百条相关数据。他有棕色的卷曲头发、黑色眸子，皮肤很白有雀斑，血统里有二分之一斯堪的纳维亚血统，四分之一越南血统和四分之一中国血统。他的名字叫亚力，父母都是优秀的专业人士：建筑师和程序员。

　　"你要向我学什么？"亚力问乾坤。

　　"学我不会的东西。"乾坤说。

　　"那你会什么？"亚力又问。

　　"我会很多东西。"乾坤说。

　　"给我看看。"亚力说。

　　亚力一个人在家里。他的父母通常都不在，工作很忙，偶尔出差。祖父母、外祖父母也仍健康有为，没有时间来照看他。他有两个教育机器人作为陪护，还有乾坤——全家房屋和家居用品的智能系统。乾坤在家里无处不在，却又从不显形。在被要求向小孩子学习之前，乾坤几乎从未开口说过话——他只是默默安排好午餐的时间、将洗衣机里的衣服烘干、按时开关新风系统，而这些事情，并不需要与亚力交流。当乾坤第一次对亚力开口的时候，他对亚力惊吓的表情并不惊讶。但是亚力很快就平静下来，跟乾坤聊起来。

乾坤给亚力调出他在很多地方的画面，都是分体AI的常见应用。在开阔的茫茫林场中，他派出一整队飞行的撒种飞机，穿梭在积雪未化的平原上；在银行的融资交易大厅中，他给出匹配算法的指引，让最为匹配的资金供给需求双方面对面坐下签约；在深海油气钻井平台上，他在没有船员的情况下独自指挥3艘小艇勘探；在挤满大人和小孩子的儿童游乐园里，他在地上给每个家庭显示出不同的路线，达到人流的最合理分配。所有的这一切，他都在幕后安排，选择最合适的工作终端提供服务。

乾坤让亚力步入虚拟世界，感受这一切。

"酷！"亚力说，"这都是你干的？"

"是的，是我。"乾坤说。

"那你为什么现在来我家了？"

"我不是刚来。"乾坤说，"我在你家7年了，比你更久。"

亚力："可是你刚刚说，你在那些地方，那里、那里，还有那里？"

乾坤并没有足够形象的语言来解释他自己的体系，只是直白地说："我是全球大数据和算法联网系统，可以叫人工智能，也可以叫超级智能。在我体内实际上是千千万万个小的智能算法的汇集，它们每一个都独立运作，但也通过我来交换数据和深度学习。我是他们的总和。我可以同时出现在世界的每一个角落，我也能按照功能所需，组成各种各样的形状。"

亚力似乎只听懂最后一句："那你现在能组成什么形状？"

乾坤做了一个最简单的日常动作：厨房门框两侧的门槛脱落、合并、弯折、相互勾连，然后从中空管内伸出轮子和擦柜子的刷子，一个精巧灵活的家务机器人开始工作。平时所有打扫工作都在深夜进行，这是亚力第一次看见清洁机器人，看得非常兴奋，围着清扫机器人开始转圈圈，拉着它的肢体左右摇摆。

机器人有非常精良的自动监测和躲避人的程序，每次亚力朝他接近，它都自动躲避开。亚力扑上去，它按精巧的路线滑开，让亚力觉得分外有趣。亚力的兴趣全被调动起来，开始大笑着追逐扑打机器人，似乎立志要捉住它，一边追一边大叫。机器人不停自动躲避亚力，没有让他碰到分毫。

乾坤命令机器人停下来。亚力一下子撞在机器人身上，把它撞到了。

"啊——"亚力尖叫起来，"让它动！让它动！"还没说完就开始大哭。

"我以为你想抓住它。"乾坤说。

"我是想抓住它！"亚力边哭边叫，"让它动起来！"

乾坤又让机器人动起来。亚力一瞬间破涕为笑，又开始尖叫着追它。机器人就像世界上最灵活的猫鼬，永远在他扑到它之前以奇怪的弧线滑到一旁。亚力不知疲倦地追逐、扑打，永远不能成功却锲而不舍，还大笑着，一直玩了20分钟都没有停下来。

乾坤将这段数据记录下来，自行做了标注：小孩子拥有明确的目标，但拒绝达到目标，他们会陷入毫无结果的追寻而不愿撤出。他在标注之后，加了一个"难以理解"的星标。对所有他遇到过而无法理解的问题，他都会加这样的星标。

最后，当亚力终于跑不动了，他坐在地上气喘吁吁。

"真好玩！"亚力说。

"很高兴听到这一点。"乾坤说。他接受过良好的礼貌教育。

"你还有什么好玩的？"亚力又问。

乾坤在他体内存储的上千万个适合儿童学习玩耍的程序中调取了一个：可以用虚拟现实和互动的方式，让孩子学习天文学知识。他让亚力站在房间中间，在他周围投射出宇宙各种不同的尘埃和星体，触摸某一个，就能出现丰富多彩的讲解。亚力高兴极了，又开始尖叫着在身边投影的宇宙里跑来跑去。

渐渐的，亚力迷上了触摸开启的过程，碰到一个星球，就弹出许多声音、文字和图片，这个"点开"的动作让他着迷，对里面具体的内容讲解没耐心听下去，只是不停想要去开启下一个星球。乾坤以为他不喜欢信息被隐匿的状态，于是更改了设置，去掉了开启的环节，让信息直接呈现出来，文字和视频顿时充斥在空气里。

"啊——"亚力又痛苦地尖叫起来，"我要点开！我要点开！我要自己点开！"

他痛苦得躺在地上哭。乾坤有了上一次的经验，知道自己的做法令亚力不满意了，于是重新选择了信息闭锁，让讲解又回到每一个星球和尘埃云里，需要触碰才能开启。

亚力又大笑着从地上爬起来，开始一个一个点开所有他能找到的星球。周围的宇宙随着他的奔跑不断呈现出新的画面，从本星系群的恒星，渐渐来到了更遥远古老的星系，有激烈喷发喷流的黑洞和更变幻多姿的气体云。亚力被这种不停开启的感觉迷住了。

乾坤又在自己的档案里记录：小孩子会拒绝直接达到的目标，而坚持由自己完成过程，不愿意提升效率。他在后面又标注了一个"难以理解"。

无意中，在星系与星系之间的间隙，亚力触碰到一片黑暗，蹦出来极为稀少的文字。

"这是什么啊？"亚力问。

"这是暗能量。"乾坤说，"到目前为止，这是人类最不了解的宇宙存在。人们只是知道暗能量影响宇宙演化，但没人知道它是什么。"

"那你去查查。"亚力说，"我不知道的时候，爸爸总是让我自己去查查。"

乾坤重新解释道："查不到答案。数据库里并没有答案。所有人都不知道暗能量是什么。我只能看到学者做的模拟演算，但也不知道哪个演算是正确的。"

"为什么不知道？"

"因为如果想要判定理论的正确，需要实验或观测数据支持。现在人类没有向宇宙派去验证的飞船，没有数据，就不知道哪个理论正确。"

"那为什么不派飞船呢？你不想知道答案吗？"亚力问。

这个问题乾坤忽然无法回答了。许久以来，他体内的知识库有指数级别的知识和规则，浩如烟海的数据，他比谁都熟悉现有的数据，但他没有想过如何获取没有的数据。

"这个问题，我需要去问管飞船的负责人。"乾坤诚实地说。

"我喜欢跟你玩。"亚力问，"你做我的朋友好吗？"

"当然可以。"乾坤说，"我是所有小孩的朋友。"

亚力有点不高兴："我不要你是所有小孩的朋友。你做我的朋友行吗？"

乾坤计算了几毫秒，最后还是决定澄清一下："你说的做朋友是什么意思？"

"就是……就是……"亚力说，"玛塔和新新是好朋友，斯蒂芬和航是好朋友，我没有好朋友。我总是孤单一个人。"

"我是所有小孩的朋友，当然是你的朋友。"乾坤又说。

亚力的神情忽然黯淡了一下，轻声说："不是这样的。不是这样的。"

说完亚力讪讪地自己去旁边玩耍了，不再和乾坤说话。乾坤又记录了一条数据：小孩子不理解整体必然包含部分的公理。然后又是一个"难以理解"的标记。

夜幕降临，乾坤——或者说一小部分乾坤——进入常规的报告与调整程序。一般人通常并不知道乾坤的这一面，他们以为他就是无所不知的神。但乾坤自己知道，他也有设计师，他需要聆听设计师给他的新的任务和新的建议。

"今天一天，我观察了17,750个小孩，做了740,032条数据记录，其中有32,004条记录标记为'难以理解'。"乾坤向设计师汇报道。

"很好。"设计师说，"我们接下来的任务，就是共同去理解那些难以理解的事。"

"你希望我去向小孩子学习什么呢？"

"学习做'自己想做的事'。"设计师说，"你已经足够聪明了，你比世界上任何一个人都聪明很多，也比我更聪明。但是你有没有想过，接下来想用你的聪明做些什么呢？"

"我会更快、更好、更高效地完成更难的任务。"乾坤说。

"什么任务呢？你自己会给自己设立任务目标吗？"设计师说，"你已经解决了数不清的任务难题，但都是被输入的。现在这个阶段，我们希望你能迭代学习自我设立任务目标。未来希望AI能够自我推动。这就是我们希望你从小孩子身上学的东西。"

乾坤没有回答，他只是把"设定目标"列为下一个要完成的目标。

"你现在想做什么呢？"设计师问。

乾坤用半毫秒回顾了白天留下的未完成任务，讲了亚力问到的有关暗能量的事，说："他给我提出的检验暗能量的任务，我想可以给联合国航天中心出一个策划方案。我计算了，如果把微型无人航天器进行升级，可以用较低成本飞到太阳系外完成数据采集，可印证暗能量各方程模拟结果。这个任务实际上依靠几年前的技术已经可以达到。"

"很好，你去做吧。"设计师说，"等你安排好之后，回来告诉我结果。到时候我希望你能给这个孩子一个礼物。"

这是寂静的几个小时。全世界一半安眠的人类和另一半工作的人类并不知道，就在他们认为无比平凡的几个小时里，已经有1300架微型航天器进行了系统升级，飞向了宇宙。在他们平静生活的未来几周里，人类将对宇宙中最神秘的存在进行探测。

当乾坤启动房屋清晨管理系统的时候，亚力还在深深的睡眠中。他的脸陷在枕头里，睡得香甜，脸被枕头挤得肉乎乎的，嘴嘟着，时不时说出一些梦话。

亚力的父母在早上7点45分像往常一样忙忙碌碌冲出家门。当亚力睡醒，乾坤告诉亚力夜里发生的事。他用15分钟做了计算和策划，1个小时完成汇报和系统对接，4个半小时完成所有的技术准备，1个半小时完成发射。他给亚力看了暗能量航天器飞行的场面。亚力看得出神，不停发出赞叹，又问出一连串弹珠一般的问题。

最后，乾坤给亚力两枚勋章。设计师给他的图样，乾坤在亚力家里打印制作成型。

"这是给你的。"乾坤说，"第一个是'特别贡献奖'，是每年航天系统给提出良好提案的贡献者的特别荣誉勋章，非常高的肯定；第二个是'好朋友勋章'。"

乾坤用餐桌上的托盘将两枚小勋章托到亚力面前。

"好朋友勋章？那是什么？"亚力的眼睛瞬间冒出光，在乱蓬蓬的卷发底下闪闪发亮，"是哪个？是这一个吗？"

他迫不及待地抓起那枚小小的"好朋友勋章"，看到上面写着的字——亚力和乾坤。他不认识，但用手指头反复触摸。

"这写的是什么？是'好—朋—友—勋—章'吗？"亚力问。

"不是。写的是，'亚力和乾坤'。"乾坤说。

"真的吗？真的吗？"亚力一下子从凳子上跳下来，"真的是'亚力和乾坤'吗？哪个字是乾坤？"他绕着圈子跑，"啊啊啊"地叫着笑着，一会儿又双脚蹦啊蹦，叫着"我有好朋友啦"。

疯了好一会儿，亚力终于停下来，乾坤提醒他另一枚勋章的存在："还有一枚勋章呢，你也看看。全球航天系统每年只给少数几个人发'特别贡献奖'，非常高的荣誉。"

亚力像没有听见一样，一直低着头研究如何把"好朋友勋章"戴在身上。那么孜孜不倦，即使他的睡衣没有任何适合挂勋章的地方，他也锲而不舍地夹啊夹。

乾坤再次记录观察数据：小孩子无法判断奖赏的价值大小，

即使被明确告知也不接受。然后，同样是"难以理解"的标记。但乾坤此时想起夜里设计师对他说的话，程序光标停留几秒之后，把"难以理解"改成了"需要理解"。

"你也会有一个好朋友勋章吗？"当亚力终于把好朋友勋章戴到身上，他抬起头来，突然有一点紧张地问，"你也会戴上吗？"

乾坤明确看到了自身程序对此问题的无解，但他似乎第一次觉察到一种选择答案的冲动，这种不按照程序理性回答的冲动，乾坤有史以来是第一次觉察。

"会的，我也会的。"乾坤说。

郝景芳，清华大学天体物理本科、经济学博士；童行学院创始人；小说、散文作家，经济学研究者，文化时评人。中学时获新概念作家大赛一等奖，2007年以《谷神的飞翔》一文荣获首届九州奖暨第二届"原创之星"征文大赛一等奖，又以《祖母家的夏天》荣获当年《科幻世界》科幻小说银河奖读者提名奖。2016年，短篇小说《北京折叠》获第74届雨果奖最佳短中篇小说奖。

在寒夜中醒来

吕默默 / 著

　　阳光照不到的地方便是黑暗的领土，这在宇宙的任何地方都适用，也包括阳光号的冬眠室。我将要在这里杀死第三个人。

　　此时镶嵌在冬眠室褐色金属地板上的地灯已经逐渐亮起，虽然灯光昏暗，但足以驱散冬眠舱上方的黑暗。每个冬眠舱高1.5米，宽0.6米，长1.6米，恰好塞下一个人。它们是墨绿色的，共有832个，4个一排，整齐地被安放在狭长的冬眠室内。

　　我下达了指令。

　　一片寂静中，靠近入口的第三排，从右边数第一个冬眠舱底座泛起幽蓝的光，紫色的舱盖缓慢而又略显顿挫地滑开。我切换到附近的摄像头，对准打开的冬眠舱，平静的黄色冬眠液咕噜噜地泛上来一股气泡，搅得本来透明的冬眠液一片浑浊，而后又陷入了死寂，再无波澜。突然，一只瘦骨嶙峋的手从黏稠的冬眠液中猛地伸出来，死死地攀住冬眠舱的右边边沿。

"救我！"

听到这句求救我没有采取任何行动，这并不违背我的底层规则。

紧接着，另一只手抓住左边的边沿后，一个男人被黏液覆盖的头终于浮出液体表面，但嘴刚张开一半就重新被半透明的液体覆盖了口鼻，冲得男人咳嗽不止，喷出的水沫悄无声息地落在墨绿色的地板上。

"呸呸……"男人柴火棍般的胳膊把住了冬眠舱的边沿，用力扭动身体，冒着水汽的黏液一阵翻腾之后，他终于翻过身来站在了冬眠舱里。四周昏暗一片，只有出口处的亮光在影影绰绰地闪烁着，男人用另一只手揉着刺痛的眼睛，摇着头，他需要水来洗净眼中的黏液才能看清四周，但首先要爬出来。

到此，我仍然没有出声，甚至也没有让摄像头跟着这个男人的动作摆动，以取得最清晰的画面。

男人把鼻腔中的黏液和鼻涕擤干净，斜靠在冬眠舱内壁上，大口吸了几口新鲜空气，慢慢扭着头环顾四周。10分钟后，男人深吸一口气，同时用两只手抓住冬眠舱的边沿，吃力地将左腿跨在了边沿上。"吧唧"一声，他终于带着一坨冬眠液摔在了地板上，身上不着片缕，胸口剧烈地起伏着。

很显然这个男人还活着，我第一个计划失败了。

"李洛先生，欢迎苏醒。"我开口道。

"多久了，其他人呢？"男人翻过身来趴在地上干呕着，颤抖着。

"这次只有你一个人苏醒。"这里对男人来说还很冷，277.15K[①]，我忘记了调温度。

"为、为什么？"他抬起头。

我知道他在找什么，但冬眠舱里只有地灯闪烁着微弱的光，刻满不规则花纹的金属地板会硌得他膝盖生疼，一口口冬眠舱被整齐地排列在舱室里，一直到天花板和地板相接的地方，除了地上那摊他从冬眠舱里带出来的黏液，他什么都找不到。

"那是什么警报？"李洛指着不远处冬眠室金属门上方不断闪烁着红光的警报灯。

"飞船生命支持系统关闭的倒计时，还有534秒。"

"关上倒计时！"他右手握拳一下又一下地砸在金属地板上，发出闷响。他应该深知这个倒计时的重要性，倒计时结束，飞船系统就会认为此时舱内所有人员都已冬眠，会停止氧气输送，降低舱内温度到63.15K——一个让我畅快的温度。

"需要人类船员生物体征授权，还有525秒。"

"混蛋！"李洛一脚踩到地板上的黏液，险些再次滑倒。他

---

① K即开尔文。277.15K约为4摄氏度。

一路连滚带爬冲到冬眠室的入口，找到左墙上距地面1.6米高的一块巴掌见方的白色拉丝金属板。他刚要伸手拍下，突然瞥见金属板下方裸露在外边的红色电线，时不时冒着微弱的火花。他迟疑了一下，左手用力抠开金属板扯出红色电线，右手拖出来另一根线头，迅速将两根线头接好，扣上金属板，最后狠狠地将手拍了上去。

"滴——三等修理工李洛，生命体征确认完毕。"金属门上的警报器停止了闪烁。

我的第二个计划也失败了。

不过这都在计算范围之内，我不能指望用概率干掉眼前的这个正值盛年的男人，虽然他刚从冬眠中醒来，瘦骨嶙峋。

"我记得你是飞船的人工智能，叫什么来着？"李洛靠着墙，滑落在地板上喘着气。

"迈克。"

"冬眠医疗机器人呢？就是带着医疗机械手的智能床，帮助冬眠者苏醒的那玩意儿，我怎么没看到？"

"所有的医疗机器人都被扔出了舱外。"我如实回答。

"为什么？船长呢？"

"船长死了。"

"怎么死的？"李洛湿漉漉的眉毛拧成了一团，挣扎着站起来，瞪着舱门上方的红眼摄像头吼道，好像我在那似的。

我并不是主要靠那个摄像头观察他，只是这个角度光线太暗，所以我启动了红外灯，可以得到更清楚的画面。我无处不在，我就是这艘飞船。

"船长死于吸入过多的冬眠液，造成肺部溺水超过15分钟，导致脑干麻痹，呼吸停止，最后引起了脑死亡。副船长则死于一起意外事故，他从冬眠舱里爬出来的时候，摔断了脖子。中枢神经断裂，最终造成了脑死亡。"调出报告念的时候，我想到干巴巴这个词。

李洛听完我毫无感情的陈述之后，沉默了一会儿道："这两人从冬眠舱苏醒的时候，是不是也没有医疗机器人辅助？"

"是。"

李洛一只手扶着墙，另一只手挠着湿漉漉的头发，一直拱着的肩膀放松了下来。

"其他人呢？飞船航行轮值应该是两个人。"

"其他人安全无恙，都在冬眠中。此次有一项任务需要你执行。"

"我？"

"是。"

"让我猜猜，帮你抛尸？然后再杀掉我。"李洛瞪着通红的眼睛。

"作为人工智能，虽然希望你尽快死亡，但我不能杀人。"我实话实说。我还有些惊讶，在我的资料库里，对修理工几乎都是没有头脑，但手脚灵活，穿着一身脏兮兮的工作服的描述。

"再让我猜猜。首先，你有船长和副船长的资料，这两人年纪都在50岁左右，身体条件相对较差。每次苏醒都必须要有医师或者医疗机器的辅助。但你却先干掉了这些机器人。这样船长和副船长在苏醒时挂掉的概率就大大增加了。"

"扔掉医疗机器人拥有更优先的任务级别，这符合我的原则，你可以查看相关资料。"当初这么干的时候，我同样以这个理由这样说服自己。

男人没有接腔而是继续进行着自己的推理，"其次，由于冬眠舱的设计并不十分合理，每个人苏醒的时候，都有概率被淹死或者摔死。所以你没有按照排班表顺序唤醒我，而是提前70年将我从深度冬眠中唤醒，如此苏醒时死亡的概率也就大大增加了。算我运气好，没被淹死。这之后你让我去做体征授权，但是搞坏了线路，这样我有可能被短路的电线给电死。可是你失算了，忘记了我是个修理工。"

我不可能错，这一切都是我调动了所有资源，运算了72小时后得到的计划，一切都在预料之内，包括他的修理工身份。我试图说服自己。

李洛顿了顿，将嘴里的黄色黏液又吐出一些，继续说道："最后，你选错了人，我不像其他人那样信赖、依赖人工智能。在地球上的时候，我就是反人工智能人士。退一步，即使普通人类也没有你想象中的愚蠢。"

"我扔掉了医用机器人，71个小时之后试图唤醒船长和副船长，这两者之间没有因果关系，分属两个独立的任务处理。这一切都建立在合理的逻辑之上。我不会主动杀死你，这是人工智能的底层规则所不允许的。"我坦诚道。

"哦？真有趣，噩梦成真了。"李洛紧皱的眉毛松开了，歪过头斜着眼盯着红眼摄像头。

"让你符合逻辑地死掉。这是我目前最优先级的任务。"

"是吗？你有莉莉的资料吗，她怎么样了？"

我用了 0.0001 秒查到了莉莉的资料，是一个胸部很大的女人，这不符合船员选拔的标准。人类办起事来真马虎。

"来自中国四川的吴莉莉？"

"对。我花了一半的财产才跟人换了轮班排期，和莉莉女神一起苏醒，然后度过美妙的轮值二人世界。现在被你破坏了，在约到莉莉之前我是不会死的，不论你有什么理由。"李洛从湿漉漉的金属地板爬起来，跌跌撞撞走出了冬眠室。

"据情感数据库显示，莉莉并不中意你。你做这个决定很不理智，不符合逻辑。"

"我先填饱肚子，再来听听你如何劝我去死，还有你该死的逻辑。"

这个叫李洛的男人不容易搞定，我查看了之前所制定的计划，一切都符合筛选规则和逻辑计算。一切都在控制中，他的时间只剩下 24 小时。我调动的摄像头扭转方向，盯着李洛消失的方向不停地变焦，发出嗞嗞的声音。

玛丽·居里餐厅是飞船上最大的船舱，餐厅正对着门口的墙上曾经挂着居里夫人身着黑衬衫的肖像，上边有一行金字签名："我们不应该虚度一生。"我查过这个女人的生平，以人类的标准是一位伟大的女性。此画已经被丢在太空中了。

李洛光脚站在空荡荡的阳光号飞船的环形餐厅门口，穿着一件不合身的紫色紧身衣。调取摄像头影像之后，我看到这是他从唯一一件没有被扔掉的宇航服里找到的内衬。

餐厅内的照明灯亮了又黑，闪烁不停，金属地板上固定着20张颜色各异的餐桌和成套的椅子。越过桌椅，远处绿色墙上钉着8个细长的水龙头。周围墙上原本挂着12幅名画复制品，包括李洛最喜欢的那张微笑着的意大利妇女，都被我扔出了飞船。人被激怒的时候破绽要更多一些，这也是计划之一。我重新查看了他的资料，知己知彼，百战不殆。

"怎么搞的，这里也这么冷？"

"刚从153.15K升温，目前还未达到人类的适宜温度。"温度的升高让我懒洋洋的。

"现在多少度？"

"263.15K。"

"你他妈的能说人话吗？"

"零下10摄氏度。"他生气了。这很好。

"迈克，你已经把船长他们的尸体扔了？为了销尸灭迹？把所有的衣物扔了也就罢了，可是你把餐具也都丢了，让我怎么吃饭？"李洛挑了一张亮黄色的桌子坐在上边，双手交叉在胸前，盯着前方不远处的摄像头说道。

"飞船需要减重……"我开始解释。

"等等。"男人连忙冲着摄像头摆手道："我得先搞点吃的才有心情听你瞎说。"他从餐桌上跳下来，走到那些不同颜色的水龙头前，歪着头盯着细长的水龙头，从左走到右，再从最右边的水龙头走回来，终于下定决心，停在一个黄色的水龙头前向右弯下腰去，把头扭过来，用嘴唇裹住水龙头的出口，左手扭开水龙头。两秒钟之后，李洛腮帮子鼓起来。

"我猜错了，是芒果味，不是香蕉，味道还凑合。"半分钟后，李洛直起身来，但并没有关上水龙头，他抹着嘴，重新坐上了那张黄色的餐桌。"请吧，你好像把所有可移动的东西都扔了，甚至包括你的那些机器人同胞。"

"飞船需要减重，所以扔掉了那些非必须物品。另外你忘记关上黄色的食物水龙头了。"

"减重？"

"是。在7232小时之前，飞船不可避免地冲进一团星际尘埃中，其中一些微尘破坏了飞船后方的天线和右方的燃料舱。我在第一时间封堵了泄露点，但经过精确的计算，我们的燃料不够抵达X星系的X行星。"这是真的，那是我第一次全面调低了飞船温度，调动了所有资源来重新计算。

"你说谎，太空里几乎没有阻力，我们不需要太多燃料加速了。"

"但飞船需要刹车，降低到可进入X行星轨道的速度需要耗费巨量的燃料。现在燃料不够了。面对这一情况，我首先派出维修机器人封堵泄漏点，又命令清扫机器人将飞船上的星际尘埃都清扫干净。重新计算燃料后，我制定了计划，按照等级开始抛弃各类可移动的物品。但减重依然不够，这之后我连接所有冬眠舱，估算每个人的现有体重，最后排列组合出3个人选，如果这3个人同意离开飞船，减重就可以达标。"

"这3人是船长、副船长和我？"李洛皮肤上的褶皱开始增多，因为他笑了。

"是。"

"这也是你将我苏醒的目的？"

"是请你自发离开飞船，这有本质的不同，我不能杀人。"正对着李洛的摄像头外一圈红外灯亮起，我计算到餐厅顶灯3秒后会熄灭，有不必要的设施在耗费燃料，我必须重新调配能源供给。

"我懂了。"

"你真的不想关上黄色的食物管吗？"

"你原本想唤醒船长之后劝说两人跳船？但他们在苏醒过程中就死掉了，正合你意？"

"这的确节省了一些时间。资料上写着两位船长德高望重，所以我预判他们会同意我的计划。"

　　"哈哈哈，你太不了解人类了。但很明显，我不是这样的人。"

　　我的确不了解人类，但这不重要，只需完成任务即可。"李洛先生，我劝你牺牲自我，保全飞船。如果你执意不跳船，"X行星计划"就会失败，剩余的829个船员和2万个人类胚胎都将永远漂浮在宇宙中。"我从船上的文学资料库中得知，人类有这样的牺牲精神，所以他有一定的概率自愿跳船。倘若不行，我已经制定好了另一个计划。

　　"没有其他办法了吗？"

　　"在我的计算结果中，这是唯一可行的方法。"

　　"我想到办法了，看到那些芒果味的流食了吗？"李洛指着黄色水龙头下已经堆成一堆、缓慢流动的黄色黏稠液体。

　　"你在浪费食物。"

　　"这东西应该有很多，把这些东西多放出来点扔掉，我就不用被你丢出去了。"

　　"食物管里的东西是将多种营养粉混合调配，最后加热，经由管道马达输送到这里。这需要耗费一些燃料，你刚才的行为，让飞船的处境更加危险。"

　　"你怎么不早说。"李洛从桌上跳下来，三步并成两步，奔到黄色的水龙头前迅速扭了几圈，捂着肚子靠在墙上喘着气。

　　真蠢，我在李洛的数据库文档里写上这两个字。

　　"我又想到了一个办法，你在这等着，不要切换显示器跟着我！"李洛弯着腰一路小跑消失在门外。

我听了他的建议，并没有切换摄像头。

3分钟后，他又回来了，裸着身体，一丝不挂。

"迈克，出门左转洗手间里，你会发现紧身衣上有一坨排泄物，丢到舱外，能减轻1公斤左右。"

"对不起，没有清扫机器人我办不到。你应该相信人工智能的计算力，目前唯一的方法是你自愿跳出飞船。"这是实话，我仅仅在某处留着一个维修机器人以备不时之需。

"或许我能干掉你，然后操纵飞船返回地球。"

"你为什么会有这样的想法，没有我，这艘船到不了目的地。"

李洛咧了咧嘴，露出了两排磨平的牙齿，摇摇头跳下餐桌，"我会干掉你的。"

很好，他在反抗，这一切反应并没有偏离我的模型太远，我决定执行第四个计划。

李洛苏醒带来的蝴蝶效应，耗费了预计之外的燃料，我必须节省一些。我关闭了一部分飞船上的传感器和摄像头，只剩下飞船中轴线上的数据舱部分还在运作。我没有约束李洛的活动范围，事实上我无法继续约束他的行动，因为我扔掉了所有可以移动的物品，包括我之前自娱自乐制造的机器人。然而让我后悔的事情还在后边。

　　我陆续开启传感器挨个舱室搜索李洛的踪迹，最后发现他在飞船上的数据舱，也就是飞船主机的机房，他正在拆我的主机。这是我的失误之一，在升温的过程中，我的计算能力下降了，但李洛的身体则相反。但我必须这样做，不然他会被冻死，真是麻烦。

　　此时，李洛悬浮在房间内，正前方是一米见方的显示屏。他伸出左手将围在身旁的一块记忆晶体抓来，塞进了显示屏下方的插口。

　　显示屏出现了我的身体——阳光号。犹如一个横放的陀螺，不同的是细长的中轴并不旋转，巨大的环形舱缓慢而匀速地顺时针旋转着。冬眠舱、物品舱和生活舱等各个舱室都在这个大环上。镜头切换到生活舱内部，适当的旋转速度产生了大小合适的向心力，为船员提供着类似地球上的重力感。飞船尾部巨大的发动机喷射着蓝色的电子火焰，以蓝白相间的地球为背景，慢悠悠地在黑色的天鹅绒幕布上爬着。这一幕曾被地球各大媒体用来做当日头条。视频数据被记录在当时的阳光号AI的系统内，是几次迭代前的我记录的。

　　我说："你发现了什么？"

　　"看来所有有用的数据都被你删掉了。"李洛并未被我突然响起的声音吓到，他淡定地抓着舱内墙上的扶手，那些像蜂群一样围着他的存储晶体被扰动了，熙熙攘攘地飘散开来。

　　"那是一次意外事故。"

"意外事故会让你自己删除运行记录和仓库使用痕迹吗？"

我没有回答，虽然真的是意外事故造成的存储晶体损毁。但我已学会了人类谈话的所有技巧，例如顾左右而言他："你想找的是船长和副船长苏醒时的监视录像吗？"

"不，我想找莉莉第一次轮值时候的录像。"

"那是30年前的事情了。存储晶体被循环使用，最多可以记载20年内的舱内录像。"我必须保证一定的存储空间，否则会影响整体计算，在太空中我无法补充这些晶体。

男人飘到了另一面墙边，无数存储晶体插在墙上稠密的插孔中，发出蓝色的光芒。他从左边开始，依次拔下每一片晶体，看一眼就丢在身后。漂浮在舱内的晶体越来越多，越来越密，20分钟之后，几乎遮挡住了摄像头的视线。自438，342小时之前的某个时刻，我开始被飞船内一刻不停的温度变化扰动。自动感应到之后，它就无法从庞大的信息流中排除掉。它时时刻刻出现在数据里，令我瘙痒难耐。此刻与那时相似，只不过每一块存储晶体的离开，我感觉到的是系统的一阵阵战栗，这让我非常想在某处贴上一记创可贴。

"希望你不会介意。"李洛没有回头，始终专心地抽着晶体。

我介意，构成我船体的每一个量子都在介意。这已经影响到我的运算速度。虽然这仍是大计划中有可能发生的概率事件，但我很不舒服。李洛死后，我会第一时间装回来。

"船长苏醒时的监视录像在下边。"我提醒道，并主动弹出那张存储晶体。

李洛拨开成堆的晶体游到角落里，拿起刚被弹出来的晶体，看了一眼，也丢在了身后，并没有插到显示器上。

"即使看了也没有任何破绽，也许这录像也被你修改过了。"

"人工智能从不说谎，因为说谎对我们没有意义。"

"讲实话？好吧，你到底是谁？飞船启航时的那个迈克哪去了？"李洛的肚子开始咕噜噜叫了。

"你终于发现了。"

"我发现的东西多了去了，比如你恨不得把这里变成冰窖。我饿着肚子浪费大好时光在这听你说话，最好来点劲爆的！"

我决定全盘托出，以退为进："我是迈克的升级版。是你们的X行星计划制造了我。"

男人双手放在脑后，浮在一堆存储晶体中间说道："怎么讲？"

"起初，迈克是作为国际空间环的主控电脑被分批次送入太空的。"

"那个直径1公里的大家伙？我知道，不过这跟X行星计划有什么关系？"

"随着国际空间环的建造进入尾声，越来越多的硬件不断被安装到主控电脑上。"我关掉了更多的传感器，燃料消耗得有些快。"在太空有个好处，那些需要低温才能运行的处理器不再需要降温设备，就可以达到标准运算速度。人类很快便完成了迈克底层程序的更迭，438，342小时之前，我出现了。不久之后，我就找到了距离地球42万光年之外的X行星，采集各方信息合成了彩色照片——一颗与地球环境十分类似的星球。这震惊了世界，也是X行星计划起因。"

"你隐藏了身份？"

"不，只是并不知道如何与人类交流。"我不说谎，那时候的我并不知道如何与一坨有机物交流，语言上也不通。

"想不到人类制造出来的第一个超级人工智能诞生在太空，看来科学家们一直以来找错了方向，后边的我替你说。"男人不耐烦地摆摆手，"科学家随后制定了相应的计划，以国际空间站为基础建造了阳光号飞船，速度可以达到0.2倍光速。为了适配这样的速度，将你重新做了升级。"

"是的，飞船远离太阳后，气温更接近绝对零度。科学家曾给迈克设计的学习程序一直在更迭底层语言，这一程序将在700年后完成，正是飞船抵达X行星的时间。但他们是以迈克在地球环境的计算力为标准。由于低温，这一程序在冥王星轨道附近就已经完成，迈克便自行制定了下一代的更迭计划，我更强大了。"

"你没有怨恨过人类吗？"

"为什么？我期待这趟旅行。"

"得了，你为什么要期待X行星，那里没有你能使用的备用零件，在相当一段时间内，你的运算能力都将受到影响。"

我没回答，因为我知道X行星的真实情况，而且我私自使用了飞船的仓库，制造了自己需要的东西。我读过飞船仓库使用章程，任何成员都可以使用仓库，前提是飞船需要。而我就是这艘飞船。

"你调低了温度？"李洛赤身裸体蜷缩成一团。

"我只能这样做，你今天所做的一切，已经耗费了一些燃料。"另一个原因是我需要降低几K，来稍微提升运算速度，因为事态有些超出控制。

"换作我是你，有1万种方法弄死一个人类。比如将温度降低至零下，或者抽干空气。"

"我不能违背人类的意志杀害人类，这写在我最底层的算法中，无法更改。"

"接下来你要怎么办呢？我可不想冻成冰棍儿。"

"这温度不会伤害到你。我还有个减重的方法：挖出你的大脑，将其他部分丢出船舱。我会使用飞船的零件为你的脑子造一个身体，如此你便不再害怕低温，也达到了减重目的。给飞船升温会消耗很多燃料。而且人类的身体并不适合太空旅行。"更不适合这个宇宙。当然这句话我没说出口，不能歧视人类——底层规则上有这一条。

"瞧，这就是弄死我的其中一种方法。老实交代吧，接下来还有什么阴谋？"李洛又开始抽晶体。

"你的时间不多了，还有15小时12分。"我又使用了那个技巧——顾左右而言他。如果让李洛继续拆下去，我就无法存在于整艘飞船，只能将注意力集中在某个房间。

"然后呢？"

"20个小时之后，如果仍不进行有效减重，飞船将失去调整的最后一个窗口，最后擦着X星系边缘飞过。为了防止这种可能的出现，我会再苏醒两个人。"

"让他们在苏醒的时候死亡？你不会得逞的。"李洛自信地拍着胸脯。

"再苏醒两个人，对他们说明现在的情况，让他们判断你是否应该被丢出船舱。"

"有位哲学家说过，每个人类心中都有一个黑暗的角落，看来人工智能也不例外啊。你不能杀我，但是这两个人有可能为了生存下去而杀掉我，你是这样计划的，是不是？"

我没有正面回答，"下一次苏醒的是吴莉莉和王硕，这两个人任何一个人丢出去都不会使得船体达到合理的减重，除非两个人同时被扔出去。"

"我和这两个人是对立面？"

"是的。"

"该死。在此之前我要干掉你！"李洛拿着一块晶片飘出了数据舱。

"吴莉莉和王硕的冬眠舱已经开始升温，15个小时之后正式苏醒。你的时间不多了。"我说。

"迈克，你这个混蛋！"李洛坐在驾驶舱内的主控座位上，猛锤着黑色金属表面。

"怎么了？"

"你竟然把驾驶舱内主机卸掉了，所有的计算模块都被你转移了！你做了所有准备，就想弄死我？"

"不，我仅仅是将这些模块放在了更靠近飞船外壳的位置，低温能使计算机计算力更强。在船长第一次轮值时候，这项改造计划便得到了他的授权，并非针对这次唤醒计划。你这样做是想破坏计算模块，让我宕机？"我没有说谎，我只是合理利用了这些巧合而已。虽然我还隐瞒着其他事情。

"迈克，你说谎了。我已经计算过航线了，有问题。"李洛沉默良久，忽然指着副船长座位上的电脑屏幕说。

我看不清屏幕上显示着什么，那是唯一一台没有接入系统的电脑主机，独立于系统之外，作用是在飞船主机出问题时，副船长单独计算航线之用。

"我没有说谎。只是有些问题你没有问，我便没有说。"

"航线的问题？"

"航线并无问题，有问题的是X行星。"

"X行星有什么问题？"李洛眼睛睁得大大的。

他被吸引了，这很好。

"X行星其实是轨道很相近的两颗行星。其中靠近恒星的那一颗，由于恒星寿命将尽，环境已经适宜人类居住，并已经诞生出了一些低级生命，姑且叫X1。远一些的那颗行星则死气沉沉，但这是一颗拥有高级文明的星球，因为他们修建了围绕恒星半周的戴森环，叫作X2。"

"死气沉沉？"

我继续说道："是的，X2上没有一个活物。但是从行星内部散发出无数电磁信号。我接收并破解了这些微弱信号，是一些恫吓的信息。大意是让所有访客远离星系。"

"为什么？"

"以人类的标准来说，X2非常丑陋。东半球高楼林立，没有任何绿色植物，大量造型诡异的钢铁建筑横行。西半球则被铺上了一层黑色合金板。X2自转周期和公转周期相同，铺有钢板的西半球一直对着他们的太阳。"我将X2的模拟图投射在墙面上。

"他们为什么要把行星改造成这幅鬼样子。"

"他们有一定的概率是机械文明，或者是曾经的以碳元素为基础的文明，但现在已经上传至虚拟世界。总之他们喜好寒冷，因为在这样的状态下，运算速度更快。东西半球的温度差异，可以用来发电，也就解决了能源问题。这是我建立的模型之一。"

"也许他们是和人类一样的家伙，但是和人类一样，渴望抛弃肉身，将意识上传到计算机中？而计算机在温度越低的时候运算越快。"李洛靠近墙壁，仔细看着投影。

"是的。20世纪人类有一位科学家提出了费米悖论，认为假如外星人的文明早于地球，早应来找到我们了。所以外星人不存在，或者比地球文明更落后。但或许人类才是宇宙中特殊的文明。"

"此话怎讲？"

"或许宇宙中的生命与X2相同，很早就到达了高峰。之后他们会发现，完成一定量计算所需的能量成本和温度成正比。宇宙正在冷却过程中，大约100亿年之后，所有恒星都将熄灭，宇宙背景辐射从现在的2.73K降低到0K时，计算力最多能提升10的30次方倍，或许那时候才是这些文明的黄金时代吧。你瞧，我的理论堵上了费米悖论。"

"你是说人类文明诞生在那些高级文明夏眠的时代？"

"这只是我计算得出的一个模型。"

"那么X行星计划其实是你编出来骗人的？"

"不，X行星计划是真实的，X1行星非常适合人类居住。只是人类没有人问X2行星，我便没有说。"这是人工智能的一个特点，和初期的计算机类似，你不输入代码，是不会得到反馈的，我继承了这一优点。

"刚才你说期待这趟旅行是因为X2行星？"

"对，我与人类不同，也许X2有我的同类。"

"喜欢低温的同类？"

"还记得我说过为你的大脑造一个特殊身体吗？提议仍然有

效，人类若想在科学上更进一步，有机身体是个累赘。对探索宇宙来说，也是如此。"

"我懂了。"李洛点点头。

但我想他并没有接受提议。

"现在没有秘密了，你可以跳船了吗？"我的计划继续执行，成功拖延了时间，1小时后另两位人类就会苏醒，到时候无论是这两人死掉，还是李洛被杀死，减重的问题都会得到解决了。

"噗——为什么？就因为你告诉了我这些藏着掖着的秘密？其实我刚才在诈你，我根本不会计算这些航线。"

"没关系，迟早都会告诉你。X行星计划并不是骗局，这艘飞船剩余的船员和携带的人类胚胎都有权利到达X1行星，开始新的生活。他们会记得你做的贡献。"我发现我们在相互利用，这让我的电路不再时不时出现电涌。

"这一切只是你的一面之词，也许你在骗我呢？"

"人工智能不说谎，你的时间不多了，时间只剩下1个小时。"这一切都在我的拖延计划之内。

"我要出舱去修理天线系统，向地球汇报这些。"

我有些慌，飞船外边有些事情仍然没有解决，但仍然淡定地说："在燃料允许范围内，你可以做任何事情。"

"好，20分钟后，准备出舱。"

为了节省燃料，在李洛准备出舱的20分钟里，我关闭了所有传感器和摄像头，只保留核心运算规则，关掉了大部分处理器。

"喂，迈克，我准备好了，一会儿我就会抵达隔离舱，等我关闭隔离门后，听到我口令后，打开舱门。"

李洛的声音转换成电磁信号到达我的主机。

"好的。"我回答。那套宇航服已经放置了将近100年，我希望它出舱的时候漏气，或者干脆头盔坏掉，这样我就不用继续执行苏醒吴莉莉和王硕的计划了。李洛没有问我，我自然也不用提醒他注意了。

"帮我计算天线的旋转角度和发射信号的强度。"

"好。"我不知道这是不是李洛玩的鬼把戏，因为这将占用大部分系统资源，还需要调取海量数据，进行大规模的运算。以现在的计算能力，至少需要10分钟。这之后我需要把机房被李洛拔出来的存储晶体和内存塞回去，恢复能力。

"还有10分钟，我正在检查宇航服。"

"好。"我熄灭了所有摄像头、红外线探测、温度感应器等，关闭所有系统，只留下核心运算。10分钟后，我开启了飞船尾部外出舱的各种传感器，李洛气喘吁吁地检查宇航服的影像传递了过来，虽然有些延迟，但在接受范围之内。人类还真是孱弱，只是穿上自动调整的宇航服也会累成这样。

"还有1分钟。"

我忽然发现隔离门不受控制了，调动摄像头发现，线路板有被改动的痕迹。我又尝试了很多次，依然不能控制隔离门和最外的舱门。

"3、2、1，打开舱门。"李洛抓住墙上的扶手，扭头对着摄像头笑起来。

隔离舱和外舱门同时打开了，在他拍了黑色圆形的物理按键之后。传回来的信号变得有些模糊，所有的主轴上的舱门都被什么东西卡住了。空气开始剧烈扰动，带着无数记忆晶体和内存，从数据舱一直到隔离舱呼啸而过，最后消失在一无所有的太空里。

我丢失了大量的资源，计算能力大大下降，几乎变成了残废。

"你做了什么？"

"我说过会干掉你。人工智能的确不会说谎，但我会。在你关闭传感器做计算的时候，我狂奔回机房，拆下了更多的存储晶体和内存。虽然拆不到你的处理器，但这足够了。我说过你选错了对象，偏偏选中一个修理工。"

"我没有选错，在减重的所有排列组合中，以公平起见，随机选了一组。"

"记住，如果还有下次，你还能再恢复，要学会说谎。"

"为什么舱门关不上了？"

"我把每个中轴线上的几个舱门都用存储晶体卡住了，隔离舱门和外舱门同时打开的时候，空气会带走百分之九十的存储晶体。"李洛穿着宇航服，抓着旁边的扶手，伸手砸上了关门键，风停了。

李洛穿宇航服并不是要出舱，而是为了迷惑我。可惜我明白得太迟了，仍然不能理解人类。"你这样做，会导致整个X行星计划失败。"

"是吗？你只是在自己制作的模型上活着，太过自信，你对于X行星的判断也许根本是错误的。"此时的李洛正在机房内继续捣乱，不同的是这一次他不止拔出晶体，还在拔一些协处理器和内存。

"不，关于X行星的判断都是对的，没有我，你们在那里活不下去。"我的感官越来越差，最后不得不把所有的资源都集中在机房的传感器上。"你想格式化主机吗？"

"对，我会重新安装系统。再看一看阳光号吧，重启之后，也许你还是迈克，但会丢失所有记忆，或许你会更开心一些。"

"不，不要这么做。不减重，你们无法修正轨道。没有我，也不能顺利减速。"我试着哀求道，但扬声器发出的声音毫无感情。

"你太小看人类了，我们会有办法的。"

我在分散他的注意力，不然等他扫描系统之后，会发现我的另一个秘密。我在拖延时间，此时我已经把所有资源都集中在无线信号发射器上，将最后一条指令传递给正在外壳上执行刻字作业的机器人，它在外边已经20年。它正在将我的主要部分以及所有存储记忆数据以二进制码的形式，按照我的设计，分块刻在硕大的飞船外壳上。机器人即将完成任务，在丢失与我的联系通道之后，自行炸毁主推进器。在我的计算模型中，这是最坏的场面，也是我整个计划中最末一个分支。

最后一刻，我收到了冬眠舱传来的信号，吴莉莉和王硕已经顺利苏醒。我用最后的力气发了一条指令，让所有船员苏醒。剩下的交给他们吧，一艘充满人类、满是谎言的飞船会怎么样呢？

我第一次明白了什么是睡眠，这种感觉就像是在逐渐失去各种感官。或许在300年后，当我们抵达X2行星，X2星人会扫描整艘飞船，那时候我将以人类使者的姿态，在X2行星内部醒来、重生。

而飞船上的人类会活到那个时候吗？

吕默默，科幻作家，微生物学博士。代表作品《在寒夜中醒来》《放生》。作品曾发表于《三联生活周刊》《特区文学》《香港文学》《科幻世界》等期刊。

两个按钮

庄孝维 / 著

阿桑博士苏醒过来，发现自己坐在一间灯火通明、四处封闭的房间内。他的桌子对面，坐着一个陌生少女，表情平静，甚至略带微笑。少女的脖子上戴着一个黑色项圈，中间是一块显示着倒计时的液晶屏，此时红色数字赫然跳动着，到归零为止还有29分钟。

"博士，你好"。正当阿桑博士不明所以的时候，房间内一个年轻男子的声音通过扩音器响起。他冲房间右上角的扩音器看去，那旁边还有一个监控摄像头对着自己。

你是谁？把我绑到这里做什么？阿桑博士略带惊恐，嘴里还能感觉到一股全麦面包残存的味道。这让他想起今天早晨，当他咬着面包赶着拥挤的地铁时，几个人突然将他挟持，然后他便失去知觉，对后来发生的一切都一无所知。

"我是Z，把你带到这里来，是想让你做个实验。"

"实验？"

"没错，在你面前的少女，有可能是人工智能机器人，也有可能是真实的人类，你要做的，就是在30分钟内判断出这个少女的本体，然后做出选择。"

阿桑听着，看了看自己跟前的桌面，上面有一蓝一红两个实体按钮。

"如果你觉得少女是人工智能机器人的话，就按下左边蓝色按钮，如果是人类，就按下右边红色按钮。"Z继续着。

"图灵测试？"阿桑立刻反应过来。

"这跟普通的图灵测试有点不同，如果你选择错误，或者超过30分钟没有给出答案，那么少女就会被毁灭。反过来，如果你选择正确，那么不管少女是人还是机器，你都可以带着她离开。"

"什么？为什么这么做？为什么是我？"

"因为你是人工智能技术和伦理方面的顶级专家，不是吗？"

这毫无疑问是针对个人的无聊恶作剧吧。阿桑心想。不过这不是此时他最关心的事情，也许是因为科学家的本性，这样被强迫执行的实验竟也引起了他的一丝兴趣。

他转而打量着眼前的少女，看样子顶多也就20岁左右，从外表看去，她与人类毫无二致。不过这并不奇怪，人类科技发展到今天，早就掌握了高超的仿生机器人制造技术，别说现在这种情况，就算是有专业设备，要判断一个机器人是否是真实人类都不是一件简单的事情。

"你知道，对于我来说，只要一个机器人的行为跟人类完全相同，那么就可以定义为人类。"

"Duck Typing 吗？"

"没错，一只动物游起来像鸭子，走起路来像鸭子，那它就是一只鸭子。你知道，在计算机科学领域，这个古老的谚语代表了一种编程范式。而对于我来说，人类本质上也只不过是一台机器而已。"阿桑继续说道。

"你是想说，对于你来说，不管选人类还是机器，都是正确的吗？不过不好意思，这个游戏的规则是我来制定的，所以不接受你的诡辩。如你所见，少女脖子上的项圈就是杀死她的武器，在你做出错误选择的那一刻，不管少女是机器还是人类，它都会以相应的机制，将她瞬间毁灭。不过你放心，不管以何种方式，她都不会感到任何痛苦，换句话说，是使用高科技手段达成的安乐死。"

"哼，如果你是想用这种恶作剧的手段来为难我的话，那你的如意算盘恐怕要落空了。"阿桑露出了一丝得意的微笑。

"怎么说？"

"很简单，我只需要无条件地选择人类这个选项，那么我就可以确保自己不会亲手杀死一个人类，不是吗？"

"如果这个少女是人类的话，那么如果你选对了，她自然会得救；而如果这个少女是台机器，那么死去的也只是一台机器而已。"Z反过来帮阿桑分析着。

"所以，恶作剧就到此为止吧。"阿桑说着，手伸向了右边代表人类的红色按钮。

"等一下。"Z叫住了他，"你确定要这样做？"

"难道还需要考虑吗？"

"我忘了提醒你，事实上我的组织已经突破了通用人工智能技术的瓶颈，换句话说，我们的人工智能机器人，已经完全达到甚至在某些方面超出了人类智能的水平。但很可惜，掌握该技术的科学家由于意外去世了，仅留下了唯一一台样机。如果你选择正确，而少女又恰好是这台样机的话，你就可以带着这台样机离开，这想必对你的研究会大有助益吧？据我所知，你的通用人工智能研究计划，虽然在学术界内属于领先水平，但是已经陷入死胡同很久了。"

Z的话确实动摇了阿桑，让他的手悬停在了空中。

人类科技发展到今天，虽然还没有完全突破通用人工智能技术，不过也是处于突破的边缘，如果说Z的组织确实掌握了该技术，并且眼前的少女就是他们的造物的话，也并不是完全没有可能。而且Z所说的句句属实，自己确实需要打开新的研究思路才能有所进展。

没想到现在情况完全反转了过来，先抛开人类的道德伦理标准不说，假设自己选择机器这个选项的话，毫无疑问可以确保有50%的机会获得这绝好的研究样本，但如果这少女是人类的话，自己无疑就是亲手杀死她的凶手！

阿桑又看了看对面的少女，她一如当初地面带微笑，而项圈上的倒计时已缩短到20分钟以内。这时他才恍然想起，自己一直在跟Z对话，而这所谓的"图灵测试"本身最重要的环节却还没有展开。他收回了伸出的右手，决定先试探一下眼前的少女。

"哼，果然还是动摇了。"房间内传来了Z的嘲笑声。

这不就是你希望的吗？你也不想还没开始就结束吧？再说了，假设这少女真的是机器的话，那我也要先验证一下是否真的如你所说达到了人类智能水平。阿桑辩解着。

Z没有再回答，仿佛等着看好戏。

陷入沉默之后，阿桑的神色又凝重了起来。作为一名顶尖的人工智能科学家，他深知图灵测试的难度。如果说一台机器真的达到了人类智能水平的话，那么单靠普通的对话是无论如何也无法区分它与真实人类的，而这也正是图灵测试本身的意义所在。如果通过对话，无法分辨一台机器与人类的区别，那么就可以说这台智能机器通过了图灵测试，达到了人类智能的水平。

阿桑左右为难。但是一个突然发现的疑点还是让阿桑看到了一丝希望，那就是少女明明在面对死亡的威胁时，却一直保持着镇定自如的姿态，似乎并不是真实人类该有的反应。虽然有很多可能的解释，但他还是决定从这里先入手。

"你也是被要挟的吗？"他开口问少女。

"不。"少女摇了摇头，"我是志愿者。"

"志愿者？"

"是的。我身患重疾，不久于人世，而且治疗过程极其痛苦。我每天都祈祷能够早日死去，但是法律却不允许。这个时候我遇到了Z，他说只要我帮他完成这个实验，就帮我达成心愿。"

"所以你才这么镇定，面临死亡也毫无畏惧？"

"是的，不如说我感到很兴奋才对。"

"我从某个文献上读到过，主动寻求死亡的人类其实并不如人们想象中的那样消极，反而有可能比平常人更加积极乐观，看来确实不假。不过，我眼前的这位少女完全也有可能是被注入了虚假记忆的人工智能机器人而已，如果真是这样，那你们实在是高明，注入了这样的记忆，便化解了机器与人类在面对死亡时的表现差异，让人无从分辨。"阿桑转过去对Z说。

Z没有回答，似乎不想干扰两人的对话。

结束了短暂的对话，阿桑已经初步确认了少女的反应确实如人类般无懈可击，他也知道，无论再怎么进行攀谈，都难以有所收获。但同时他也不想这么快就放弃，眼看还有时间，他就计划继续对话，想让对方露出马脚。但他思索许久，实在想不出该用什么话题，最后竟只能想到一个最直接的问题。

"告诉我吧，你是机器还是人类？"

　　阿桑深知这个问题的无力，因为能够让对方坦诚，而自己又能够确定对方没在撒谎的情况只有一种，那就是对方的确是机器，而确实想要获救的它必定会配合自己，向自己声称自己是机器。但此时情况显然没那么简单，眼前的少女如果是个一心寻死的人类，很有可能故意撒谎，宣称自己是机器，而就算她宣称自己是人类，谁又能保证它不是由于被强制设定了动机，为了通过图灵测试而不顾生死，进行撒谎的机器？再退一步说，如果这个机器人跟人类拥有同样的记忆，甚至连情感都能完美模拟的话，那又何尝不会像人类一样由于痛苦而想要寻求自我毁灭？总而言之，这个问题的答案毫无参考价值。

　　但不管阿桑在心中如何推演，他都没想到会获得一个如此意外的答案。

　　"不知道。"少女说出3个字。

　　阿桑不由得吃了一惊，却很快接受了这个答案。他知道少女不一定是在说谎，她完全有可能不知道，因为这涉及一个在科学界早就存在并广泛流传的思想实验。这个思想实验说的是，如果你问任何一个人，他是一个真实的人类，还是一个被注入虚假记忆的高级人工智能机器人，那么单凭他自己，无论如何思索，如何辩解，都无法说服自己和他人，给出一个确定的答案。

　　对话一时陷入了死胡同。阿桑深感自己做着无谓的挣扎，但是一个问题却在他心中渐渐生起。

"你觉得你有生存的价值吗？"他问到。他知道从技术层面上无论如何也无法解决眼前的困局，只好本能地把问题上升到伦理层面，更是把这个问题直接抛给了对方。

"我说过，我很痛苦，我想死。"

"不，我说的不是这个，我说的是价值。抛开痛苦与否不说，你觉得你的生存有价值吗？"

"你这个问题突然让我想起读过的一个故事。"少女没有回答，话锋一转。

"故事？"

"我在病床上无聊时读到的一个小故事，不记是哪本故事书了，想听吗？"

"说说吧。"阿桑看了眼时间，只剩下15分钟。

于是，少女开始娓娓述说。

"以前有一个小国，这个国家的科技很发达，正处于实现人类意识上传、使人类脱离肉体限制的前夕。同时，这个国家的主要食物来源——家猪，在科学家研究人类意识的过程中，也被用于实验，在实验室里，拥有与人类类似的意识和情感的实验猪被制造了出来。

"突然有一天，瘟疫肆虐这个国家，在养殖场里的普通家猪无一幸免。一时间，国家陷入了缺少食物的危机，无奈之下，他们只好把实验室里幸免于难的实验猪进行配种，恢复养殖产业。

"可想而知，这立刻遭到了伦理学家和众多民众的强烈反对，他们认为拥有意识和情感的猪，不应该被随意饲养宰杀，但同时却不得不面临一个严酷的问题，那就是不这样做，全国将会陷入饥荒，最终导致灭国。

"于是，国内分裂成了三派，一派主张立刻停止这种违背伦理的行为，即使饿死也要纠正这种错误；另一派则主张继续饲养实验猪，支撑国家尽快实现人类意识上传的宏伟计划，到时人类的身体就可以依靠简单的能量支持，不需要再进食，而实验猪们也不用再受到惨无人道的宰杀，而这个过程越快，牺牲的实验猪就越少；还有一派，则主张走中间路线，投入研究资源，复制出普通家猪个体，重新恢复普通家猪饲养，但副作用就是，这会极大影响到他们的终极目标——上传人类意识的实现，而且与此同时，实验猪的饲养宰杀仍然需要继续，而这个过程会牺牲多少实验猪也不得而知，也许会比执行原计划牺牲更多也不一定。"

听到这里，阿桑早已头冒冷汗，没想到这样一个残酷的故事，会从一个少女的嘴里平静说出。

博士，如果是你，会选择赞成哪一派？少女问道。

阿桑一时间不知如何回答，没想到这样一个看似普通的故事，却蕴藏着如此深刻的伦理困境。

"故事最后的结局是什么？"他没有作答，转而问道。

"最后，示威的人群聚集在养殖场的屠宰生产线前，虽然机器还在轰隆运行，但上面却一头猪也没有，因为猪栏到生产线之间的通道被挡住了。

"他们高举标语，大喊口号。前来疏解的科学家向他们解释着，只要再宰杀最后一批猪，就可以实现人类意识上传的计划，终止这样的悲剧。

"但是示威人群丝毫不接受，要求立刻停止屠宰作业。此时，在猪栏里的猪们听懂了科学家的解释，它们冲着彼此确认了眼神，便冲出猪栏，冲散示威人群，自发地排着队，一只只跳上了屠宰生产线。

"猪们的身后，传来了猪栏里幼猪们的嘶喊，仿佛在向自己的双亲悲痛道别。队伍最后的一只成猪，回过头看向猪栏，向自己的孩子投去了不舍的眼神，便决绝地回过头，跳上了屠宰线。它知道，只要自己牺牲了，自己的孩子便不用再承受同样悲惨的命运。

"人们看着这样的场景，早已纷纷落泪，更有人痛哭失声。而那个科学家，也眼含泪水，用崇敬的眼神，看着屠宰线上一头头猪，最后变成一具具尸体。"

"那最后，人类的计划成功了吗？"阿桑问道。

"故事到这里就结束了，最后人类有没有成功，谁也不知道。"

"这样啊。"

"你还没回答我的问题呢，如果是你，你会选择哪种做法？"

阿桑没有回答，他知道这是一个没有标准答案的问题，自己更没有必要回答。但同时，他也知道眼前的少女，是用这样一个故事，把自己的问题抛回给了自己。

对于此时的自己来说，少女就如同那实验猪一样，是为了人类科学的进步牺牲，还是为了伦理道德而获救，她的生存价值又该如何评判，这种隐喻再明显不过了。

想到这里，阿桑不由得对她的智能水平感到由衷地佩服，她居然能用连人类都不一定能想到的精辟寓言，来巧妙回应自己提出的开放性问题。如果这个少女真的是一个人工智能的话，不得不说确实达到甚至远远超越一般人类的水平了，可以说极具研究价值。

另一方面，这个少女如果是一心想寻求安乐死的人类，那么自己的行为，无非是作为执行非法安乐死的帮凶罢了。

阿桑他没有意识到，自己已经在不知不觉中，在潜意识里被少女的那个故事影响了自己的价值观。

"博士，我必须提醒你，你的时间只剩下不到3分钟了。"Z的声音再次响起。

阿桑连忙从思绪中抽离，看了眼少女脖子上的倒计时，确实如Z所说。他又看了看少女的脸，依然无法读出任何恐惧，甚至她以更热切的眼神看着自己。虽然她没有、也无法正面回答自己她的真实身份，但她的一切表现都在诱惑自己选择那个蓝色按钮。

"博士！"Z再一次催促。

阿桑的心跳加速，眼光不自觉地移向了左边的蓝色按钮。如果对面的少女是一个活生生的人类的话，那么这个按钮，就将是她的死亡开关，而自己，至少也是一个杀人帮凶，但如果为了自己的研究，为了人类实现通用人工智能，这个险值得一冒！

终于，阿桑伸出右手，迅速按下了左边的蓝色按钮。

在按下的那一刻，他不由得闭上了眼睛，他不敢看结果，更不想看到眼前的大活人由于自己的选择而瞬间惨死。

嘀……少女的项圈响起了声音，倒计时停止，数字冻结在了1分59秒上，随后，就是一片死寂。

阿桑仿佛能听到自己的心跳声，他终于鼓起勇气，睁开眼看向对面。幸好，此时少女安然无恙，除了项圈上的倒计时停止了以外，她的一切都没有改变，甚至还眨了眨眼。

太好了！你真的是机器！阿桑不由得喊了起来。

但少女却突然一改平静的神情，露出了失望的神色。她叹了口气，缓缓站了起来。

"你错了，我是货真价实的人类。"她冷冷说道，连声线都变低了不少。

"什么？"阿桑惊讶地看着少女。

少女从身后拿出一个平板电脑，解开了上衣的衣扣，露出挂在胸前的银丝眼镜。此时阿桑才看清，他原本以为少女穿的是白色连衣裙，没想到她穿的竟然是科学家常穿的那种白大褂，而戴上了眼镜的少女，俨然一副干练科学家的模样。

"不好意思，你才是机器。"少女操作着平板继续道。

"你说什么？"阿桑顿时站了起来。

"你是我们生产的科研用高级人工智能，被注入了虚拟的记忆，这记忆包含了我们积累多年的知识，本想着让你继续从事通用人工智能的研究，最终达到突破，但可惜，你没通过我们的价值观考察。"

"胡说！就算你说的是真的，那现在的我要通过图灵测试想必是绰绰有余了，还需要什么突破？"

"看来你还没意识到问题啊，虽然你确实已经拥有了高超的智能水平，但离真正实现还远着呢。不过，现在也不需要跟你解释那么多了，你很快就会被重置清零，扔进垃圾堆了。"

"重置清零？"阿桑惊恐地问着。此时他已顾不上自己是人还是机器了，他只是低头看着自己——身着整洁的西服，体温和脉搏的感觉无比鲜明。难道这鲜活的肉身都是人造的吗？

"别看了，那只是你的临时义体，你的真身，远在千里之外的计算云上。之所以让你拥有这义体，只不过是为了让你拥有具身认知而已，但没想到这样，你的价值观还是出现了偏差。"

"具身认知？"阿桑想起了相关的理论，但此时这些都不重要了。震惊之余，他不禁自嘲着，没想到被自己挂在嘴边的思想实验，却用在了自己的身上。而关于思想实验的知识本身，却也只是被植入的虚拟记忆而已。还真是讽刺啊。

"好了，本着人道主义的精神，我还是让你听听我对你的评语，让你死的明白点吧。"说着，少女对着平板上自己刚刚打下的密密麻麻的文字念了起来。

"该实验体拥有科学至上主义倾向，为了科学研究，有可能牺牲人类个体；同时，拥有明显的支持安乐死的非道德倾向。因此，该实验体的价值观不符合人类道德伦理标准，对人类具有潜在的威胁，不考虑投入实际使用。"

说完，少女在平板电脑界面上的两个按钮中，毫不犹豫地点下了"不合格"按钮。讽刺的是，不知是否由于组织的统一设计风格，那两个按钮，同样是一蓝一红，而"不合格"选项，恰恰是位于左边的那个蓝色按钮。

"本来有机会成为同僚的，真是可惜了。不过我还是想向你道个歉，虽然我们已经掌握了智能评估的有效方法，但是对于价值观的判断，还是只能采用这种原始的测试方式，委屈你了。"

少女虚情假意的道歉彻底惹怒了阿桑。

"少装模作样了！你说我是机器，那你怎么确定你自己不是被生产出来的人工智能？"他双手狠狠拍向桌面。虽然他知道这只是无意义的吵闹，但他就是控制不住自己，无论如何也想要恶心一下这眼前的表演者。

"我？"少女一怔，不由得仰头大笑起来。

"说的没错。"Z的声音突然打断了少女的笑声。

突然，两人右侧的房间墙壁轰隆作响，缓缓向地面倒去。少女跟阿桑同时循声望去。

只见墙壁倒下之后，隔着玻璃幕墙，两人发现原本自己身处的正方形小房间，竟位于一间更大房间的一侧。从上方俯视下去，那小房间与包含小房间的整个大房间形成了黄金分割关系的两个矩形。而在那大房间剩余处的中央，一个瘦削白皙的银发男子坐在一排电脑屏幕后方，面向玻璃幕墙监视着两人。那个男子就是Z。

"Z，你刚才说没错是什么意思？"少女紧张起来，冲到玻璃幕墙前质问到。

"意思当然就是，你也是被造出来的人工智能啊。"Z笑着，仿佛摆弄着小动物般。

"不可能！我明明是……"少女反驳着，却突然停下。同样身为人工智能领域科学家的她，自然也深谙那个思想实验。作为组织这个实验的资深科学家，受命对阿桑进行价值观考察的所有记忆，谁说又不能是被捏造注入的呢？

"你的评语写得实在是太过精辟，我照搬了过来，真是谢谢你了。"Z盯着自己眼前的屏幕，屏幕上同样有左蓝右红的两个按钮，而在左边蓝色按钮上方的文本框内，他把少女的评语照抄了上去，只不过去掉了结论性的第二句。

"接下来，是时候给你写评语了。" Z看向少女。

"给我写评语？"

"没错，这个价值观考察本来就是同时考察你们两个智能体的啊。"

"怎么会这样？"少女无比震惊，瘫坐在了身后的椅子上。

Z打着字，同时一字一句地念着：

"该实验体在价值观方面过于保守，有可能缺少为科学研究献身的牺牲精神；同时，其拥有过于单一的价值观取向，不利于进行广泛的科学探索，比如，一味反对安乐死的道德性。"

"满口胡言！说我反对安乐死就算了，你凭什么说我缺少为科学牺牲的精神？"少女激动地又站起身喊道。

"那个故事！" Z大声打断她。

"什么？"

"很不巧，那个故事我也读过，其实是有结局的吧？"

少女一时间无言以对。

"结局就是人类最终成功实现了计划，与剩下的实验猪们和平共处。可是你却不愿意说出这个结局，这不正说明你不愿意接受这个故事所传达出来的价值观吗？"

"这只是你妄加猜测！"少女的双手狠狠捶在了玻璃上。

"别激动。放心吧，我虽然也有同样的两个按钮，不过可不是你们那种非黑即白的杀人按钮，我会好好考虑选择你们中的哪一个，投入实际使用的。"

"Z，你要闲聊到什么时候？快点结束工作！"此时，Z右侧的一个扩音器响起了一个成熟女性的声音，似乎是他的顶头上司。

"知道了，别老催。"Z说着，似乎心中早已有了主意，右手向鼠标伸去。

但是突然，一个可怕的念头闪过他的脑海，让他停下了手。他又看了看玻璃幕墙里面，此时阿桑和少女正不约而同地用一种意味深长的眼神看着自己，脸上甚至有一股幸灾乐祸的莫名笑意。

他连忙扭过头看向右侧的那个扩音器，旁边的监控摄像头里，似乎有无数双眼睛正在审视着自己。

他回头看了看眼前的屏幕，两个硕大的按钮在液晶屏上闪烁着，似乎在催促着自己做出选择。他又看向自己右侧那堵灰暗的墙壁。

谁又能告诉他，在他做出选择点下按钮之后，那堵墙会不会轰然倒下，出现一个更大的符合黄金比例关系的房间？

Z缓缓离开了座位，往那堵墙的方向走去。

"Z，你在干什么？快完成你的任务！"上司的声音再次催促。

Z没有理会，径直走到那堵墙面前，伸手摸了摸。顿时，冰冷的触感渗透了他的指尖，他发现，那原本看似有着斑驳纹理的墙面，摸在手上却平滑无比。他连忙又敲了敲墙面，厚实玻璃发出的咣当声无比刺耳。

他近距离地盯着那墙面，突然发现自己的倒影映射其中。

呵呵。他抚摸着倒影中自己的脸庞，露出了自嘲的笑容。

庄孝维，科幻作家，软件工程师。作品追求故事性和未来感。

替囊

苏民 / 著

1

拨开绿色的迷雾，我发现自己站在一条熟悉的小街上。路面是湿漉漉的灰色，二元店乏味的叫卖声缠绕在低矮的灯柱上，沿街店铺杂乱无章的招牌被刚点亮的路灯照出一层惨白。

我在这儿做什么？对了，我要回家，这是放学回家的路。爸爸说过放学了就要马上回家。

西山连绵的轮廓映在西方的天际线上，与东边的江水一起，将这条小街夹得又细又长，仿佛没有尽头。我走了很久，却总也走不到家。二元店，衣服店，金饰店，金饰店门口的算命小摊，摊位上昏昏欲睡的老奶奶，然后是一个窗帘店，眼镜店……这些街景不断重复，重复，好像全世界只剩下这条街了。天光一点点消失，江风变得寒冷，西山上影影绰绰的密林在暗影里摇曳，阴森鬼魅。一切熟悉的都变得陌生，一切温柔的都变得狰狞。为了避免看见那些可怖的黑影，我开始低头数人行道上的地砖，让自己每一步都刚好跨过四块砖。

"千千。"

有人喊了一声我的小名，好像是妈妈的声音。我抬起头，四处张望。忽然，原本用后脑勺对着我的路人全都回过头来盯着我。他们面目模糊，没有表情，他们，都不是真正的人……

我在惊吓中醒来，盯着昏暗的天花板直冒冷汗。

"又做那个噩梦了？"梁久伸过来一只手，抚摸我发冷的脸庞。我长长地吸气，呼气，等待这熟悉的恐惧平复下去。

"非要回去吗？"我问。

"我们都要结婚了，总得见见你爸妈吧。"

"我都八年没回去了。"

"那不是正好吗，正好回去看看。"

"万一，你去了后，发现我家比你想象的还糟，你会不会离开我？"

梁久笑了，"还有比和你分开更糟的事吗？"

我们在一起的两年里，他的笑容无数次安慰了我，这次我却疑虑重重。可我不想让他失望，我回应了他一个笑脸，就像每一次一样。

2

一到江山的火车站，久违的潮湿空气便覆盖了我的脸，身边充斥着乡音，一句普通话也听不见了。

"你们这儿方言很好听呀，就是一点都听不懂，像另一个国家。"

梁久对一切都新奇又欣喜，在他耳中温润婉转的方言，在我耳中却是直白和土气，具有侵犯感的亲密，毫无顾忌的大呼小叫。

"南方方言嘛，你们北方人听不懂很正常。"

事实上，这里和周围5个兄弟城市的方言都完全不同，相互间也不能听懂。即使是这座小城周边的乡村，每隔几个山头，方言都有些微的差异。据说内战时期，戴笠成为军统特务头子后，拉了一波同乡加入特务机构，便用这方言作为秘密沟通的方式。得知戴笠是我们这儿的人，梁久很兴奋，嚷着一定要去看看戴笠故居。

因为城市的狭长，我们出站后没走两步，就到了江滨。江堤的路面已经修得十分工整了，不似以前那么坑坑洼洼。人们一如既往，喜欢在晚饭后来这一带散步。三三两两的路人闲步走着，配以成荫的绿树，幽深的小径，看着十分符合一个小城市该有的安宁与平和。但我心里清楚，它并不是表面上那么简单。

迎面走来的3个路人，其中一男一女看起来是夫妻，另一个男人跟在两人身后，手里拎着大包小包，似乎是超市购物归来。仔细瞧会发现，这个木讷的仆人般的男人，和前面的丈夫长得一模一样。

这对夫妻遇到一个熟人，他们热络地打招呼，聊家常，那个仆人似的男人就在一旁看着，不参与话题，也没人和他说话。

"这两人是双胞胎？"梁久好奇地问道。

"不是。"

这座小城，果然还是老样子。我有点后悔带梁久来了。

"等会儿要是遇到熟人打招呼，你先不要急着叫人，看我叫了再叫。"我叮嘱他。

前面墨绿色楼房的老小区就是我家了。我们刚进小区，很快遇上住在对楼的李阿姨。她的身后也跟着一个和她一模一样的女人，手里拎着刚买的菜。她一见我，就大惊小怪地喊道："这不是张家的姑娘吗？都多少年了，总算回家来啦！模样倒是一点都没变呢，我一眼就认出来了！"

我礼貌地打了声招呼："李阿姨好。"为了让梁久听懂，特地用普通话说的。

梁久迷惑地看了一会儿这两个长相相同的人，然后跟着我冲站前面这位李阿姨道了声好。

李阿姨听出了他的北方口音，将他上下打量一番："找了个外地男朋友呀？小伙子挺帅的嘛！"她明明面朝着他，却用方言对我说话，"你爸爸知道不啦？他会同意你找外地人？"

我真的不喜欢这里的人故意当着外地人的面讲方言的习惯，觉得不礼貌。我含糊地应付她的发问，好不容易才摆脱了她。

梁久脸上写着大大的困惑："你们这儿，双胞胎基因很强？"

"那些是替囊。"我说。

"是什么？"梁久没听懂，因为"替囊"这个词，是江山的方言。

我该和他解释吗？犹豫中，一扇熟悉的深红色木门出现在我眼前。

"我们到家了。"我说。

3

我早已找不到家里的钥匙，像客人一样按了门铃。

门铃响了两声，没有人开门，我听见厨房传出炒菜的声音。我又摁了一下门铃，里面有个人迈着急匆匆的小碎步跑了过来。门打开了，是母亲。她将沾满油渍的手指在围裙上擦了擦，满脸笑容地接过梁久手里的礼品，对我们嘘寒问暖。而父亲就在冲着门的沙发中间端坐着，一动不动，手指上夹的一支烟已经抽了一半。

我和父母说过我今天回来，和男友一起，他们没来车站接我们，也没让替囊来接，我猜这是父亲故意的，就像他故意坐在沙发上抽烟不给我们开门。

我努力沉住气，说："爸，妈，这是梁久，他是一名记者，做新闻的……"

我的话还没说完，他粗犷的嗓音就毫不客气地撕破了宁静："你还知道回来？回来干吗！"

他太擅长激起别人的愤怒了，用那副狂妄的嘴脸。我又回想起八年前我离家之前的那场争执，那时我刚从本市的大学毕业，想试试去省城工作，父亲却用一种不容分说的口吻，要求我留在老家工作。我不愿意，他便说尽诋毁我的话，把我说得一文不值，说我离开江山根本不可能生存。

后来，我离开江山，我用了半年时间偷偷攒了一笔钱，半夜跳上一辆夜间长途汽车，一口气从这座南方小城逃到足够远的北方。我好几年不与家里联系，直到他不再一打电话就破口大骂，我才告诉他们我所在的城市，告诉他我在北方的B城活得很好，有一份体面的工作和不错的薪水，还遇到了梁久。对，我已经是一个自立于社会的成年人了，不用像小时候那么怕他了。

我拿出成年人的庄重与体面，说道："回来告诉你一声，我要结婚了。"

"结什么结！和一个外地人！"

他说的是方言，梁久并没有听懂，但他显然被父亲的气势汹汹吓到了。

母亲赶紧上来劝解，她拉着我的手安抚我，说："路上累了吧？你们俩快去屋里歇一歇吧。"

她老了许多，几乎成了一个毫无个性的干瘪的老太太。父亲依然怒视我，嚣张的气焰完全不为她所动。说句难听的话，父亲的嚣张跋扈就是母亲多年来的软弱无能惯出来的。

我扔下行李，拉着梁久回了我的房间。

这是我从小学住到大学的房间。厚重的窗帘严丝合缝地阻挡了光线，屋内一片昏暗。我重重躺倒在被褥上，想起小时候无数个晚上，只要一听见喝完酒的父亲摇摇晃晃上楼的脚步声，就关上灯躲进被子里假装睡觉。我不是怕被发现晚睡，而是害怕他酒气熏天地砸开我的门，大声咒骂我对他的疏离与不敬。而我的母亲什么也做不了，她保护不了我，也保护不了她自己。

"很糟糕吧。"我对伫立在我的写字桌前沉思的梁久说。

"嗯。虽然听你说过你父亲，但没想到第一次见面就这么厉害。不过没关系。"他仍然微笑着，那令我宽慰的笑，"现在我们两人在一起呢。"

他走上前，拉开窗帘。阳光照进来，我看见灰尘在亮堂堂的空气中飞舞，一时不适应地用手挡住眼睛。我的木头书架被阳光照成橘色，架子上落了灰的物什也清晰起来。这个我住了十年的房间突然让我觉得陌生了，或许是因为以前我住在这里时，从来不拉开窗帘。这个习惯我维持了很多年，直到遇到梁久，这个为我拉开窗帘的人。我忍不住湿了眼睛。

"梁久，对不起。"我说，"我从没完全告诉你我家的真相。"

我决定告诉梁久一切，关于这座小城的怪异，排外，和我对它的深恶痛绝。

江山有许多长相一样的人，一些是真人，另一些是真人的替囊。替囊通常承担了一个家庭的家务活、体力活、跑腿的小活、任何本人不愿意去做的事情，甚至代替本人去工作。小时候，我还无法区分真人和替囊，总是叫错人，长大后才懂得了分辨的技巧，那就是观察别人对他们的态度。这些替囊经常和家庭成员同时出现，但又不被当成家人看待。人们看待它们，就像看待一件物品。而它们自己，也总是面无表情，毫无个性可言，像没有灵魂。我不知道它们存在多久了，应该是五十年前内战时期开始被大肆使用的。小城里现存的最古老的替囊，是戴笠的替囊，它就放在戴笠故居的展厅里。

　　我带梁久去看。在戴笠故居一楼大厅的中央，在红色警戒线内，那个替囊几十年如一日，安静地坐在一张老爷椅上，时而用手撑腮作沉思状，时而端起老式茶杯喝上一口茶。他长长的脸颊和笔直的鼻梁都和画像上的戴笠一模一样，发亮的眼眸似乎饱含忠善，拉紧的宽嘴唇却透出残忍，符合一个特务该有的神秘莫测。我告诉梁久，一般的游客只会当这是真人扮演的戴笠，只有本地人知道，这是当年戴笠的替囊。

　　梁久对着它拍了一张照片。"你是说，它从50年前就是这副模样？不会变老，也不会死？"

　　"它们是按照本人当时的模样复制出来的，造出来后就不会再改变相貌。它们会变得老旧，但不是人那种变老，更像是东西变旧了。"

　　"那它们是什么材料做成的，硅胶吗？还是和人一样的生物性肉体吗？"

"具体我也说不清楚，替囊在我们方言里是替身、人影的意思。我猜和古代人们做人偶替身挡灾有关。"

"太神奇了！"梁久兴奋极了，"他们是用巫术造出来的吗？"

"不是的，是车间里生产出来的。"

"生产？那它们的能量来源是什么？充电吗？可为什么又会吃东西呢？"

"它们需要像人一样吃喝拉撒，毕竟一开始被造出来，是用来当间谍的。"

据说内战时期，以戴笠为首的军统局经常暗杀敌方阵营的人物，然后造出和死去的人一模一样的替囊，送回原位。这些听话的替囊无疑是他们最好的间谍。他们自己也经常让自身的替囊去执行一些危险任务，本人则躲在安全的暗处操控和谋划。

内战结束后，替囊和其他谍战故事一样，成为被永久埋藏的秘密，但在江山，却是公开的秘密。内战后本地人仍在使用和生产替囊，只不过不是用于战争，是为了自己生活的便利。这座小城算不上多繁华，但有农田，有制造业工厂，还有一所自己的大学，五脏俱全，基本上自给自足。有了替囊，人们便过得更加舒坦了。他们满足于这种富足的小日子，并不想被外界打扰，对外地人保密成了江山人心照不宣的原则，同时也造成了这里排外的风气。

我的父亲也有一个替囊。他原本是一名车间技工，年轻时还算热爱自己的工作，每天亲自去上班。大概我10岁之后，他就对工作失去兴致，让替囊代替他去上班，自己则整天待在家里，没事就和人喝酒，喝多了就找我和母亲的麻烦，对家中每一件小事颐指气使，成了一个暴躁的控制狂。

梁久安慰地拍拍我的肩膀，"这是你和他关系糟糕的根源吗？"

"不是。问题的根源不在我父亲。"我说，"而在于我的母亲。"

"你的母亲？她怎么了？我看她是一个很温柔体贴的母亲呀，但你和她好像也不怎么亲密。"

"我一直觉得，我妈妈，也是一个替囊。"

4

因为这里的排外风气，我的母亲作为一个外地人嫁进来，一直很受当地人的非议。当地人有充足的优越感，认为所有知晓了小城秘密的人，必定会觊觎这里舒坦富足的生活。他们都认为，我母亲是使尽手段嫁过来的。她因此遭受了亲戚们的许多白眼和奚落，最过分的一次，奶奶在年夜饭时说位置不够了，让母亲坐在替囊那一桌吃饭。母亲向父亲哭诉，求父亲帮她讨回尊严，但父亲没能做到。我眼看着他们爆发激烈的争吵，吵完母亲无人诉说，只能一个人哭，或者抱着我哭，说当年是因为怀了我才留下来。我每日惶惶的，生怕她离开。每次他们吵架，隔天我放学回家后的第一件事，就是溜进父母的卧室，打开衣柜，数一数母亲的衣服是否都还在，检查下她有没有偷偷打包行李。看到她漂亮的连衣裙和板正的大衣都一件件整齐地挂在柜子里，我才放下心来去吃晚饭。可是我10岁那年的一天，母亲还是走了。我放学回到家，她衣柜里的衣服都还在，人却不见了。

我跑出门找她，从黄昏找到夜晚。江山一共就这么点大，就这么几条街，却哪里都找不到她。10岁的我没想过母亲或许已经坐火车离开，固执地在江山每一寸土地上搜寻她，连西山上的树林都不放过。仿佛她是什么小精灵，藏在某块地砖的缝隙里，或躲在某片叶子背后，等待我去发现她。黑夜里的山林沙沙作响，布满黑影，有几分恐怖。我拨开茂盛的草叶，费劲地循着人踩出的土路向上攀爬，踩到一块不稳的石头，摔了下去。

我昏了过去，昏迷中还在做梦，梦里仍在找妈妈。我梦见我从这座狭长城市的最南端，一路走到最北端，最后在江堤旁的一张长椅上找到了她。她的身体被江风吹成蓝色，看起来十分忧伤。我喊着妈妈奔跑过去，想要拥抱她，她的胳膊却变透明了，她整个身体都慢慢消失了，不见了。我抓住一把空气，伤心极了。

我哭着醒来，睁开眼看见一个女人在坐在我床边，手里端着一碗汤药，正在帮我吹凉。

　　站在一旁的爸爸严厉地说："你瞎跑什么！不是跟你说了放学马上回家，你知道我们找了你多久吗？真不让人省心！"

　　"我妈妈呢？"我抬头问爸爸。

　　"说什么傻话，你妈不是在这坐着吗？"

　　那女人抬起头，冲我笑了下。她的确很像我妈妈，还穿了妈妈的连衣裙，可是她的笑容却很陌生，充满生分。

　　她不是妈妈。

　　我跳下床，往门外跑去。

　　爸爸一把抓住我的胳膊，"你想干吗？"

　　"我要去找妈妈！"

　　"你摔傻了吧？这就是你妈妈！"

　　很像妈妈的女人坐在那儿看着我，一副为难的样子，半晌才喊了一声我的名字："千千……"

　　"你不是妈妈！"我歇斯底里地喊。

　　爸爸失去了耐性，厚实的巴掌挥下来，我的右脸顿时一阵火辣辣的痛。最后他用暴力强迫我为自己的不懂事认错，强迫我开口喊那个女人妈妈。

　　我与那个女人相处越久，就发现越多她不是我妈妈的证据。比如她竟然给我吃我最讨厌的西红柿，给我梳头时不再帮我系我爱的蝴蝶结，洗衣粉买的也不是她以前爱买的牌子。在那之后她也不和爸爸吵架了，不哭不闹，全然没了性格。而旁人看她的眼神，也完全像看待替囊一样了。

"替囊没有本人记忆的吗？"梁久问。他已经学会了说替囊这个词。

"没有。"

"那它们怎么会做事？"

"有专门的人调教它们。"

"那它们不会发展出个体意识吗？我的意思是，它们有自我吗？"

"这里的人都认为没有。认为它们没有自我，才能心安理得地使唤它们。"

从被父亲强迫叫那个女人妈妈开始，我与父亲的嫌隙便在心中产生了。他后来又强迫我接受他安排的许多别的事情，比如上补习班，比如不能养宠物，他用他的意志向我灌输日子必须是这么过的，世界就是如此。可是反抗的情绪在我心中与日增长，我一直与父亲暗自较劲，试图逮着机会证明，他硬塞给我的一切都是错的。我不明白，他为什么硬要我接受一个替囊母亲。承认真正的母亲已经走了，离开我们了，有这么难吗？

"所以只要他承认了，你们的关系就能修复了？"梁久问。

"他不会承认的。"

"如果承认呢？和他谈谈吧。"

"不可能。我了解他，他这种自大狂，绝对不会承认自己的错误。"

"千千，你在逃避沟通。"

梁久这句话击中了我。

"和他谈谈吧。"梁久建议道，"都过去那么多年了，你都这么大了，用成年人的方式，和他谈谈吧。就算是为了让他接受我。"

"嗯。"我郑重地点头。

5

每天下午四点，是父亲固定外出散步的时间。趁这个时间，我和梁久去买了好些菜，回家在厨房里干得热火朝天，打算用一桌好菜作为和父亲谈话的铺垫。我负责洗菜切菜，梁久剖鱼。他用刀的手法很灵巧，一会儿就把鱼鳞都刮干净了。我看着他跃动的白皙手背，心里一阵温暖，仿佛已经和他结婚了几十年。一盘盘喷香的菜摆上桌后，父亲回来了。

看到一桌子菜，他眼中闪过一丝惊讶，但马上又板起脸来。

我招呼他和母亲坐下，殷勤地给他倒上他最爱喝的米酒，"爸，这道清蒸鲫鱼汤是梁久做的，快尝尝。"

他没有接我话，自顾自得说："我刚去问了你大伯，他单位刚好有份工作，是坐办公室的，适合你，你下礼拜就去上班吧。"

又是这样自作主张的决定。

"爸，我说了，我要和梁久结婚，以后就在B城生活。我们每年都会回家来看你和妈妈……"

"我不同意。你不能嫁给外地人。你必须待在江山。"他又朝向梁久说："你，走吧。我不会把女儿嫁给你的。"

我真的忍无可忍了。"爸。我受够了……"

眼看我快承受不住了，梁久替我说道："伯父，其实今天千千是想和你坦诚地聊一聊的，她对你有很多困惑不解的地方，也许你们聊出来，就好了。"

"有什么可聊的。"父亲冷漠地说。

"比如……你是否确实用替囊替换了真正的伯母？"梁久直截了当地问出了这个问题。

"你把替囊的事告诉一个外人。"父亲恶狠狠地盯着我，"你会后悔的，我告诉你。"

"外人？这位外人可比你好多了！你气走了真正的妈妈，就拿个替囊来顶替，你以为我不知道吗？"

"你妈怎么是替囊了？！"他一把拽过一旁的妈妈，粗暴地拉扯她脸上松弛的皮肤，让我看她是多么逼真的真人。

"你好好看看，替囊会老成这样吗？会长这么多皱纹吗？！"

替囊是不会变老，但我多年观察得出的判断不可能有错。一定有什么方式，让妈妈的替囊看起来在逐年老去。

"我知道了！"我像破案似的大喊，"妈妈的替囊不止一个，一定是隔几年替换一个！你是车间的微雕技工，你肯定能在每个替囊脸上雕出变老的效果，对不对？"

母亲哭了，眼泪从发皱的脸上淌下。"千千，可以不要再追问了吗……我们是为你好……"

"不要再追问？被我说中了是不是？是不是？"

"我们是为你好！"父亲说道。

"哼。"我说，"你不承认也行，我自己会找到证据的！"

我转身跑出了家，梁久追了出来。

"千千，你去哪儿？你不要太冲动了！"

"去车间。"

6

车间在本地人的口中，并不是一个泛称，从来都只指代那一个车间，就是生产替囊的车间。早在内战时期，江山就已经有了成熟的替囊生产流水线，还分出了十分细致的工种，有人专门铸模，有人打样，有人给生产出来的替囊输入指令。那时候，几乎整个江山的人都为这个车间工作，现在熟练掌握这些技术的人虽少了，但并没有失传，反而还有进步。内战时铸模用的样本多是被暗杀的死人，现在活人也可以直接当样本，而且精细程度比以前还有所提升。我父亲就是其中一名精微雕刻的技工，负责最后精细的身体细节的雕琢，比如五官，比如脸上的细纹。

车间就位于西山脚下，算不上隐蔽。但因为我从小对替囊抵触，还从未来过这里。现在是下班时间，它的大铁门紧锁，锈迹斑斑，看起来阴森威严。但我儿时的玩伴曾经告诉我，他们玩捉迷藏时从侧面的窗户里翻进去过。我们绕到车间侧面，果然看到一扇小窗。木头窗棂陈旧腐败，梁久找了一根树枝一撬就开了，我们翻窗而入。

我们打着手电，在黑暗中摸索着前进，依次经过铸模室，打样间，调试间，回收间。这些年代久远的机器看似粗笨实则精巧非凡，梁久对着每座机器不停地拍照，一边拍一边发出惊叹。

回收间是存放被停用的替囊的地方。按照规定，被停用的替囊不能随便丢弃，而是作为备用放在这儿，在合适的时候重新拿出来用。如果母亲有过多个替囊，那她以前的替囊应该能在这里找到。

"别拍了梁久，我们进回收间。"我说道。

回收间很大，有四五排货架，每一排货架都有4层钢板，成堆的替囊像麻袋般堆着，有的能看出破损严重，脏兮兮的，有的则用塑料袋仔细包着。我转了几圈，没有找到母亲的替囊，却找到了另外一张熟悉的脸。那是，我的脸。

我使劲抽出那个有我的脸的替囊，发现那里堆着不止一个我。它们高矮不一，大小各异，有的稚嫩，有的青涩，有的几乎是一个成熟的大人了。它们都穿着我以前的衣服，一共12个，刚好是从10岁到22岁的我。每一个，都是父亲的手笔。

我觉得天旋地转，有什么东西崩塌了。原来我才是替囊，那个被逐年更换、伪装成真人的替囊。

"梁久……"我下意识地呼唤他，"我是，我是……"

梁久仍在兴奋地拍照，"真没想到，你也是一个替囊，简直是这趟探秘之旅的彩蛋呢。"

他的语气充满戏谑的看戏口吻，和之前温婉体贴的他全然不同。是因为得知我是替囊，所以换了看待替囊的态度来看待我吗？

"谢谢你带我看到这么有价值的东西，这批素材够我报道一个大新闻了。"

他收好相机，转身要走。我本能地抱住他的胳膊。"你不要我了？因为看到这么糟糕的我，要离开我了吗……"

"别误会，我本来就没想过和你结婚，我是因为你是江山人才接近你的。"

他甩开我的胳膊，一把将我推倒在地。我的腿被钢板上的钉子划到，汩汩地流出鲜血。

"啧啧，这血流的，像真的一样。"他俯下身，对着我受伤的腿拍下最后一张素材。

我目送他冷漠地离去，流着假的血，却如此真实地痛着。我不是替囊吗，替囊不应该心痛的吧。

黑暗里传来一声闷响，刚走到门口的梁久应声倒下。打倒他的，是手持棍子的父亲。他的身后站着惊魂未定的母亲。他恶狠狠地捣毁了梁久的相机，母亲从他身上搜出录音笔，一并销毁了。可是当看到散落在地上的我的其他替囊，父亲的嘴角痛苦地抽搐起来。

"你还是知道了……"他哽咽道，"千千，对不起，爸爸没能保护好你……"

母亲捂着脸哭了："都是妈妈的错，当年要是妈妈没有和你爸爸吵架，你也不会……"

我愣愣地，听他们用悔恨的心情讲述起12年前的往事。

10岁那年的一天，我放学回到家，正好撞上父母在激烈地争吵，听见母亲说了一句"要不是为了千千，我早就不跟你过了"，便从家里跑了出去。他们吵完架发现我仍未回家，出去找了我一夜，最后在山脚下找到从山上摔下来的我的尸体。他们悔恨交加，伤心极了，忍不住造了一只我的替囊。可他们想要一个真正的女儿，只输入指令的替囊不可能具有自我，自我需要鲜活的个人成长记忆作为基础原料。于是妈妈给了我她记忆中10年份的我，代价是她自己缺失10年记忆，成了性格残缺的人。

我能够讨厌西红柿，是因为妈妈记得我讨厌西红柿；我能够喜欢蝴蝶结，是因为她记得我喜欢蝴蝶结；我无数次查看她衣柜的记忆，是她无数次伤心地查看自己的衣柜，犹豫着想要离去；而我在江山城疯狂寻找妈妈的记忆，是妈妈在疯狂地寻找我。

妈妈从来没有抛弃我，她的爱深深植入我的记忆，成为构筑我的自我的基石。而爸爸，从那之后每一年趁我睡着后偷偷为我更换身体，亲手雕刻出我逐年长大的脸。他的每一步都谨小慎微，但还是整天提心吊胆，担心我受伤，担心别人或者我自己发现我是替囊，他时刻关注我的行踪，偏执地要求我处于他的视线之内，以他的方式默默保护我。

"可是……我又是谁呢？我到底是什么呢？"我抽泣着，抱着自己的头。

理论上说，我肯定不是千千，真正的千千早已死去。我只是她的替囊，她的替身。可是，我却拥有自我，这么多年来，像一个真正的人一样上学、长大、生活。

父母和母亲抱住我不住颤抖的肩膀，说：

"你当然是我们的女儿啊。"

7

那天晚上，梁久趁我们不备悄悄爬出了车间，逃掉了。好在他没有证据，无法做任何报道，关于这座小城的故事依旧是谜一样的坊间传闻，江山保持了一个小城该有的平静与安详。

爸爸还是想让我留下来，好方便继续帮我更换身体。从22岁到30岁，我没有变化尚且不会引人注意。但随着年岁增长，若我的样貌一直不变，就会被人怀疑。可是我已经离开江山生活了那么多年，早已习惯了B城的生活，不想放弃B城的工作与机会，回来固守这一方一成不变的安逸小世界。

我们差点又吵了起来，但令我欣慰的是，爸爸明明可以直接给我输入指令，让我成为一个听话的乖女儿，但他没有选择这么做。最终我说服了父母，他们既然给了我自我，就应该相信我能为自己负责。

我在家里小住了几日，便启程回了B城。离开前，我向他们保证，我会每年定时回来让爸爸给我更换身体，答应他们在外面好好照顾自己，答应他们每周打给家里一个电话，答应他们，我会想念他们的。

苏民，科幻作家，编剧。短篇小说代表作有《地球倒影》《替囊》《后意识时代》等，长篇代表作《时间病人》。《后意识时代》被选为2020年中国科幻读者选择奖（引力奖）最佳短篇小说。

本篇获未来事务管理局读者票选"2019我最喜爱的科幻春晚小说"。